中国古典诗词

名家菁华赏析丛书

苏轼词赏析

马 玮 主编

商務印書館国际有限公司

丛书主编

马　玮

本册撰稿人

张　一

丛书编委

（按音序排列）

曹晨曦　方周立
胡连彬　马佳明
马静婉　马　骎
马　玮　南　方
徐　斌　杨二宁
杨　芳　杨　敏
张　一

总　目

说　明

一、本书选取宋代词人苏轼不同时期不同风格的代表性词作 84 首。

二、所收词以《全宋词》为底本，同时参考其他版本。

三、所收词按照创作年代的先后顺序排列。

四、正文前撰有苏轼简介，内容涉及词人的生卒年、名号、籍贯、主要仕历或人生经历、创作经历、创作特点、他人评价或在文学史上的地位等。

五、词原文后列有对一些难解字词、生僻字、历史词、方言词、古地名、出典、重要事件等的注释。

六、每首词都设有题解，内容包括词的类型、写作背景（或人物关系）、思想内容以及其他需要交待的内容等。

七、每首词都有赏析，主要阐述词所蕴含的文学性和思想性，对于比较难懂的词，一般有逐句翻译式的串讲，有名句的，大都给予点出。

八、一般对一首词撰写一篇赏析文字。

九、本书使用简化字和现代汉语标点，在可能有歧义时，酌用繁体字或异体字。

十、行文中涉及的年份，一般用旧纪年，其后括注公历纪年，“年”字从略。

十一、行文中如涉及与今地名不一致的旧地名时，在旧地名后括注今地名或其归属地。

序

梁　静

“中国梦”，这个富于诗意的名词，激发了国人对于未来的美好憧憬。这一梦想承载着每个华夏子孙的使命与担当，寄托着无数神州儿女的未来与希冀。中国梦更是面向未来的事业，需要一代又一代青少年励志成长成才，矢志逐梦圆梦，努力让美丽青春焕发绚丽光彩！

实现美丽的中国梦，必须走中国道路，弘扬中国精神，凝聚中国力量。在中华民族五千年悠悠文明史中积淀的优秀传统文化，无疑是凝聚民族精神的思想内核。一代文学大家巴金曾说：“我们有一个丰富的文学宝库，那就是多少代作家留下的杰作，它们教育我们，鼓励我们，要我们变得更好，更纯洁，更善良，对别人更有用。文学的目的就是要人变得更好。”这座文学宝库中，唐诗宋词等闪耀着瑰丽光芒的奇葩，历千年而不朽，给世人以丰润的精神滋养：这里有杜甫“穷年忧黎元，叹息肠内热”的忧国忧民的伟大情怀；有李白“仰天大笑出门去，我辈岂是蓬蒿人”的自我肯定；有王维“行到水穷处，坐看云起时”的随缘自适；有李商隐“春蚕到死丝方尽，蜡炬成灰泪始干”的无私奉献；有苏轼“莫听穿林打叶声，何妨吟啸且徐行。竹杖芒鞋轻胜马，谁怕，一蓑烟雨任平生”的淡定、旷达。每每读之，掩卷沉思，这些诗词不仅给我们带来了唯美的精神享受，帮我们构筑起永恒的精神家园，同时，让我们的人生变得更加诗意。

众所周知，文学即是人学。无论是文学创作，还是文学阅读，出发点与归宿都是“人”，是人的心灵，人的情感，人的精神。“古人为诗贵于意在言外使人思而得之”（司马光语）。对于正处在接受德育、修养品性最佳年龄段的青少年来说，大量阅读唐诗宋词等经典作品，不仅能够让他们突破时空的限制，与千年之远、万里之外的人、生物乃至宇宙的一切生命进行对话，进行思想的沟通与心灵的交流；而且能够让他们从中汲取丰富的精神养料，以此陶冶性情与提高修养；同时，还能够让他们从先贤的境遇中学会如何面对人生，解决人生的种种问题，最终成长为具有美丽心灵的健全的“人”。

此外，大量阅读经典也能够让青少年对汉语的魅力有更深刻的感受。汉语是世界上最精练的语言文字，唐诗宋词则将汉语的这种优势发挥得淋漓尽致。在这些文学大师的笔下，语言就像是被赋予了生命一般，富有灵气，蕴藉深邃。

随着“国学热”“汉语热”的回潮，以凝聚着民族和时代精神的“文学名作”为主体的大量青少年课外读本被开发、推广。商务印书馆国际有限公司出版的这套中国古典诗词名家菁华赏析丛书，首批十本，分别选取了唐代开宗立派的诗人，如王维、李白、杜甫、白居易、杜牧、李商隐，以及宋代成就卓著的词人，如柳永、苏轼、李清照、辛弃疾。每本选取一位诗词大家的具有代表性的作品近百篇，在尽可能尊重原作意旨的基础上，进行深层的赏析与阐发；同时，对作品的创作背景简单介绍，做到知人论世。至于诗作版本方面，则择善而从，一般不作校勘说明。

这套书应时而出，定会对广大青少年提高审美鉴赏能力、提升思想境界起到积极的作用。

苏轼简介

苏轼（1036—1101），字子瞻，号东坡居士，眉山（今四川省眉山市）人，是北宋才华横溢的文学大家。他于诗、文、词、赋都有极高的造诣，而在词史上的独特作用与地位，尤为引人瞩目。在北宋中期的词坛上，无论在当时的社会影响，还是词题革新的贡献，苏轼都称得上是首屈一指的。

苏轼出生在一个富有文学修养的家庭。祖父苏序虽为平民，但富有远见卓识，非常注重子孙的教育。父亲苏洵二十七岁才发愤读书，悉心研读诸子之学，最终成为著名的古文学家。母亲程夫人出身书香门第，知书达理，仁惠贤淑。苏洵早年外出游学求取功名，便由夫人教导苏氏兄弟读书。程夫人教子有方，常以古代志士的事迹勉励儿子砥砺名节。宋仁宗嘉祐元年（1056），二十岁的苏轼与弟弟苏辙一起跟随父亲离开家乡，前往京城开封参加科举考试。在翌年春季，又参加了礼部贡举考试。苏轼以一篇见解独到、说理透辟、笔力稳健、文风质朴自然的答卷，让主考官欧阳修大为惊喜，想要把它列为第一，又担心是自己的学生曾巩所作，为“避嫌”起见，降为第二，这一故事被传成佳话。苏轼的才华受到欧阳修的高度赞赏，声名远播。

苏轼的宦途正要开始，就在此时，其母程氏夫人因操劳过度于四月病故。苏轼父子赶回眉山。从嘉祐二年（1057）六月起，苏轼便在家为母亲守丧。直到嘉祐四年（1059）十月服丧期满后，苏轼才应诏前往京城。嘉祐六年（1061）八月，苏轼考取“贤良方正能言直谏科”第三等，由于一、二等为虚设，所以第三等实际上是最高等级。考试完毕后，苏轼被授大理评事，签判凤翔府（今陕西凤翔），从此踏入仕途，时年二十五岁。凤翔做官三年，苏轼为政勤勉，深入府属各县访察，为百姓做了不少好事。初次为官的苏轼，既增长了地方治理的经验，同时也开始体会到宦游生活的沉重乏味、理想与现实的反差。嘉祐八年（1063）仁宗去世，英宗继位。因久闻苏轼文才，英宗即位不久即召苏轼回京，授直史馆。这个职位虽无重权，却是一个清要之职。正在苏轼仕途顺利之时，家庭不幸又接踵而至。英宗治平二年（1065）五月，恩爱的妻子王弗因病去世，年仅二十七岁。紧接着，第二年四月，父亲苏洵也病逝于京城。苏轼、苏辙兄弟护送灵柩回到眉山老家。这也是苏轼最后一次回到故乡。苏轼在家守丧期间，朝廷的政局也在发生变化。治平四年（1067），英宗逝世，二十岁的神宗即位。年轻的皇帝锐意改革，希望彻底改变国家积贫积弱的现状。熙宁二年（1069），神宗起用王安石为参知政事，次年拜相，主持变法。由于变法的方式过于激进，引起了保守势力和主张稳健改革者的反对，影响苏轼命运的长达数十年的党争，由此发端。苏轼一贯主张稳健、渐变的政治方针，熙宁二年还朝后，在政见上与王安石多有不合，以王安石为首的新党因此大为不满。由于苏轼再三批评新法，朝中小人上疏诬告苏轼兄弟在居丧期间利用官船贩卖私盐、木材等，虽然最后查无实据，不了了之，但苏轼随即请求外任，决意离开京城这个政治斗争的中心。

熙宁四年（1071），苏轼被任命为杭州通判（知州的助理官）。七月，苏轼携继室夫人王闰之和两个儿子离京上路。途经陈州，与苏辙一家相聚，并与苏辙同行到颍州（今安徽阜阳）拜望致仕的老师欧阳修。这是两位文坛巨匠的最后一次相见，第二年欧阳修便溘然长逝。苏轼万分悲痛，但因公务缠身，无法前往吊唁，于是写下《祭欧阳文忠公文》，寄托自己深切的哀悼之情。在杭州期间，除了本着仁民爱物的胸怀尽心竭力地为百姓奔波操劳外，他时常陶醉于自然山水中。由于生性豁达、开朗诙谐，不管是文人雅集还是群众游乐，总能看到他的身影。杭州的三年，苏轼写下了许多描绘西湖胜景的美丽诗篇，同时也记下了百姓的疾苦和他们的哀乐。杭州任满后，熙宁七年（1074）苏轼被改调到密州（今山东诸城）任知州。密州地处偏僻，和杭州不可同日而语。也就是在密州，苏轼的思想得到了重要的发展。在孤寂和苦闷的处境中，他开始寻求旷达超然的自我解脱方式。与此相应，词的创作也突破了旖旎婉约的传统，无论题材内容还是意境风格都表现出“以诗为词”的特征；内容上不拘成法，“无意不可入”；境界则飘逸豪放，为中国词史掀开了新的一页。熙宁九年（1076）底，苏轼又改知河中府（今山西永济西）。不久，朝廷又改派他为徐州（今江苏徐州）知州。徐州本是人文荟萃之地，苏轼此时又是文坛上的风云人物，因此徐州本地和外地的文人士子都争相与苏轼交往。黄庭坚、秦观、晁补之、陈师道等先后求列于苏轼门下。尽管不容于朝廷，但宾客盈门、士林爱戴，苏轼在徐州的生活还是比较顺遂的。元丰二年（1079），苏轼移任湖州。此时王安石已离任退居江宁，朝中小人当道，朝廷中的斗争已不再以变法和反变法为重心，而多沦为官场上的互相迫害倾轧。朝廷的新贵们从苏轼的政绩中挑不出什么毛病，便在他写的文字中搜罗把柄。有人从苏轼的诗歌和奏章中寻章摘句，罗织莫须有的“包藏祸心”“指斥乘舆”“谤讪先帝”等罪名，要求皇帝将苏轼处以“大诛”之罪。苏轼被押至御史台，经过两个月的严刑逼供，精神和肉体上都受到了难以言喻的凌辱和折磨，最终“罪名”成立，只等皇帝判决。御史台又称乌台，这就是历史上有名的“乌台诗案”。

苏轼下狱，爱戴他的地方百姓闻之伤心，朝野的正直士大夫，包括持不同政见的王安石，也都纷纷为之不平；一些人上书劝谏皇帝，连病中的曹太后（仁宗皇后）也出面干预。经过多方营救，至次年年底，苏轼终于得以免除死罪，被贬为黄州（今湖北黄冈）团练副使，实际是作为罪人被监管在黄州。“乌台诗案”对苏轼的打击非常沉重，他的生活、思想和创作由此发生了重大的改变。在黄州，好友马梦得为苏轼申请了城东荒地供其生活。苏轼对他亲手垦殖的土地产生了深厚的感情，并以此地自号“东坡”。此时的苏轼虽然没有放弃儒家经世济民的思想，但由于政治上的逆境而产生了对整个人生的困惑和怀疑。在他的思想中，佛老的清静无为、超然世外逐渐占了上风，这也使得他能够以更加超脱的态度看待人生的种种遭遇。虽然这场文字狱使他下笔小心了不少，但黄州依然是苏轼创作上一个辉煌的丰产时期。他寄情山水，在对大自然的感悟中淡化和超越人生的苦难。元丰八年（1085），神宗病故，即位的哲宗只有十岁，由倾向旧党的宣仁高太后（英宗皇后）听政。她十分器重苏轼，元祐二年（1087），苏轼被提升为翰林学士兼侍读。但苏轼坚持自己的政见，既反对新党的过激变法，同时又反对旧党对待新法全盘否定的做法，主张“参用所长”。其后果是很快遭到新、旧两党的不满和忌恨。这种无休止的政治斗争让苏轼感到十分厌倦，他多次上书请求外任。元祐四年（1089）三月，苏轼出任杭州知州，为百姓做了许多好事。此后的六七年间，他数次被召回京，但都深感朝廷不可久留，因此又多次自请外放。苏轼在朝期间，主持过学士院考试和进士贡举。他像恩师欧阳修一样，积极拔擢后进，黄庭坚、秦观等才士云集汴京，文坛一时兴盛，这为北宋后期文学的发展开创出一个新的局面。元祐八年（1093），高太后去世，十九岁的哲宗亲政，哲宗重新起用新党。绍圣元年（1094），哲宗在苏轼政敌的鼓动下，又以“讥斥先朝”“谤讪先帝”等罪名，将年近六旬的苏轼一贬再贬，直贬到天涯海角的儋州（今海南儋县）。那里瘴疠肆虐，几近蛮荒。此时的苏轼早已看淡了世间的荣辱，但始终没有放弃儒家的济世精神。他积极奖励农业生产，传播文化知识，培养人才。这时期苏轼的思想和创作是黄州时期的继续和发展。佛老思想再次成为他思想的主导，他的诗词中常常流露出随遇而安、放达自适的人生态度。但是与黄州时的寄情山水不同，此时苏轼的思想已经完全成熟，随缘自适不再是苦苦追求的理想，而完全成为自身生命的一部分。他把这样一种精神的关照投诸平常生活，投诸一草一木，从琐事中也能发现无穷的生机和乐趣。元符三年（1100），哲宗去世，徽宗即位。六十五岁的苏轼获赦北还，结束了七年的岭南生涯。艰苦卓绝的环境并没有磨灭苏轼的精神意志，豁达的性格也丝毫没有改变。建中靖国元年（1101）五月，苏轼为自己的画像题了一首诗：“心如已灰之木，身似不系之舟。问汝平生功业，黄州惠州儋州。”这是苏轼对自己一生的总结，是愤懑？是旷达？是自嘲？还是感慨？个中滋味实在是一言难尽。这年七月二十八日，回京途中的苏轼在常州与世长辞，终年六十五岁。

目　次

蝶　恋　花

京口得乡书①

雨后春容清更丽，
只有离人，幽恨终难洗②。
北固山前三面水，碧琼梳拥青螺髻③。

一纸乡书来万里，
问我何年，真个成归计④。
白首送春拚一醉⑤，东风吹破千行泪。

注　释

① 京口：今江苏省镇江市。孙权曾经在这里建都，随后迁都建业，改称这里为京口镇。
② 幽恨：这里指的是郁结于心的相思之情。
③ 北固山：在江苏省镇江市北，有南、中、北三座山峰，北峰三面临江，回岭斗绝，形势险固，因此称为“北固山”。碧琼梳：碧玉做成的梳子，这里用来比喻北固山前的江水。螺髻：螺壳状的发髻，比喻北固山的峰峦。
④ 真个：真的，的确。个：语气助词，表强调。
⑤ 拚：甘愿，舍得。

题　解

宋神宗熙宁七年（1074）春，苏轼在润州收到家中来信，作下这首词。润州在今江苏省内。本篇通过对比、反衬等艺术手法，层层递进地写出了作者强烈的思乡情绪。其中的物我对照更将词人的乡愁生发到更强烈的层次，是一首非常真切的思乡词。

赏　析

人生沉浮，不由自主，漂泊在外的人，每逢家书寄来，饱经沧桑的心底总会翻出一种莫名的温暖与思怨。对于文人墨客，对于苏东坡来说，这种情景所触及的感动，更是需要以绝妙的文笔娓娓道来，这首《蝶恋花》可以说是苏轼思乡词的温情代表。

上片开篇，词人先写经过春雨洗涤浸润过的眼前景物，一切山水都是焕然一新的，“雨后春容清更丽，只有离人，幽恨终难洗。”春雨过后的千百种景物都显得如此清新，清新得给人美的享受，然而在这一片烂漫的春光里，唯有我这个游子的离恨忧郁无法被洗去。一个“洗”字，用得妙绝！春雨是美好的，能经过春雨洗礼也是一件乐事，然而雨只能拂去事物表面的尘土凡垢，那难以释怀的思乡之情却是深深地埋在心里，是春雨无法触及的。这场好雨可以滋润青苗绿篱，但却滋润不了词人惆怅的心底，这种在美好事物面前产生的强烈的对比，一个“洗”字，道出千种万种的辛酸与无奈。此时的词人，又放眼向远方望去：“北固山前三面水，碧琼梳拥青螺髻。”远远看去，一条江水环北固山潺潺流过，那层层叠叠的青山如同少女头顶上青螺形状的发髻，而那蜿蜒的江水就像是碧玉做成的梳子一般，依偎在北固山的旁边。古人喜欢以物喻人，用美好的事物形容美好的女子或男子，同样，苏轼此处的描写更形象生动地把北固山美丽的景色如画卷般展示给读者。这样的山水虽美，但是终究不是故乡的景色，这么美的景色不属于我，又给词人的离愁添上了一笔浓重的色彩。

这时词转下片，看到这美景，本来思归之心就已经很难耐了，此时又偏偏收到了乡书，“一纸乡书来万里，问我何年，真个成归计。”终于还是收到了故乡的家书，家中亲人挂念，问我什么时候才能真的完成计划而回家呢？家人盼着词人回家，词人又何尝不想还乡？但这个归期，词人又去问谁呢？想到这里，想到漂泊的日子仍然遥遥无期，词人也无奈，最后逼出了末句：“白首送春拚一醉，东风吹破千行泪。”读到此处，读者的情绪也被激发到高潮。心里的离愁和无可奈何，使词人实在目不忍视眼前的美丽春色了，只能蓦然回首，真是想大醉一场就让春天这样过去，不要再让我的心更难受了！人人盼春而词人在此却要“送春”，个中滋味，实在是催人泪下；而词人的心是多情的，是容易被感动的，这么忧伤的情，不妨转过头迎着风，让温暖的东风来吹散我脸上的泪痕吧。这里的“吹”和开头的“洗”又构成一组呼应，词人想让美好的春雨洗掉自己的忧愁不得，到最后就是想让东风吹去脸上的泪痕也不得，太难过，太悲凉，眼泪一行一行不住地流下，千行的思乡泪，就是东风也吹不干，只能把它们吹乱吹“破”。情之至，问之至，百转千回的惆怅，尽在两片词中，两个字里！

少　年　游

润州作，代人寄远

去年相送，
余杭门外①，飞雪似杨花。
今年春尽，杨花似雪，
犹不见还家。

对酒卷帘邀明月②，
风露透窗纱。
恰似姮娥怜双燕，
分明照、画梁斜③。

注　释

① 余杭门：宋朝时杭州城北面有三道门，余杭门就是其中一道。

② 李白《月下独酌》诗云："举杯邀明月，对影成三人。"这里化用了这句诗。

③ 姮（héng）娥：即嫦娥。《淮南子·览冥训》中说到，姮娥为后羿之妻，她因为偷吃了丈夫从西王母那里要来的不死之药，飞升月宫，后来成为了月神。这里代表月亮。怜：爱怜，指月亮的清辉映照着燕子。画梁：有图画雕饰的屋梁，用来比喻华美的建筑。这里指燕子巢居的处所。

题 解

此词为宋神宗熙宁七年（1074）春末，苏轼在润州赈灾时所作。苏轼于此前一年十一月离开杭州到润州，现在春天已尽，出行的归期还是没有定下来，于是写下这首词，通过描写思妇孤寂的情怀来表达自己心中的离愁别恨。

赏 析

写这首词时，由于天灾人祸，苏轼行役频繁，常年奔波在外，久久不得返还杭州，原本就是迁客之身的词人，在这春意阑珊的日子里，离愁别绪更是萦绕心头久久不能断绝。于是词人通过描写与自己同行侍从的妻子在家中思念丈夫的情景，寄托自己深婉的离愁，显得娓娓动人。

这首词开端从回忆相别的时间、地点写起，精练传神。“去年相送，余杭门外，飞雪似杨花。”这是侍从妻子的口吻：去年送你出去赈灾的时候，我们在杭州城北余杭门外告别，那天大雪纷飞好似春日里满城弥漫的杨花一般。短短几句十数个字就把冬日里雪景送别的场景勾勒了出来。回忆过后，该是记述当下了：“今年春尽，杨花似雪，犹不见还家。”而到了现在，今年的春天都已经快过去了，杭州城里处处杨花飘洒，和去年送你走时的飞雪一样，这个时候还是不见丈夫你回来啊。这里“杨花似雪”和“雪似杨花”的巧妙对比，不仅点明了气候和时节，更说明词人在外处理公务的繁忙，表达也甚为巧妙，突显了一位妇人细腻的感情。妇人是要保持矜持的，有感情、有想法，不能轻易表达，心中怀念丈夫，也不能直接说出来；而此处春天杨花飞舞，让人自然联想到漫天飞雪，刚好飞雪的时节就是妇人与丈夫离别的日子，所以通过这样的铺垫和对比，让妇人睹物思人，更自然，更形象，也更真实。不仅如此，这里雪花和杨花的洁白和缠绵更能引起读者美好的遐想，将妇人的形象经历与感情更为浪漫化，这也是上片的一个亮点。

写景抒情完毕，下片转入对妇人的描写，“对酒卷帘邀明月，风露透窗纱。”这是对妇人行为的刻画。我们知道李白写下过“举杯邀明月，对影成三人”的诗句，虽然表意豪放，自得其乐，但是背后的意义仍然是孤单。词人借这两句套入词中，意在表现妇人的寂寞和闺怨。天色晚了，我卷起窗帘，举起酒杯，想让天上的月亮陪我共饮这杯相思酒，然而只有凄冷的夜风和寒露透过窗纱打进屋子里来。多么孤寂凄凉的画面！举杯邀明月是寂寞的时候没有办法的办法，然而明月又怎么能领会凡人的思情呢？妇人满心的苦楚和寄托换来的只是更为凄楚冰凉的风露，这等情景怎能不让人心寒，不让读者动容呢？接下来，词人用以妇人眼睛看到的事物入手，升华了这种寂寞："恰似姮娥怜双燕，分明照、画梁斜。"看到月光映入房里，就好像是月亮上的嫦娥仙子有意怜惜分隔的成双的燕子一样，把光亮照下来，映得斜挂在屋檐下的燕子窝清清楚楚的。怀念丈夫，丈夫不能归，借酒浇愁邀明月，却只得到冰凉的风露的回馈，但是妇人仍然心存一丝可怜的自我慰藉，看到明月把房檐下的燕子窝照得透亮，她竟然觉得是月亮上的嫦娥有意可怜自己，而自己和丈夫就好比是分飞两地的燕子，虽然不得相聚，但是月光却同照在他们各自的身上，看似是自我慰藉，其实让读者更为之伤心难过。思念亲人不得见，妇人只能自我安慰地将月光同照一身的感受拿来当作相思的寄托，太悲凉、太凄楚了。而最后一句"分明照、画梁斜"更是点睛之笔，"画梁"在这里本身指代的是燕子的处所，深层次其实是在指代空空的深闺。从冬天到春尽妇人独守空房，本来已经够受了，然而明月又把这空房照得透亮，这闺房不是会更显得空虚寂寞吗？连妇人最后的一丝自我安慰其实都是更伤人的景象，下片情感的如此层层递进，把这种闺怨的精华阐发了出来。而回归主题，全词其实是从侧面寄托词人自己劳顿辛苦渴望安定的心情，这样写怨妇思念旅人，更是借文表达情感的绝妙方式，不管是描写闺怨还是抒发情感，这首词都是很成功的。

醉落魄

离京口作

轻云微月，
二更酒醒船初发。
孤城回望苍烟合①，
记得歌时，不记归时节②。

巾偏扇坠藤床滑，
觉来幽梦无人说。
此生飘荡何时歇？
家在西南，长作东南别③。

注 释

① 孤城：这里指京口。苍烟合：苍茫的烟霭遮蔽了孤城。

② 这两句意谓词人在宴席间喝醉，所以他回到寓所的情景自己已经毫无印象了。

③ 苏轼的故乡在四川省眉州，而他常年在杭州做官，而且常常因为公事要离开杭州到外地督导各种事务，四川在西南，杭州在东南，所以这句词这样写。

题　解

宋神宗熙宁七年(1074)春，苏轼在润州(今江苏省南部)等地赈灾救济饥荒，直到五月份饥荒灾情有了好转，词人才回到杭州，这一首词就是在苏轼从京口去杭州时，临行前所作。全词使用逆挽法，通过对自然环境的描写和在舟中回望引发的对别宴时的忆想，还有酒醉入梦梦再醒的惆怅，表达了自己对家乡的思念和自己仕宦生活的伤感。

赏　析

逆挽法是一种反差强烈的文法，一般多用于写诗作对。"逆挽"是指几句话中，后面的句子逆前面句子的风格文意而挽向相反的一方，从而使前后句子的风格文意大异其趣。简单说来就是一种强烈的对比手法，这种对比不仅表现在描写的事物上，在文风词法上的反差，也是它的特色。这首《醉落魄》就是这种手法的使用典范，通过上片酒酣言罢归住所歇息，逆文风意义而挽上词人怀想的惆怅和辛苦的经历，在意境上给读者以巨大的冲击。

这首词开篇先交代环境和时间，"轻云微月，二更酒醒船初发。"睁开双眼，看见夜空中月亮光淡淡的，被丝丝轻云遮掩在背后，已经是二更天了，我刚刚酒醒，乘坐的回住所的小船也刚刚出发。这两句虽然简单但是非常引人入胜，犹如叙述故事一样，短短两句交代了故事发生的时间、环境、地点、事件和人物，显得格外生动有趣，让人兴致勃勃。接下来，词人开始记述主人公自己的行为和想法："孤城回望苍烟合，记得歌时，不记归时节。"乘着小舟缓缓前行，我回头望着渐渐远去的京口，茫茫的雾霭遮蔽了这座水边的古城，我努力回想夜里发生过什么，但是只记得在宴席间和朋友们把酒唱歌的情景，而不记得是怎么上的这条船，怎么就要回去了。"孤城回望苍烟合"以词人远去的视野为阵阵迷雾中的京口增添了几分神秘、朦胧的色彩，感觉如梦境一般，这也为词人接下来说的忘记了发生过的事情打下伏笔，而"记得歌时，不记归时节"更是从作者的主观角度衬托出夜里酒宴歌席间，参加宴会的人们是多么尽兴、娱乐，唱歌、饮酒是多么无拘无束，可以毫无顾忌地一直饮酒到让词人“不记归时节”的程度。

但是总体来说，上片还是一派酒酣清醒时回顾高朋晚宴的格调，平铺直叙，轻松自然，但从下片开始逆挽的风格就显现出来了，情愁直抒胸臆。“巾偏扇坠藤床滑，觉来幽梦无人说”这句开始，该是写词人回到住所之后一觉醒来的情景，因为酒意还没有全消，所以词人回到住所，不等宽衣便倒头就睡，而一觉醒来的时候，发现自己头巾已经被睡散睡歪了，而入睡时手中拿来扇风纳凉的折扇也滑落在地。“藤床滑”并不是说藤制的床太光滑，而是词人酒后睡姿不良，可能身体在床上也是横躺竖卧的一副狼狈样子，看着自己如此的形象，房子里空空荡荡，梦里的情景想找人说一说都难啊。这时酒酣宴饮的赏心乐事已经荡然无存，只剩下词人的落魄和狼狈。这也是作者写这首词的用意所在，以表心中的惆怅。这时词人进一步发问，“此生飘荡何时歇？家在西南，长作东南别。”我这一辈子漂泊奔走的日子到什么时候才是个尽头啊？我的家在西南四川，我已经是身在千里之外的东南杭州，而在这异乡异地我还要长期漂泊不定。词人发问，问得凄凉，本来就是“幽梦无人说”，问这样的问题，又是在对谁发问，等谁解答呢？这种孤独是彻骨的，想到自己的处境，自己的家乡远隔千山万水，已经是仕宦在外，但就是在外做官也不得安定，乡思难耐、孤独寂寥，这些情绪汇集于此，加上和上片词的强烈对比，对读者的冲击力之大，可想而知。让读者不免为词人的伤感和遭遇抱以同情，同时也可见词人的情感之细腻，笔法之高超！

江城子

陈直方妾嵇，钱塘人也，求新词，为作此。钱塘人好唱《陌上花》缓缓曲，尝作数绝以纪其事①。

玉人家在凤凰山②，水云间、掩门闲③。
门外行人、立马看弓弯④。
十里春风谁指似，斜日映，绣帘斑⑤。

多情好事与君还，闵新鳏，拭余潸⑥。
明月空江、香雾著云鬟⑦。
陌上花开春尽也，闻旧曲⑧，破朱颜。

注　释

① 钱塘：今杭州。《陌上花》缓缓曲：苏轼《陌上花三首并序引》云："游九仙山，闻里中儿歌《陌上花》。父老云：吴越王妃每岁春必归临安（今杭州），王以书遗妃曰：'陌上花开，可缓缓归矣！'吴人用其语为歌，含思宛转，听之凄然，而其词鄙野。"于是苏轼就改了原曲的词。

② 玉人：美女，指陈直方的新妾。凤凰山：在杭州市区南。

③ 门闲：《周礼·夏官·虎贲氏》："舍则守王闲。"闲：梐枑（bì hù），是古代官府前防止行人乱入的木制障碍物。

④ 弓弯：舞名。唐代沈亚之的小说《异梦录》中记载有邢凤梦见画壁上的美女的故事，美女跳一支舞，就是"弓弯"。

⑤ 杜牧《赠别》诗："春风十里扬州路，卷上珠帘总不如。"这里就是暗用这首诗的意指。指：指给，指与。

⑥ 闵：通"悯"。鳏（guān）：没有老婆的人，又特指老年丧妻的男子，这里指的就是陈直方。潸：流泪。

⑦ 杜甫《月夜》诗云："香雾云鬟湿，清辉玉臂寒。"词中化用这句。云鬟：形容女子的发鬟浓密卷曲如云。

⑧ 旧曲：这里指原《陌上花》缓缓曲。

题解

这首词经考证应是苏轼离开杭州前往密州之前所作的，副题中所提到的陈直方妾嵇，是钱塘县（今杭州近郊）的艺伎，在苏轼临行前，她向苏轼求作新词一首，苏轼看在陈直方原配刚刚去世不久，且钱塘人又喜好咏唱类似《陌上花》一类的曲牌，于是苏轼就作词三首，这首《江城子》是为这件事写下的记录，语言诙谐幽默，足以慰藉丧妻的友人。

赏析

苏轼是一位单纯且直率的文人，真心真意对待朋友更是他的一贯作风。这首词着眼点特别，手法婉转，却在字里行间融汇了他慰藉朋友的一片冰心，看罢此词，友人一定会破啼为笑，感谢这位敏感又真挚的朋友。

这首词开篇先写陈直方新纳小妾的生活环境，“玉人家在凤凰山，水云间、掩门闲。”朋友你新娶进的钱塘美人她的家在美丽的凤凰山中，那里清水曲折，白云长舒，河水和白云之间，只见美人家房门前的隔屏挡住了屋子。这几句词写得意境非常到位，营造出非常好的艺术效果，给读者非常多的想象空间。作者的描写由宽到窄，由总体到具体，却始终不给读者一个结果，到底美人的家是什么样的？美人是什么样子？作者不说，通过这几句词，把它变成了一个谜。词人又转而从侧面继续渲染气氛，“门外行人、立马看弓弯。”词人不直接告诉读者美人的形容面貌，而是借路人的形象深化描写，从美人家门口经过的匆匆赶路的人，都要停下马儿观看美人所跳的弓弯之舞。骑马的行人一般都是有事在身，能在美人的门前驻马观舞，那一定是这舞了得，跳舞的人也了得才是。美人的仪态容貌，仿佛在读者脑海中有一个雏形了。这时词人的视角又转向广角，和这一片的开头形成呼应，“十里春风谁指似，斜日映，绣帘斑。”受了谁的指引，春风也徘徊十里从美人屋前拂过，天色转晚，夕阳的余晖落洒在美人的窗帘上，映出点点红晕。到上片写完，词人也没有直接描写美人的形象，在最后，又遣了春风和夕阳来表现美人的魅力，十里春风都因为美人在此而长驱而来，落日余晖都想一睹美人芳容而映上美人的窗帘，不禁让人觉得这等美人有倾国倾城倾世界的魅力啊！

词至下片，铺垫足矣，所以词人开始直接表达对朋友的慰藉了，“多情好事与君还，闵新鳏，拭余潸。”博得美人芳心的好事，最后还是落到你的身上了，上天以这样的乐事安慰刚失去原配的你，能帮你擦去痛心的泪啊。这句词写得婉转俏皮，不说悲，而是用以乐事冲去悲哀的方式安慰朋友，这样的美人，就是上天对你失去爱妻的慰藉，擦干眼泪，好好生活。多么实实在在的暖心话语，说得不过也不缺，刚好起到安慰朋友的最好效果。安慰的话只点了一句，词人笔锋又一转接着上片的黄昏时景再写道“明月空江、香雾著云鬟”。你看，天色晚了，明月当空，映照着宽阔的江水，显得一派空旷，林间带着芬芳的薄雾升起，微微打湿了美人的云鬟。这时写情，“陌上花开春尽也，闻旧曲，破朱颜。”乡路上的花儿开了，这时春天也去了，听着《陌上花》三首归家的旧曲，美人哭了。这句说美人，其实还是在开导陈直方，天晚了，春都过了，美人最好的年华还等陪你度过呢，接受新生活好好过日子，别让这样的美人听了思乡的旧曲盼你不归而暗自流泪啊！结合通篇，这样的文字和如此劝慰人的语言结构安排，确实会起到很好的鼓励作用，连旁观读者都会被词文所感动，更不要说当事人了。这首词可谓是苏词赠词中的一朵奇葩。

江 城 子

湖上与张先同赋，时闻弹筝①

凤凰山下雨初晴②，水风清，晚霞明。
一朵芙蕖、开过尚盈盈③。
何处飞来双白鹭？如有意，慕娉婷④。

忽闻江上弄哀筝，苦含情⑤，遣谁听？
烟敛云收、依约是湘灵⑥。
欲待曲终寻问取，人不见，数峰青⑦。

注 释

① 张先：字子野，乌程（今浙江吴兴）人，北宋词家，有《张子野词》。

② 凤凰山：在杭州市区南。

③ 芙蕖 (qú)：荷花的别称。盈盈：美好的样子。这里喻指下面那位弹筝的丽人。

④ 娉（pīng）婷：姿态美好，表面上指荷花，其实指代的是弹筝的人。

⑤ 筝：拨弦乐器，音箱为木制长方形，面上张弦，唐宋时期为十三弦。苦：甚。

⑥ 这句词是在说弹筝者仿佛是湘水女神。《楚辞·远游》："使湘灵鼓瑟兮，令海若舞冯夷。"湘灵：相传是舜帝的妃子，在湘水中溺死，成了湘夫人、湘水女神。海若、冯夷：分别是古代神话中的海神、河神。

⑦ 这里化用了钱起的诗作《湘灵鼓瑟》中"曲终人不见，江山数峰青"的名句。问取：问。取：语气助词。

一朵芙蕖、开过尚盈盈

题 解

关于这首词的来历，历代学者考证不同，一说苏轼任杭州通判时，与朋友在孤山竹阁前临湖亭上聊天作赋，忽然看到西湖中一彩舟经过，舟中一女子生得十分靓丽，弹得一手好筝，苏轼遂戏作此词。还有一说载苏轼一日与朋友泛舟西湖，一小舟翩然而来，舟中一女子愿以一曲古筝换苏轼小词一首，苏轼不好推托，听罢曲子，写成这首词。但这首词具体何来，今人也不得知晓，不过这么多故事流传下来，也可以印证这首词的精妙。

赏 析

这首词是一首游览时即景成吟的写景叙事词，词风流畅，用语优美，描写了傍晚日落时分西湖的美景，赞美了湖中弹筝的女子的筝声悠扬动听，为读者展现了一幅美丽的西湖风景图。读来朗朗上口，美感十足。

通过副题交代的信息可以得知，写这首词的时候，词人恰逢与另一位词人泛舟赏景，咏作新词，这时忽然传来的美妙筝声让词人灵感迸发，写下这首优美的词章。像作画一样，词人先渲染整体景色的环境，于是开篇写道“凤凰山下雨初晴，水风清，晚霞明”。西湖美景，天下皆知，游览西湖，素来有“晴西湖不如夜西湖，夜西湖不如雨西湖”之说，这三句里把晴西湖、夜西湖、雨西湖融为一体，这种景色的美感，可想而知。郁郁葱葱的凤凰山下，拥着一汪美丽的西湖水，小雨刚刚过去，水面上微风轻轻拂过，太阳露出头来，映照出一片绚丽的晚霞。晚霞再倒映在雨水洗过的西湖中，这时泛舟游于西湖之上，这种感受想必是非常绝妙的。在这样美好的环境下，词人开始细致地刻画一处具体的景物了，“一朵芙蕖、开过尚盈盈。何处飞来双白鹭？如有意，慕娉婷。”在这傍晚时分初晴后雨的西湖上，有一朵特别的荷花，绽放出一种特别美丽的姿态。两只多情的白鹭，不知道从什么地方飞过这里，它们像被这朵荷花吸引住了一样，在它的周围飞舞徘徊着，好似在欣赏这荷花美丽的姿态。荷花是静的，在清风中微微摇曳，而白鹭是动的，围绕着荷花久久不去，这一静一动的鲜明对比，把刚刚描摹的一整幅西湖美景图衬托得更是妙趣横生、情趣盎然。

词人笔下不光是文字，还有让人历历在目的美景，而在这美景的背后，特别是白鹭、荷花的互动背后，更有一层为写下片弹筝妇人打下的伏笔，可以说那朵美丽特别的荷花便是弹筝者的象征，而白鹭便是听筝入迷的听众，这里应该指代的就是词人自己和朋友张先。

词入下片，词人开始从自己的第一人称角度叙事了，“忽闻江上弄哀筝，苦含情，遣谁听？”我正沉醉于这番赏心悦目的美景中时，远处江上传来一阵忧哀的筝曲，曲调里满是苦情的滋味，这是弹给谁听的曲子呢？这样的美景中，是谁在用筝声讲诉凄凉的心情呢？但是弹筝的人，词人没有看到，“烟敛云收、依约是湘灵。”我往四周远处望去，水面上烟波散去，远处轻云已收，还是看不到弹筝人在哪里，难道是湘灵女神一样的仙子在弹筝？只闻其声不见其人，词人这种描写无论是写实还是运用了夸张手法，都为这首词增添了更多韵味，也为读者留下更多遐想弹筝者形象的空间。寻不见弹筝人，词人却已经听得入神了，“欲待曲终寻问取，人不见，数峰青。”既然看不到弹筝人，那就等这首曲子弹完，再去寻找打听这弹筝的佳人吧，可是曲终湖上却见不到有人在，只有远山青峰数点立在那里。美景总要伴着美事而更显特别，最后这句词承袭下片的神秘色彩，让弹筝人从头到尾不曾露面，而最后一句回归到照应上片第一句的远景当中，以凤凰山开头，以青峰数点结尾，非常连贯。结合全文，词人将景色、奇事结合在一起。描写的过程中把视觉的色彩、听觉的声音和人心里的感受融合在一起，寓情于景，景中遣情。这样写景叙事的方法，成就了这首词带给读者的绝美体验。

虞美人

有美堂赠述古①

湖山信是东南美，一望弥千里。
使君能得几回来②？
便使尊前醉倒更徘徊。

沙河塘里灯初上，水调谁家唱③？
夜阑风静欲归时，
惟有一江明月碧琉璃④。

注　释

① 有美堂：在杭州城内的吴山上。宋仁宗嘉祐元年（1056）由杭州太守梅挚所主持修建。梅挚来杭州做官时，宋仁宗赐诗一首，有“地有吴山美，东南第一州”之句，所以把所建的堂起名“有美堂”。

② 使君：汉代以后对州郡长官的尊称，在这里是指陈述古。

③ 沙河塘：在杭州城南，是当时杭州比较繁华的地方。水调：曲调名。

④ 碧琉璃：比喻月光照射下碧绿澄澈的江水。琉璃：玻璃。

题 解

宋神宗熙宁七年（1074）七月，杭州太守陈述古任期已满，被调往南都（今河南商丘），苏轼在有美堂设宴送别陈述古时，即兴为其作下这首送别词。词中先写杭州一带湖山之壮丽，再写到离者对故地的眷恋。从景色到人，从人到景，烘染出离别的心绪。

赏 析

席间作赋，本身就是古时文人的一项才能和爱好。苏轼的送别词，特别是即兴所作的词章更是长于真挚豪迈、大气十足又依依惜别。这首词就是写于送别好友杭州太守陈述古时的送别词，读起来意韵十足，惜别但不见伤感。

从副题得知这首词是作于西湖东南的吴山有美堂上的，多年以来这里就是文人墨客、名士帝王所熟知的宝地，关于这里流传的故事，更是不胜枚举。站在这集千百才子灵韵的高台之上的苏东坡，开篇便化引有美堂始建的佳话，展开大手笔，写出西湖山水景色的壮美："湖山信是东南美，一望弥千里。"杭州的湖光山色当数中华大地东南面最为壮美，绵延的青山和无际的江湖弥望千里不见边。当年的西湖和我们今日所见的西湖并不相同，古时候浙江有许多大泽，而西湖的水势更是浩然壮观，它连通钱塘江，到江水汛期，西湖洪水能一改其温柔的面容转而吞噬周围的一切。结合历史，有助于读者更好地了解词人此句描写并不夸张。这首词好似与友人对话一般，先指点一脉江山，再转而对友人发话，"使君能得几回来？便使尊前醉倒更徘徊。"这么好的人间天堂，陈大人您今日一别还能有多少机会回来走走呢？就让我们此刻好好痛饮，好好留恋一番吧！送别诗词，大多温婉情长，而这两句词的豪放更显出诗人爽朗的真性情。无须多言，无须惜别，在这美好的景色里开怀畅饮以后的一醉，就是对此地最好的留恋。"更徘徊"意在说如果喝醉了就更徘徊留恋了，深层体会却是有一种词人对朋友的劝解，通过酒醉把留恋藏在心底，今日里就留下最好的记忆。

上片以说话的口吻，像酒后坦言般劝慰了朋友之后，下片还是从侧面烘托情感了。词人远眺湖面，"沙河塘里灯初上，水调谁家唱？"再往南望去，夜色降临，沙河塘的夜市刚刚开始，灯火初明，听听那水榭楼阁里传来优美的《水调》曲的歌声，不知是哪家的姑娘唱得如此动听。杭州好，离人怎么能不留恋？这两句就是侧面一个真实的写照，也肯定了陈述古为官的功绩，杭州一派欣欣向荣让人留恋，这让人眷念的欣欣向荣正是陈大人你为官成功的最好写照啊。再接下来是词人对席散情景的想象，“夜阑风静欲归时，惟有一江明月碧琉璃。”等到夜深风歇了的时候，今天的宴席才要慢慢散去，那时候堂外应该只剩下一派江流湖水倒映着天上的明月，月光的照耀下平静的湖水好似碧绿色的玻璃。这最后一句词，首先暗示了今天的宴席一定是会进行到很晚很尽兴才会结束，同时这一句和上一句也形成了鲜明的对比，一个热闹，一个恬静，不但写出了夜西湖不同的面貌，还寄予了词人无限的真心，现在我们大家热热闹闹地为使君您送行，就是宴席散去，使君也不用觉得孤独寂寞，我作为朋友真心一表犹如天上明月，就是万籁俱静的时候，我对使君的友谊还是皓月当空般照进你心里。下片的描写细细品来可谓是尽显词人婉约细腻的一面，几乎照顾到离人在杭州徘徊最后时日的处处细节，用夜市景色烘托别宴的热闹，又怕宴席散去离人伤感，强调词人对他的一片明月冰心。与上片风格迥异，品读起来别有一番风味。可见苏轼这位语言大师的功力深厚，可以令词句任由自己所需要表达的情感所用，让读者不得不佩服。

江　城　子[1]

孤山竹阁送述古[2]

翠蛾羞黛怯人看[3]。
掩霜纨[4]，泪偷弹。
且尽一尊、收泪唱《阳关》[5]。
漫道帝城天样远[6]，天易见，见君难。

画堂新缔近孤山。
曲阑干，为谁安。
飞絮落花、春色属明年。
欲棹小舟寻旧事，无处问，水连天。

注 释

① 江城子：词牌名，又名江神子。

② 竹阁：唐宪宗元和年间，白居易出任杭州刺史，在西湖为鸟窠禅师建此阁（见《景德传灯录》）。述古：人名，陈襄。

③ 翠蛾：美人的眉毛。古代形容女子眉毛修长，如蚕蛾，以黛点色，故称翠蛾。此处指官伎。黛：青黑色颜料，古代女子用以画眉。《释名》："黛，代也，灭眉毛去之，以此画代其处也。"引申为女子眉毛的代称。

④ 霜纨：指精致、洁白的绢扇。

⑤ 阳关：古曲名。唐代王维作《渭城曲》，后入乐府，成为流行的送别曲，称为《阳关曲》。

⑥ 帝城天样远：典出《晋书·明帝纪》："明皇帝讳绍，字道畿，元皇帝长子也。幼而聪哲，为元帝所宠异。年数岁，尝坐置膝前，属长安使来，因问帝曰：'汝谓日与长安孰远？'对曰：'长安近。不闻人从日边来，居然可知也。'元帝异之。明日宴群僚，又问之。对曰：'日近。'元帝失色，曰：'何乃异间者之言乎？'对曰：'举目则见日，不见长安。'由是益奇之。"此处借指陈襄要去的地方很远，不易再见。

题 解

宋神宗熙宁七年（1074）八月，原杭州太守陈襄（字述古）将改任南都（今河南商丘），苏轼与之“放舟湖上，燕（即宴）于孤山竹阁”（《苏诗总案》卷十二）。苏轼于此时写下了这首出色的送别词。

赏 析

这是一首别情词，但在苏东坡手底下，却写得一反常套而不落窠臼、别出心裁。上片着力写送别时他人的情感表达，分别从肖像、心理、动作、情态，浓墨重笔刻画出了一个暗自神伤、依依惜别的歌女形象。

“翠蛾羞黛怯人看。掩霜纨，泪偷弹。”清丽的歌女，黛色的双眉修长如蚕蛾，愈发显得娇艳如花。千呼万唤之中，她却用洁白的绢扇将精致的面容遮掩，为何如此羞怯呢？原来那梨涡含黛的凝脂玉肌之上，正是梨花带雨、暗自呜咽。“怯”“掩”“偷”用得极为传神，但是为什么她要如此伤心呢？“且尽一尊、收泪唱《阳关》。”原来在玉柱金徽的轻拢慢捻中，奏响的是一曲离别的《阳关三叠》，一曲阳关情几许，黯然销魂为别离。词人通过对她的行为描写，不仅显示出她歌女的身份，而且表明了她悲伤的原因，紧紧扣住了离别的主题。下面三句更是以歌女的口吻，直抒胸臆：“漫道帝城天样远，天易见，见君难。”借用关于日近长安远的典故，说明陈襄要去的地方很远，经此一别，很难再一次相见。用“天易见”来反衬“见君难”，表达了对远行者的无限依恋。这一切仿佛与苏轼无关，满眼尽是歌女的惜别之意，与词人有什么关系呢？这恰恰是苏轼这首送别词不落窠臼的地方，用他人的别情来衬托自己的别情：杭州的歌女对即将离任的太守尚且如此临别依依，作为相处数年的同僚和诗友，词人此时的感受就更不必说了。

然而，倘若仅仅渲染歌女的惜别之意，那整首词未免显得单调，并且让人无法体会到词作者的惜别之意。因此，下片侧重写词人自己的惜别之情。

词人尽力避免直说，力求表达得委婉、曲折而深至，将别情分为三层。“画堂新缔近孤山。曲阑干，为谁安。”是第一层。首先，点明“孤山竹阁”这个送别的地点。词人用寥寥数笔就勾画出了送别地点清新的美景，从而在反面来衬托笼罩在心头挥之不去的浓浓惜别之情。新建的画堂，曲折的回廊，莹润的栏杆，以“乐景”衬愁绪，愈显离情之哀。“飞絮落花、春色属明年。”作者笔锋一转，写时节风物。已是仲春时节，春芳消歇，一种悲凉的意绪扑面而来，为离别的场面更添一种沉重。明媚的春光尚待明年，而别离之后的重逢却无法预知。回首往事，对景伤怀。“欲棹小舟寻旧事，无处问，水连天。”在离别的时刻，词人还想追寻旧游的踪迹，词人难以忘怀往日西湖同游的闲适和结下的珍贵友谊，但眼前却是天水相连、茫茫一片，前尘旧影更向何处寻觅！结句“水连天”不仅扣合西湖的景物，与上文“孤山”相呼应，而且曲折透露出词人与友人离别时刻黯然神伤的情态，极富韵味。这种写法是“以景结情”，为读者留下很多想象和回味的空间。上片借歌女的情态、歌声和心绪，写出居者对行者的无限依恋；下片写孤山画堂，好景虚设、春意阑珊、旧意难寻，将惜别之情写得精微而不落俗套，从而反映出词人与行者情谊的深笃。

菩 萨 蛮

西湖送述古①

秋风湖上萧萧雨，
使君欲去还留住②。
今日漫留君，明朝愁杀人③。

佳人千点泪，
洒向长河水。
不用敛双蛾，路人啼更多④。

注 释

① 词题本来是写作《西湖》，原题究竟有没有加“送述古”已无处考证，此处为结合词中实事，故使用全题。

② 使君：仍然指陈述古，详见《虞美人（有美堂赠述古）》。

③ 漫：徒然，徒然无功，白费心力。杀：同“煞”，强调思愁难当。

④ 敛双蛾：就是皱眉的意思，这里指流泪。路人：这里指站在路旁送别陈述古的杭州百姓。

题　解

这首词也是送别陈述古的词作。相比于之前同样是送别陈述古时所作的《虞美人》，这首小词显得委婉曲折，从上片留与不留友人的辗转心情到借佳人哭泣唱别的感伤，显示出一种非常婉约的词调，突显了词人多情善感的一面，全词娓娓道来，楚楚动人。

赏　析

美妙酣畅的临别盛宴终究是敌不过朋友临行时的依依惜别和悲伤的情绪，这首小词《菩萨蛮》中所蕴含的婉约惆怅的情绪就是对这种情绪的一种低声的宣泄。在西湖畔，好友陈述古临行之前，词人便用这样的口调来表达心中对朋友最后的留恋。

开篇手法近似于比兴，比兴是我国先秦诗歌常用的一种手法，这种手法从事物入手，开篇写看到或想到的事物，然后转入要表现或评价的事件当中。这首词也是如此，“秋风湖上萧萧雨，使君欲去还留住。”七月到了最后，秋风渐渐吹起，潇潇的凉雨打在湖面上，这样的时节里，陈大人您就要离开了，但是你的心一定还在这里逗留不去。秋风秋雨虽然是自然景物，但是本身就带有一种凄凉的意味，虽然不能直接与离人的留恋衔接在一起，但是在这样萧瑟的大环境里阐释离别的心情，让人读来更是别有一番滋味。好的诗人词人，如苏东坡一般，他们可以调遣不同的感官让读者感受到他们所想要表达的思情，这里离人的不舍和惆怅，读者可以从秋风吹在身上的感觉和秋雨打在身上的触觉来感知。接下来词人直接表达自己的思绪，“今日漫留君，明朝愁杀人。”朋友你的离开是必然的，我今天对你如此挽留也是徒劳的，所以你走以后我只有令人难以释怀的哀愁了。这两句有一种与必然发生的事情抗争的情绪，调任陈述古是朝廷的命令不得违抗，词人分明知道朋友是必须要走的，挽留也是徒劳的，但即使是这样，词人还是要做这“徒劳”的挽留，这种无声的抗争更加反映了词人对离人的友情至深至真。

词至下片，写过了离人，写过了自己，词人又将描写转向了第三方送别的人群，通过写送别的人群比离人更伤心，来突显对陈述古的不舍。他先从“佳人”入手，“佳人千点泪，洒向长河水。”送行的人群中，那因为你要离开而伤心流泪的美丽女子泣不成声，流下的泪水数不尽都能汇进脚下的长河中了。“长河”一直是表达思念的一种意象，河水的两头连结着分隔两地的人，词人借佳人的千点泪洒长河，其实也是在表达自己对朋友的思念也将汇入这思念的长河，伴着你渐渐远去。最后两句给了答案：“不用敛双蛾，路人啼更多。”佳人都流泪了，而我不流泪，不是因为我不难过，因为道路两旁送别你的人群哭泣的实在太多了，我已经不用皱眉流泪了。这是一种反写的手法，写众人不舍离人而纷纷下泪，哭到了让词人已经无须再为离人流泪的地步，这恰恰是一种表达离别之情的最佳效果。所以纵观全词，词虽小，但是其中微言大义，能品味出的情感和词人高超的写作技巧却不能让人小觑。

清 平 乐

送述古赴南都①

清淮浊汴，更在江西岸②。
红旆到时黄叶乱，
霜入梁王故苑③。

秋原何处携壶，停骖访古踟蹰④。
双庙遗风尚在⑤，
漆园傲吏应无⑥。

注　释

① 词题本来写作《秋词》。南都：今河南省商丘市。

② 清淮：指淮河，发源于河南桐柏山，东经安徽、江苏入洪泽湖。浊汴：指汴河，也称汴渠。隋代以后的汴河故道经由河南、安徽入淮河，唐宋时期是东南各地通往京师的漕运要道。陈述古赴南都，要过淮水与汴河。江：这里指长江，南都地处长江下游以西。

③ 旆（pèi）：旌旗，这里指太守的仪仗队。梁王故苑：指汉代梁孝王（刘武，汉文帝的儿子）在陈留（今河南开封市东南）修治的宫室园林。

④ 携壶：带着酒壶，这里是游赏的意思。停骖（cān）：停下马车。骖：一车驾三马或驾车时位于两旁的马。

⑤ 双庙：唐代安史之乱时，张巡、许远坚守睢阳（今河南商丘市南），最后都壮烈牺牲，后人为他们立下两座祠堂，这就是双庙。

⑥ 漆园傲吏：这里指庄周。庄周，战国时期宋国蒙（今河南商丘市东北）人，曾为漆园吏，楚威王听说他很贤能，就派使者带着许多金银财宝去见他，并且答应要任命他做宰相，但是庄周对楚国使者说："子亟去，无污我。我宁游戏污渎之中自快，无为有国者所羁。"表现了庄周遨游于物外，不为利禄所累的人生态度。

题 解

这首词是苏轼送走陈述古之后的揣想之作。上片写行程，借淮河、汴水、长江、梁苑等地理名称以及黄叶、霜等秋季事物的特点，说明行者的去向、路途的遥远、到达的时间等；下片猜想友人到达南都以后凭吊古代的先贤，虽然也是出于假想，却也表明了对友人的了解之深。

赏 析

这首词作于陈述古北上南都之后，词人思念好友，揣测一路上友人可能的遭遇所写下的以想象为主的怀人词，但是这种想象并不是凭空乱想，而是基于词人对朋友的了解，通过这些了解所作的一系列推断，显示了词人对陈述古真挚的友情和对述古其人的真切了解。

这首词上片开篇写景，“清淮浊汴，更在江西岸。”这两句词的意思是，清澈的淮河和泛着浊浪的汴水都向东流，从西边汇入长江，朋友你现在肯定在溯游而上，通过淮河和汴水，往西北方的南都进发。古时候通讯并不发达，最快的驿道传信传出的也怕都是旧闻了，朋友已经走了，词人凭着自己的经验直觉，想象朋友应该已经从汇入长江的淮河汴水向西北的南都靠近了，说明了离人可能所在的位置和目的地。接下来词人开始想象朋友到达目的地时的情景，“红旆到时黄叶乱，霜入梁王故苑。”这里两句词的意思是，当你的仪仗队到达南都的时候，恐怕已经是树叶枯黄随风作响的中秋时分了吧，那时候秋季的清霜应该已经打在汉代梁王留在南都的旧宫殿里了吧。这两句揣测朋友将要到达的时日，因为陈述古是在七月盛夏离开杭州北上的，这里对时节的描写是到了满树黄叶的中秋时分，也说明了这一路上路途遥远，奔波辛苦。“霜入梁王故苑”更显示了词人对朋友细腻的关怀，这里深层意思是在说，你到了南都已经是秋天了，北方寒冷来得快，那时可能已经是南都霜降的日子了，朋友要保重身体啊！这两句词，没有写旅途祝愿的客套话，全部都是词人发自内心为对方着想的心意，反而更能表现出词人对朋友的关心之情。

虽然是想象揣测所写下的词作，但是这首词的时间顺序和事件的联系却是相当紧密的。上片从想象朋友现在所在的大概位置，想到朋友到达目的地的时节，现在转入下片，开始写朋友到达目的地后会做的事情。“秋原何处携壶，停骖访古踟蹰。”到达南都，安定下来，在这秋高气爽的日子里，朋友你会提着酒壶到这中原大地的什么地方去游玩呢？我想你应该会把马车停在那古代圣人先贤留下过印记的古迹胜地，在那里徘徊凭吊吧。这里词人通过自己对朋友的了解，猜想到任之后闲暇之余，朋友会去哪里游玩。这也显示出作者对朋友委婉的赞扬，心中有古人的人往往胸怀大志，心存社稷国家，这里写陈述古要去拜谒古迹，就从侧面显示出述古忠君爱国的情操，夸写他是国家的良臣。接下来，是词人想象朋友会去的具体两个地方，“双庙遗风尚在，漆园傲吏应无。”这两句词化用典故，意思是忠君爱国的唐朝守将张巡、许远的精神还在影响着士人，而漆园傲吏庄周遨游物外的出世思想应该已经没有了。这里字面上实说往事，其实是在说陈述古以及词人自己的人生和政治抱负，一个“尚在”，一个“应无”，并不是单说古人精神，而是在说朋友乃至自己的想法。同大多数文人一样，苏轼早年一直是主张积极入世的文人，所以庄周的思想虽然自然，但是在他与朋友陈述古身上并不实用，而为国家社稷甘愿捐躯的忠肝义胆之士的情操是他们心神向往的。这两句词一面赞誉了陈述古愿意为官有所作为的志向，也从侧面表达了词人自己的政治理想。物以类聚，人以群分，能写出这样的词句既赞誉朋友又彰显自己，可见词人与离人相互理解的程度之深。

南　乡　子

和杨元素，时移守密州①

东武望余杭②，
云海天涯两渺茫。
何日功成名遂了③，
还乡，醉笑陪公三万场④。

不用诉离觞⑤，
痛饮从来别有肠。
今夜送归灯火冷，
河塘，堕泪羊公却姓杨⑥。

注　释

① 杨元素：名绘，绵竹（今四川省绵竹）人，神宗熙宁七年（1074）九月代替陈述古为杭州太守。
② 东武：隋代称密州州治诸城为东武，这里沿用旧名。余杭：杭州。
③ 功成名遂：这里的意思是建立功业，取得声名。语出《老子》：“功遂身退，天之道。”
④ 李白《襄阳歌》：“百年三万六千日，一日须倾三百杯。”这里化用这首诗。
⑤ 离觞：离别时的酒。觞：酒杯。
⑥ 灯火冷：这里指灯光稀落的意思。冷：稀落。河塘：即沙河塘，宋代杭州有名的闹市。羊公：这里指西晋名将羊祜（hù）。据《晋书》记载，羊祜镇守襄阳有德，死后襄阳人为他立碑，“望其碑者，莫不流涕，杜预因名为堕泪碑。”这里词人以羊祜来称颂杨元素是一位有高尚情操的地方官。

题　解

宋神宗熙宁七年（1074）九月，在刚刚送走故友陈述古的短短两个月之后，苏轼接到了以太常博士直史馆权任密州（今山东诸城）知州的任命。在离开杭州前，杭州太守杨元素为他饯别，席间苏轼和杨元素互相唱词对酬，这首词就是苏轼当时所作的一首和作。词的发端设想自己身在密州之后和朋友相见无期，进而想象功成身退之后得以重新对饮的欢快，下片主要写此日此时对饮的痛快，还巧用典故称颂友人。写离别之情，直吐胸臆，词境开阔，感情奔放。

赏　析

中国古代，但凡名家名士，就算不是曾经的故交，他们也都愿意以酒以文会友，尽表心中情感。苏轼当然也不例外，在刚刚告别在一起工作很久的原杭州太守陈述古之后，数月之间，苏轼通过工作和生活的交往与新任太守杨元素也结下了深厚的友情。可是苏轼的一生是坎坷不平的，送别旧朋友，交了新朋友，而调任的委任状又恰好在这种时候来到，两个月前还是送人离去，而现在马上又要成为告别熟悉的杭州和刚熟悉的新朋友的离人，其间的滋味，肯定是很复杂、很难表达的。这首词就传达了词人对朋友的珍重之情和心中不灭的政治抱负。

上片开头，词人借酒桌上对未来的展望想象离别调任密州之后的情景，“东武望余杭，云海天涯两渺茫。”到了这古称东武的密州之后，向为官多年的杭州城回望，天涯一样遥远的距离只能让我看到这两地之间茫茫无际的缥缈云海。词人这里把视角拉到一个极其长远的距离，用“云海”“天涯”来形容密州和杭州的距离之远，而“渺茫”在这里不光是指隔在两地之间的云雾缥缈，这种“渺茫”也是形容与为自己饯行的杨元素再相见的机会很“渺茫”，为官在外，去留都不是自己能控制的，有的时候一别便是一生，这两句词也寄托了这种无奈的心情。在这种情景的映衬下，词人继续写道：“何日功成名遂了，还乡，醉笑陪公三万场。”这里化用李白的诗句尤其显现出词人豪放豁达的人生态度，虽然再相见遥遥无期，但是一旦有一天功成身退了，我一定回到杭州，和朋友你酣畅淋漓地喝上一场，一吐胸中的畅快。苏轼是一位主张积极入世的文人，但是在他的词作中，这种入世的情结大部分表现得比较隐晦，而这里借着席间的酒意，词人大大方方地把心中的志向和理想吐露出来，谈到了自己愿意靠自己的能力达到功成名就的人生追求，当然，作为迁客骚人，这也是唯一能得以重新和朋友见面畅聊的基础。上片通过展望未来，抒发胸中抱负和人生的最终愿望。

进入下片，词人开始记述现在宴饮的情形了，这是酒过之后苏轼心中的真情实感，“不用诉离觞，痛饮从来别有肠。”在这愉快的宴席间，不要去过多地倾诉那些离别时的伤感话语，畅饮美酒的时候一向都不需牵肠挂肚。这句话的意思在于劝好友尽情畅饮，而其中深刻的生活意义也非常值得品味，人们一直讲“借酒浇愁”等用酒来麻痹自己，让自己一时免于忧患，而这里苏轼却说，喝酒是赏心乐事，不带有任何忧愁和悲伤的情绪，才能真正地痛饮享受喝酒的人生快乐。这种境界是非常难得的，显示出词人不拘于生活中的坎坷，一心向上的积极乐观心态，值得我们学习。

最后，在阐发过自己想要说的话之后，作者又回归宴席本身，赞扬了这场别宴的主持者杨元素，“今夜送归灯火冷，河塘，堕泪羊公却姓杨。”等宴席结束了，时间已经很晚了，灯火依稀的时候朋友你会送我回去，在杭州也有一位像羊祜一样感人泪下的好官，真巧，这个官员也姓杨。这两句词暗示了这场宴席也会像送别陈述古时一样持续到很晚，“灯火冷”字面上是灯火依稀，其实是因为夜深很多灯光已经灭了。河塘，所指的是沙河塘，代指杭州，这里借用西晋爱民名将羊祜的典故真挚地赞颂了杨元素是像过去这位羊公一样的爱民好官，以此收尾，作为送给杨元素的一首词情理上也非常到位。

纵观全词，通过想象、情景描写、情感表达等，作者将自己豪迈的人生观和政治追求以及对朋友的真情厚意融于一首小词之中，手法自然，行文流畅，让后人广为传诵。

南　乡　子①

自　述②

凉簟碧纱橱③。
一枕清风昼睡馀。
睡听晚衙无个事，
徐徐，读尽床头几卷书。

搔首赋归欤④。
自觉功名懒更疏。
若问使君才与术⑤，
何如，占得人间一味愚⑥。

注　释

① 南乡子：词牌名。
② 自述：题目一作《和杨元素》。
③ 凉簟：凉席。簟：竹席。碧纱橱：绿色的纱窗。
④ 归欤：回去吧。《论语·公冶长》："子在陈，曰：'归欤！归欤……'"后来东汉张衡的《归田赋》、晋代陶渊明的《归去来兮辞》都表达了"归欤"之情。
⑤ 使君：此处是苏轼自指。
⑥ 一味：一向，向来。

题　解

这首词作于宋神宗元丰元年（1078）秋，苏轼在徐州知州任所，时年四十三岁。从内容来看，这是一首遣兴之作，更是一首咏怀之作，表现了作者的生平感慨。

赏　析

宋朝是中国传统文化思想成熟定型的时期。魏晋以来的儒道释三家之间的冲突，逐渐演变为融合与渗透，到唐宋时代，三者形成了共尊的局面，即所谓“儒教饰其身，佛教治其心，道教养其寿”，三者互不相妨而成一心。李泽厚先生在其《美的历程》中说到，苏轼的典型意义就在于他是士大夫那种出世与入世矛盾心情最早、最鲜明的人格化身，他把晚唐开端的进取与退隐的矛盾双重心理发展到一个新的质变点。

这首词上片写词作者公务之余的清闲。词中叙述了两件事：一件是昼眠，一件是读书。“凉簟碧纱橱。一枕清风昼睡馀。睡听晚衙无个事，徐徐，读尽床头几卷书。”一苇竹席，绿色的纱窗，清风徐徐入帘。寥寥数笔，已把消闲情味写得扑面而来。既然“晚衙无个事”，词人也就有了一份闲适的好心情。凉爽的天气，小憩后的舒畅，自然而然地词人就“读尽床头几卷书”了。这样一种好似慵懒的描写实际上是为下文“懒更疏”埋下伏笔。古人为官有“政简刑清”之说，这就意味着一任清廉能干的官吏要做到政事简要，对百姓刑措不用。因此，从这个角度来看，苏轼为官一任能够做到政简刑清，而百姓安居乐业，其“睡听晚衙无个事”也就不无自矜的意味。当然，苏轼的这种自矜更多的是一种政事之余的自得而并非自傲。

下片抒写身世的感慨。“搔首赋归欤”，用搔头的动作细节刻画了人物所思的情态，并顺带把《归去来兮辞》的那种归隐的心态表达了出来。“自觉功名懒更疏”进一步表现了词人对功名利禄的淡薄，而欲抽身归隐，这也正是词人“赋归欤”的动因所在。最后三句“若问使君才与术，何如，占得人间一味愚”，承接上文，发泄了词人郁郁不得志的牢骚情绪。前两句设问，最后一句“占得人间一味愚”自我解嘲。当然，词人并不是真的说自己是一向蠢笨，而更像是一种激愤的反语，表现抱负不得施展的怨愤。

这首词作表现了苏轼的生平感慨，上片写昼睡醒来读书的情态，十分生动自然；下片用反语说自己不合时宜，表现抱负不得施展的感慨和苦闷。苏轼的这种苦闷也就是士人要归隐的心理动因。但苏词不乏有“谁似东坡老，白首忘机”这样的词句，因此苏轼的“占得人间一味愚”更多是有着要忘却机术、权谋的佛老心态。

减字木兰花

秘阁古《笑林》云："晋元帝生子，宴百官、赐束帛，殷羡谢曰：'臣等无功受赏。'帝曰：'此事岂容卿有功乎！'同舍每以为笑。"余过吴兴，而李公择适生子，三日会客，求歌辞，乃为作此戏之，举座皆绝倒①。

维熊佳梦②，
释氏老君亲抱送③。
壮气横秋，
未满三朝已食牛④。

犀钱玉果，
利市平分沾四坐⑤。
多谢无功，
此事如何着得侬⑥？

注　释

① 秘阁：皇宫中藏书之所。吴兴：湖州州治，现在浙江吴兴。李公择：李常，字公择，南昌郡建昌（今江西南城）人，时任湖州太守。

② 维熊佳梦：《诗经·小雅·斯干》：“大人占之，维熊维罴，男子之祥。”这里用其意，指代李公择得吉梦生子的美事。

③ 释氏：释迦牟尼佛，佛教的创始人，指代佛，这里简称为释氏。老君：古代老子被人称为老君，老子是中国道家的创始人，道教产生后将老子奉为鼻祖。古代民间认为生子是因为有神佛抱送而来，这里就是引用了这种说法。

④ 这一句是称颂之辞。食牛：语出《尸子》：“虎豹之驹，未成文而有食牛之气。”以上几句化用杜甫《徐卿二子歌》的诗意，诗文如下：“君不见徐卿二子生绝奇，感应吉梦相追随。孔子释氏亲抱送，并是天上麒麟儿。大儿九龄色清澈，秋水为神玉为骨。小儿五岁气食牛，满堂宾客皆回头。”

⑤ 根据孟元老《东京梦华录》卷五《育子》篇中关于养育幼儿的记载，富贵人家要为新生子办洗儿会（洗同“喜”），“犀钱玉果”应该是洗儿钱、洗儿果的意思。利市：喜庆节日的喜钱，这里指洗儿钱。

⑥ 这两句用晋元帝生子的故事，如词序引《笑林》所云。侬：江浙方言中称他人为“侬”。

题 解

宋神宗熙宁七年（1074）九月，苏轼离开杭州到密州赴任，与杨元素、张子野、陈令举等同至湖州，适逢湖州太守李公择生子，三日大宴宾客，这首词就是当时苏轼应人请求所作的。这首词全篇都在用典，但是用得自然妥，正如宋无名氏《漫叟诗话》评价这首词所说的："东坡最善用事，既显而易读，又切当。"同时，苏轼用词来写这种生活中的细事，也说明苏词的"无事不可言"对宋代词坛带来的变革。

赏 析

宋词起初是出自宋朝时期宴饮娱乐乃至青楼歌曲的创作，早先时期很多文人对作词都表示不齿，即使在宋词的演变发展中它逐渐成为了上流社会和文人墨客消遣的工具之后，依然以靡靡之音为主，风格婉约，柔若无骨。很多北宋词人也尝试过对宋词题材和写作上的革新，到苏轼时期，宋词的转型和豪放派宋词才真正成型。这首词通篇描写宴席主人生子的快乐和词人对其得子之事的夸耀，显得很有生活气息，读来亲切欢快。

这首词通篇用典，巧妙的组合彰显了词人深厚的文学功底和高超的写作天赋。副题中就开始引用典故写李公择大宴宾客一事，借《笑林》中晋元帝得子赏群臣的轻松逸事，为全词铺垫下一个诙谐的基调，让读者觉得清新自然。上片几乎都化用自杜甫的《徐卿二子歌》，一开始，词人就以典故来概述李公择得子的事情："维熊佳梦，释氏老君亲抱送。"朋友你做了得子的好梦，现在佛祖和太上老君就亲自把儿子给你送来了。词人化用了武王梦飞熊而得贤人的典故和人们相传生子是神佛抱来之说，在词句中"让"佛祖和老君亲自送儿子来给李公择，未免把这样的吉利好事，写得夸张了，但是副题中已经提到，这首词是作来"戏之"的，既然为了博得众人一乐，夸张自然有夸张的道理，这里足以体现词人豪放不羁的性格。接下来，词人又夸到这个新生的孩子是"壮气横秋，未满三朝已食牛"，这孩子生得气宇轩昂，生下来到现在不到三天就已经可以吃下一头牛了。"未满三朝已食牛"化用杜甫诗"小儿五岁气食牛”，这样的夸赞已经引得“满堂宾客皆回头”了，而李公择的新子生下来还不到三天就可以和杜甫笔下的徐卿五岁幼子一般，让人读过显得更有趣味，更能博得众人一笑。

上片巧用典故不仅叙述了朋友得子的吉利事，还夸赞了这个小儿的不一般，下片就该写宾客的状态了。“犀钱玉果，利市平分沾四坐。”洗儿宴上主人准备了丰厚的洗儿钱和洗儿果，来参加宴会的宾客都沾了这好事的光，大家都分得了一笔洗儿钱。洗儿会、洗儿钱是古代大户人家生子要讲的规矩，这两句词不但描写了前来道贺的宾客的欢喜状态，还衬托了李公择的慷慨大方，能如此优厚地招待客人，还让客人分得喜庆的洗儿钱。最后一句词紧跟上句意思，词人写道“多谢无功，此事如何着得侬”，客人们收着洗儿钱不要推辞说自己无功受礼了，想象晋元帝的逸事，生儿子要是你们有功了，那还得了？这句可谓是这首小词的点睛一笔，上接前一句词，宾客收了洗儿钱参加了宴席，当然要向主人道谢或是推让一番，所以这句词接得自然，同时，这句词又呼应了副题的笑话故事，巧妙地将典故再用到词中来，把作这首词的“戏之”的初衷发挥到极致。读到这里，宴席的主人李公择和众宾客一定会捧腹大笑，而且对词人幽默的赞许深表赞叹。大词人的高超技巧和妙用文字的能力，在这首小词中表现得淋漓尽致，可谓是绝妙之笔。

鹊　桥　仙

七夕送陈令举①

缑山仙子②，高情云渺，不学痴牛騃女③。
凤箫声断月明中④，举手谢时人欲去。

客槎曾犯，银河波浪，尚带天风海雨⑤。
相逢一醉是前缘，风雨散、飘然何处。

注　释

① 陈令举：即陈舜俞，字令举，乌程人（今浙江吴兴）人，举进士，熙宁中曾任山阴县知县。

② 缑（gōu）山仙子：指代的是王子乔。西汉刘向《列仙传》记载，周灵王太子王子乔，喜欢吹笙，常常吹出类似凤鸣的声音，他云游四海被道士浮丘公接上山修炼三十余年后，在山上遇见旧友柏良，他让朋友告诉家人自己会在农历七月七日出现在缑山山巅，最后果然实现了诺言，乘着白鹤到达缑山山巅。缑山，在现在的河南偃师市。

③ 痴牛骇女：这里指迷于情爱的牛郎织女。骇（ái）：通“呆”。出自唐卢仝《月蚀》：“痴牛与骇女，不肯勤农桑。徒劳含淫思，旦夕遥相望。”

④ 凤箫：旧时俗称箫的山口处有节者为凤箫，也有人说叫排箫。这里是用来形容箫的精美。

⑤ 晋张华《博物志》卷三记载说，天河与大海是相通的，每年都会有浮槎（chá）定期往来。在海滨有一个人喜欢探险，就带了很多干粮，乘着浮槎而去，经过十几天的航行，他来到一个城郭，遇到了织布女和牵牛人，便询问牵牛人这里是什么地方，牵牛人告诉他这要问蜀人严君平。探险者回来之后找到严君平，严君平计算之后发现是探险人冒犯了星宿牵牛星。下片前三句就是在借这个故事写七夕后他和友人泛舟的事。客槎：指客船。槎：竹木编的筏子。

题 解

宋神宗熙宁七年（1074）九月，苏轼移任密州途中，与杨元素、陈令举、张子野、李公择、刘孝叔在松江（今江苏吴江）垂虹亭聚会，称为“六客之会”，这首词就是在这个时候为了送别陈令举所作的。这首词借缑山仙子王子乔的故事称颂超凡脱俗、飘逸放旷的情怀，通过这种描写开解友人的离思别苦。下片转写自己与友人的离合。先借与天河牛女有关的神话故事，来比喻他们月夜泛舟的仙气缥缈，最后笔调落在赠别之上，为这首词蕴含了无限的感慨。

赏 析

苏轼的这首词通过神话典故的精妙结合，将自己与朋友的离合阐释得别有一番滋味。本篇题目中虽然提到“七夕”，但是送别的确切时间则是在八月之后了。根据《博物志》记载，浮槎每年八月来到海滨，乘槎人要经过两旬（大约二十天）就能抵达银河，到达银河之后，浮槎就会自动返回，回来的路还需要更多时间。苏轼松江送别陈令举，也刚好是在九月间，神话故事与送别的时间正好吻合。从这里可以看得出来这首词里用事手法的精妙之处。尤其这首词借七夕的时间来抒写离别之情，虽是儿女艳情的旧套路，使用典故上也紧紧扣住七夕的主题，但还能别出新意，格调放逸超旷，连南宋词人陆游都赞叹说这首词生动新颖。

上片开篇，词人引用缑山仙子王子乔的故事安慰友人，慰藉陈令举的离别之苦，“缑山仙子，高情云渺，不学痴牛骙女。”当年的缑山仙子王子乔，他的情怀多么高远豁达，像天边的飞云一样，完全没有像被情爱所困的牛郎织女一样凄凄切切。这三句词，用典故对比典故，超越时间和空间的反差，营造出一种特别的说服力和开解的效果。词人告诉朋友，当年王子乔学仙几十年不得与家人相见，但是一日之间就能飞达缑山山巅，在云端与家人、友人相望相见。现在正值七夕时节，想想年年因为分别而暗自神伤于心的牛郎织女，缑山仙子的情怀不是更加自然放逸吗？这句虽然直接表述了词人对离别的看法，但是并不令人排斥，缑山仙子和牛郎织女两个典故的对比，也很让人信服，词人与友人都是君子男儿，相比于和临别的男女一样哭哭啼啼，王子乔般的飘逸更应该是他们选择的态度。接下来词人借着用典的内容，描述了别离时的情景："风箫声断月明中，举手谢时人欲去。"有如王子乔风箫吹出来的音乐在这明月当空的时候忽然不响了，我们举起手来相互拜别以后离人要走了。这两句诗写得很委婉，刻意不想引起离人的伤感，不提自己和对方，却处处说的都是词人与朋友彼此。

词至下片，苏轼巧用天河浮槎的典故来拟喻朋友们泛舟送别的场景。"客槎曾犯，银河波浪，尚带天风海雨。"我们现在泛舟的这条河上，来自天河的浮槎也曾漂泊过，松江上涌起的波浪和银河间的一样，并且还夹杂着天河上吹来的风雨。因为这首词所作的日子正巧和民间浮槎来到海滨的日子差不多，所以词人用这个典故写自己正经历的情景，生动形象，其中的神话色彩还与上片中引用王子乔的故事相互辉映，自然有趣。不仅如此，词人还利用典故点明了他作词时松江上的天气情况，"银河波浪"传达出当时松江上并不平静，"尚带天风海雨"更描写出江上微风吹过，小雨连连，结合上片"风箫声断月明中"可以推断出，词人与朋友泛舟松江，起初天气晴朗，忽而小雨初降，这也为词人联想到仙幻故事营造出一个很好的氛围。在这一系列的抒怀描写之后，最后一句成了这首词的点睛之笔，"相逢一醉是前缘，风雨散、飘然何处。"你我之间能相逢是前世的情缘决定的，江上风雨散去后，我又将漂泊到什么地方去呢？"相逢一醉是前缘"，这句话点明了与陈令举的友情对词人来说意义多么深厚，前世修来的缘分才让我们今生得以相识，现在江上正值风雨，等到风雨停歇了以后我要走了，前方还要漂泊到什么地方呢？这一句道出词人对朋友的珍重，然而自己心中的迷惘和多年来经历沧桑之后对人生的问题，词人自己也没有办法解决，只能寄寓于词中，开解朋友的不舍。这里苏轼并未传达"功成身退醉万场"的豪情壮志，而是隐隐地表达了自己对人生实实在在的思考，这也为到密州之后，苏轼思想的成熟和文学观、哲学观的定型打下了基础。

菩　萨　蛮

润州和元素①

玉笙不受珠唇暖②，离声凄咽胸填满。
遗恨几千秋③，心留人不留。

他年京国酒，堕泪攀枯柳④。
莫唱短因缘⑤，长安远似天⑥。

注　释

① 元素：杨元素，接替陈述古任杭州太守者。

② 玉笙：精美的笙。笙是一种簧管乐器。

③ 秋：通“愁”，惆怅之情。

④《晋书·桓温传》记载说，桓温北征，经过金城，看到前方有一棵自己多年前所种的柳树，现在已经蔚然成荫了，于是感慨万千说：“木犹如此，人何以堪？”于是攀着枝条，泫然流泪。自此人们用“攀柳”来比喻送别或离愁别绪。

⑤ 唐朝李玫在《纂异记》中《韦鲍生》篇中记，鲍生愿意用自己一个小妾来换取韦生的一匹良马，鲍生妾一边哭泣一边唱“多生信有短因缘”歌。这里是借用这个典故，因为杨元素守杭州不久，便奉诏内调，和苏轼同行到润州。苏轼用这个典故安慰朋友不要因为相处短暂而惋惜，其实指的是聚散太匆匆。

⑥《晋书·明帝纪》记载有晋明帝的故事，晋明帝年少聪慧，有一次晋元帝问他长安和太阳哪里远，他对答说长安比太阳远，因为太阳抬眼就见，但人们在这里看不到长安。这里借用同样的典故，实际上是为了表达两人相距虽远，但是如同“举目则见日”，又好似近在身边。

题 解

宋神宗熙宁七年（1074），苏轼在赴密州途中与杨元素同行至润州，这首词应当是在润州分别时所作。词人通过对别离之情和胸中心思的描写，抒发了对自己身世的感慨。

赏 析

这首小词虽然短小，但是词人的情意和思量在其中蕴含的颇为丰富，读起来非常感人，让读者仿佛能体会出词人当时的心情心境一般。这首词上片开篇以听觉为读者烘托出一幅别离的画面，“玉笙不受珠唇暖，离声凄咽胸填满。”精美的玉笙不会因为嘴唇的温度而发出温厚的音乐，凄凉的音乐使临别的朋友潸然泪下，满腔都是哭泣声，已经讲不出话了。别离意味着从此以后两人要各行其路，孤单面对未来，心境一定是冷冰冰的。“玉笙”“珠唇”和“暖”都是美好的事物和感觉，但是在词人一个否定句的引导下，这种强烈的反差感更能烘托出别离时分的凄楚情形。这里还化用了同感的手法，没有写箫声到底是怎样的旋律，只是说珠唇的温暖暖不起来冰凉的玉笙。而第二句直接写出别离的朋友呜咽不成声的景象，与第一句的静态描写形成反差，一静一动，一个含蓄的表达，一个直接的描述，起到了非常好的表达感情的效果。接下来词人写情，“遗恨几千秋，心留人不留。”这里的“秋”当“愁”来说，意思就是和朋友你匆匆分别，这件事在我心中所留下的遗憾是百转千回的，虽然我们彼此友谊的真心留给了对方，但是人是留不住的。这个“秋”字通“愁”非常妙，既有“几千秋”本身表达遗憾长久的意思，又有“几千愁”说明遗憾百转千回的效果。短短一句词，把词人此时此刻的无奈和遗憾描绘得如此精练细致，可见词人功力之深厚。“心留人不留”带有苏轼难得的伤感，苏轼历经变故沧桑，对大多数事情总能保持一个相对积极的心态，而“心留人不留”未免抒发出一种消极的情绪，以及对仕途无常的一声无言的抱怨。词人下片，词人就写道“他年京国酒，堕泪攀枯柳”，想到以后我们如果在京都重逢对饮，那也应该是带着感怀相见太晚而遗恨的心情，就像当年桓温流着眼泪攀折自己种下的柳树的树枝时一样吧。故友相见本来应该是开心愉悦的，这里作者省去了见面时喜乐的描写，却说和朋友相见之时，因为隔了太久的时间而只去感慨人生不得自主、时间不受控制的无奈，同时还传达了词人对于自己的未来并不乐观的心态，认为京都再见的时间要在非常久以后，那预示着接下来很多年继续漂泊不定的生活，这是和词人离京几年的身世遭遇有很大关系的。而最后两句虽然是聊以安慰友人的话语，但是其格调也非常悲戚，都是用了典故来寄情，“莫唱短因缘，长安远似天。”词人告诉杨元素，现在我们要分别了，不要因为我们在一起相处时间很短而惋惜，虽然以后我们彼此相隔甚远，但是抬头都能看到太阳，就如同相见了。当年鲍生妾唱短因缘并不是仅仅因为要离开鲍生而伤感，真正的伤感来源于自己对鲍生来说不如一匹良驹，这里词人用这个典故也说明了我们并不是因为加官晋爵为皇上效命而分开的，如同贬官一般的调任让两位老友离散，这在人心中才是真正的痛苦所在。而“长安远似天”一句中虽然有晋明帝的趣闻，但是说长安比太阳的距离还远，毕竟只是一句童言，现在两人无奈地分别，只能以一句童言来开解心中的怅惘，这难道不悲凉吗？所以最后两句表面上是开解这种离别愁绪，其实更是词人将自己满心的苦楚和感慨拿出来进行的一种宣泄。这首词可以说是处处阴霾，不见天日，可以说是苏轼消极情绪所化感情的寄托，虽然读者读过这首词会对苏轼当时的遭遇产生由衷的同情，但是从另一方面考虑，大文学家也是普通人，也有情绪的两面性，豪放积极的苏轼能写出这样郁郁寡欢的词作，也是人性真实一面的一种阐发。

采　桑　子

润州甘露寺多景楼，天下之殊景也。甲寅仲冬，余同孙巨源①、王正仲参会于此，有胡琴者姿色尤好。三公皆一时英秀，景之秀，妓之妙，真为希遇。饮阑，巨源请于余曰：“残霞晚照，非奇才不尽。”余作此词。

多情多感仍多病，多景楼中。
尊酒相逢，乐事回头一笑空。

停杯且听琵琶语，细捻轻拢②。
醉脸春融，斜照江天一抹红。

注　释

① 多景楼：在江苏镇江市北固山上的甘露寺内，下临长江，是寺庙中的名胜。孙巨源：即孙洙，字巨源，扬州人。科举进士，官至翰林学士、知制诰。

② 细捻轻拢：弹琵琶时的手指动作。唐代诗人白居易《琵琶行》中就有“轻拢慢捻抹复挑”这样形容弹琵琶人动作的诗句。捻：指左手手指按弦柱上左右搓转。拢：指左手手指按弦向里推。

题 解

这首词是宋神宗熙宁七年（1074）苏轼赴密州途中经过润州时，与孙巨源等人游览润州甘露寺多景楼时所作的。当时孙巨源任海州太守，因为受皇帝诏令要返回汴京，在返京途中刚好和苏东坡在润州相遇。席间有色艺俱佳的官伎胡琴相伴，周围是晚霞夕照中愈显奇丽的美景，于是孙巨源请东坡临景填词。东坡应约写下了这首《采桑子》。这首词就所描写的景物开始抒情，还通过听琴的细节和环境的勾勒用文字画出一幅美妙图画，文尾一句极富韵致，读者可细细品读。

赏 析

苏东坡喜好吟诗作词，词集中颇多歌席酬谢、即事命笔的即兴之作。这些临时随意而发、肆口而成的作品，不容深思，无暇推敲，未必完美，但却更足以显示东坡丰富的生活积累、深厚的文化素养和敏捷的创作才华，别有动人之处。这篇《采桑子》，正属于此类即兴之作。这首小令的开头就十分别致："多情多感仍多病，多景楼中。"词人才思敏捷，借着多景楼的楼名，一连三个"多"字，把自己的思想感情融于文字之中，用字反复的冲击力给读者留下了强烈的印象。多景楼位于北固山后峰甘露寺，下临长江，三面环水，登楼四望，美景尽收眼底，曾被赞为天下江山第一楼。苏东坡博古通今，关心时政，喜欢寻幽探胜，在这样的楼上赏景又怎能不触景生情呢？三国时的孙权曾建都于此，南朝宋武帝刘裕曾在此讨伐桓玄，东晋谢安、梁武帝萧衍也曾在此流连，面对这样的古迹，苏轼思古想今，感慨万千，满怀愁绪，涌上心头，喷吐于笔端，即为"三多"——情多，感多，病多，凝练而又传神。其实这首词的上片可连为一个整体，"多景楼中"马上就转入了叙事的部分，承上句也自然，引下句也自然，可以为过渡的妙笔。"尊酒相逢，乐事回头一笑空。"这是当时多景楼上会客的真实写照，和二位聚在一起举起酒杯对饮，只可惜今日的欢乐笑过之后还是什么都没有。举着酒杯听着歌和两位贤人对饮，本来应该是一件很愉快的乐事，而词人刚刚离开杭州不久，告别旧友，加之因频繁调任给词人带来的无奈还没有被排遣干净，虽然是在天下名胜的名楼中饮酒作乐，可词人还是在调任的途中，如浮萍般在水面漂泊，这样的状态，就是再美的美景，再香醇的美酒也不能让苏轼好好融入其中享受乐趣。“尊酒相逢”，与诸位贤人相逢，苏东坡只能借数杯酒的酒力来让自己稍稍显得自然。“乐事回头一笑空”更是苏东坡对自己人生哲学的一种思考，人们经历那些赏心乐事的时候往往能很开怀，但是笑过之后，回头再望却是什么都没有，人生就是如此不定，过去的就是过去的，留不下什么痕迹，这种冷眼旁观自己人生的态度，并不是那么消极，乐事都可以这么过去，那么不顺心的事，该过去的也就都过去吧！这也是苏轼到达密州之后，生活态度积极转变的一个前提。词至下片，因为写这首词是应邀记录“残霞晚照”的，所以苏轼在下片就展开了描写。他的手法非常特别，入手先从琵琶女的动作神态写起，再以人与景的相映成趣描绘晚霞的美丽景象，“停杯且听琵琶语，细捻轻拢。”放下酒杯专心听着琵琶奏出的音乐，弹琵琶人的手法变化多端，轻柔里夹着干脆的推弦动作。在写琵琶声的时候，词人没有用笔墨在琵琶的音色如何上，仅仅借用了白居易《琵琶行》中的两个词就为读者营造出一种仿佛听到“大珠小珠落玉盘”音色的感觉，通过“细捻轻拢”这个很小的动作组合传达琵琶女技艺的高超，效果比直言琵琶声更好。赞罢弹奏者的技艺，顺势描写弹奏者，但苏东坡惜墨如金，不去写其容貌、形体和服饰等，“醉脸春融，斜照江天一抹红”两句中只用“醉脸春融”四字来写其神，饮酒过后微醺的脸上显出春色般的红晕，活脱脱描摹出一个怀抱琵琶的少女两颊泛红、嘴角含笑的动人姿态。而“斜照江天一抹红”一句更是精妙有趣，美女的双颊在夕阳的映照下现出一片绯红，远去大江东流映着漫天飞霞更是红彤彤一片，这一“小”一“大”两处景，像是不知被谁的画笔带过，在一笔之间抹出一道红色，相映成趣，耐人寻味。苏东坡的这首小令，行文明快，只用了只言片语，却达到了曲折含蓄、言尽而意隽的境界之美，实为难得。

醉落魄

席上呈杨元素

分携如昨，人生到处萍漂泊①。
偶然相聚还离索②，多病多愁，须信从来错。

尊前一笑休辞却，天涯同是伤沦落③。
故山犹负平生约④，西望峨嵋，长羡归飞鹤⑤。

注 释

① 宋神宗熙宁四年（1071），苏东坡要到杭州任杭州通判时，杨元素任御史中丞，二人曾在汴京相别。萍漂泊：像浮萍一样随着流水漂荡。这里词人指代自己官宦生涯不定。
② 离索：这里指离开朋友而散居。
③ 辞却：推辞。同是伤沦落：杨元素因对变法持有异议，像苏轼一样只得辗转外郡，所以这里这样说。白居易《琵琶行》诗中有“同是天涯沦落人，相逢何必曾相识？”这里苏轼化用了这句诗。
④ 这句词是在说自己辜负了归隐故乡的约定。宋仁宗嘉祐六年（1061），苏轼与弟弟苏辙在汴京应试，在下榻的驿站休息时，词人读到韦应物《示全真元常》“宁知风雪夜，复此对床眠”，深有同感，就立下了归隐的约定。这句词就是指的这件事。
⑤ 峨嵋：即峨眉山，在四川省。“长羡”句：陶潜《搜神后记》中《丁令威》篇中写道“丁令威，本辽东人，学道于灵虚山……徘徊空中而言曰‘有鸟有鸟丁令威，去家千年今始归’。”这里是借这个典故抒发词人盼望归隐的想法。

题 解

这首词是宋神宗熙宁七年（1074）苏轼赴密州途中与杨元素在润州分手时所作，从分别写起，引出以下人生似浮萍的议论，进而从感伤的基调走向自我解脱。上片层层推进，颇含哲理意味。下片先以共同的遭遇劝友人尊前对酒，然后写自己归退故乡的意愿，富于感人的力量。

赏 析

人生相聚必有一别，对于官宦生涯漂浮不定的苏东坡来说，在赴异地任官的途中能见到昔日故人是非常不容易的一件事，在感叹人生寥落的同时，这也是对词人自己的一种宽慰。这首词就是在这样的情况下，词人写给故人杨元素的临别赠词。这首词的特点在于它不写一般的离情别绪，而是稍微交代情景之后直接用议论的方法来写自己的感慨，并且利用很多形象与自己的议论结合，传递自己的思想。词人开宗明义，上片第一句开始，就引出了自己的想法，“分携如昨，人生到处萍漂泊。”聚散来得太匆匆，不得不让人感叹人的一生就像浮萍一样不由自主，随着流水漂荡不定。从初入汴京，到现在途径润州，十几年过去了，这十几年间的遭遇和变迁，对词人来说多得像漫天的星星数不清，而作者只是借十多年前自己初出汴京时和故人杨元素告别时的情景，用简单的“分携如昨”就把这十数年间发生的一切置于这四个字之中。而这种字面背后的意思词人马上在下一句就点清楚了，“偶然相聚还离索，多病多愁，须信从来错。”人生漂泊不定，能和故人偶尔相聚于一处还要匆匆作别，这样的日子让我心力交瘁、满腹惆怅。“多病多愁”中的“病”是说词人这么多年身体上已经开始因为辛苦而透支了，而“愁”更代表着词人心头那萦绕不去的感慨，这能充分体现出作者身心俱疲的状态。而“须信从来错”中的“须信”一词含有很重的“认命了”的味道，“从来错”表现的是自己的这种感慨，这并不是作者的自我开解，“须信”表达的其实更是苏轼此时历尽沧桑之后的一种无奈的心情。一个人再有才华再伟大，在大潮流和趋势的影响下，不妥协不认可，只能被边缘化，而“人生到处萍漂泊”就是词人曾经的“不妥协”所带来的后果，如此的遭遇和词人年轻时的梦想实在相差甚远，不觉已经接近不惑之年的苏东坡，也只能对自己无法把握的人生，发出这样的一句无奈的叹息。

但毕竟这首词还是一首临别赠词，不是单纯抒发自己感慨的抒情作品，所以词人在上片结束时就暂时打住了对人生思考的阐述，回到写词时的宴席上来，对故人发话了："尊前一笑休辞却，天涯同是伤沦落。"在上片大书人生沉浮的铺垫之后，词人以灰色幽默的方式劝解友人喝酒，把酒杯敬到你的面前，就请笑纳喝下不要推辞了，我们两人小半生都沦落天涯的遭遇也是一种缘分。这句看似半开玩笑自嘲的词句其实隐藏了词人无限的伤感之情，巧妙地化用白居易"同是天涯沦落人"的诗句，更是把此情此景渲染出最寥落的效果。最后一句，词人借着此中酝酿的感情展望了自己所期冀的心愿，"故山犹负平生约，西望峨嵋，长羡归飞鹤。"这两句词中，词人提了自己年轻时与弟弟苏辙立下的约定，还借典故来寄托心思。现在的自己早已辜负了当年在汴京时和弟弟许下的归隐故园山中的联床之约，我只能放眼向西边的峨眉山望去，心中羡慕着那修道成功化为仙鹤飞归故里的仙人。所谓的归隐，表面是写自己负了当年和弟弟的约定，其实"归隐"还有一层"功成身退"的意思，而苏轼一生都最为重视的，便是"功成"。没有履行归隐的诺言不是不愿意归隐，而是因为落魄而难以功成不得归隐。这也是词人一种无声的反抗，反抗命运让满腹才华的自己久久不能大有作为，抱怨的同时，最好的年华已经快要过去的苏东坡，在经历了如此多的坎坷之后，心真的有些累了，多年未曾回想，在自己又落魄又面临离别的时候，思乡之情更涌上心头，"西望峨嵋"望的并不是峨眉山，而是峨眉山所在的自己的家乡，"归飞鹤"典故中的丁令威也是常年修炼成仙之后才得以飞回家乡的，而词人到现在也没能"修炼"成功，完成自己治国平天下的夙愿，所以只能满心艳羡那得以功成归家的仙人飞鹤，这句词与其说羡慕飞鹤不如说词人心中依然有一团愿意一日功成的火焰，虽然已经只是星星之火，但这是词人在人生的低潮期最有力的动力和支柱，为了这个千百年来文人们孜孜不倦为之努力的梦想，苏轼才能一直坚持下去，虽然他的结局不是完满的，但是是这种力量，造就了活生生的苏轼，让他为后人留下无数不朽的华章。

浣　溪　沙

赠陈海州，陈尝为眉令，有声①。

长记鸣琴子贱堂，
朱颜绿发映垂杨。
如今秋鬓数茎霜②。

聚散交游如梦寐，
升沉闲事莫思量。
仲卿终不忘桐乡③。

注　释

① 陈海州：任海州太守的陈君，曾在四川眉山县也就是苏轼的家乡做过县令。

② 子贱：宓（mì）子贱，名不齐，孔子的学生之一，春秋末期鲁国人。相传他曾做过单父（今山东单县）宰，他做官的时候“身不下堂，鸣琴而治”。（事见《吕氏春秋·察贤》）霜：指白发。

③《汉书·循吏传》记载：朱邑，字仲卿，为桐乡（今安徽省桐城市）吏时，清正廉明，恤孤寡老弱，深得吏民爱戴。死的时候他嘱托儿子将自己葬在桐乡。这里词人借这个典故激励陈海州发扬过去的善政，致力于勤政爱民。

题 解

宋神宗熙宁七年（1074）十月，苏轼在从杭州赴密州途中行至海州（今江苏省连云港市境内），在这里苏轼与接替孙巨源为海州太守的陈君（名字不详）对诗。这首词上片借用宓（mì）子贱的故事追叙陈海州在眉山的政绩，并通过外貌的变化说明其在官场沉浮已久；下片将陈海州比作汉代循吏朱仲卿，激励他勤政恤民，不为个人仕途得失计较。作者在短短的篇幅里，将历史故事、议论与形象刻画糅合在一起，在赠答中寄托着严肃的政治内容，不作泛泛应酬之辞，饱含真情实感。

赏 析

这首词是苏轼写给海州新任太守陈君的赠词，赠言一方面是激励对方做好官，另一方面是写出了自己为官的原则与对方共勉。上片其实是一整句话，从引用孔门弟子宓子贱的事迹到容貌的描写，展现了一种高尚质朴的为官态度。“长记鸣琴子贱堂，朱颜绿发映垂杨。如今秋鬓数茎霜。”宓子贱勤政恤民、不苟私欲的为官风格常常铭记在心头，本着这样的原则，从满面红光发丝茂密如垂杨柳的青年时代，到现在人过中年两鬓和脖子后面的几根头发都已经变得花白，为官的态度始终不变。这一长句中，“长记”一词内涵丰富，看似作者在赞扬陈海州以宓子贱的作风为榜样，一直为人民做好官，其实这个“长记”也是词人本身“长记”为官要勤政爱民的原则。苏轼为民着想，在地方做务实的工作是很有名的，他在杭州做官的时候，疏浚西湖就是他最大的功绩之一。苏东坡在杭州整治西湖，兴建水利，繁荣城市，造福百姓。后人怀念苏东坡，把西湖长堤称为苏堤。苏堤春晓，更是引人入胜的西湖佳景。苏东坡的这些所作所为不是正映衬了宓子贱鸣琴而治的这种“为官一任、造福一方”的理想吗？以此与陈海州共勉，非常妥帖。而“朱颜绿发映垂杨，如今秋鬓数茎霜”一句更加显示了苏轼为官“鞠躬尽瘁”的高尚品格，因为陈海州是谁已经无从参考，所以将这一句诗理解为词人对陈海州的希望，同时也是自己半生做官的真实写照也很恰当。苏轼青年成名，在京城做官，壮年在各地做官，走到哪里就好事做到哪里，但是命运对他的回报看似是不对等的，家人的亡故、官场的不顺利，让词人“多病多愁”，这种状态在他的很多诗词作品中都可以看出来，当年“朱颜绿发”如同春日里的杨柳树一样的少年才子，在生活和命运的打磨下也已经成为鬓发斑白的老人了。虽然这时候词人还不到四十岁，但是通过这两句词形象上的对比，也可以看出来作者历尽沉浮的沧桑之感，同时，词人也身体力行地激励陈海州也要本着做好官的态度将自己的精力都付诸实现文人政治梦想的过程中去。上片结合古代圣人与自己的经历激励陈君，可谓是字字珠玑，非常能打动人。

词至下片，作者展开议论，虽然简短但是意义丰富，最终阐述理想。“聚散交游如梦寐，升沉闲事莫思量。”人生在世，与身边的人交往或聚或散都是如梦境一般不定的，而人生沉浮的琐事闲事也不值得常挂在心头揣摩。“聚散交游如梦寐”这句其实也是一种临别时的宽慰之言，但是确实也结合了词人自己丰富的生活经历，与家人、与朋友的聚散都是捉摸不定的，漂泊小半生的苏轼肯定更能体会其中的滋味。“升沉闲事”这里指代的应该是官场沉浮的事。古代文人但凡做官者，不可能把升官贬官当作“闲事”一般对待，这句词字面上是开解陈海州要看淡官场得失，多做实事，但“莫思量”的状态也是一种无奈，因为自己无法左右，思量也是白费，干脆不要多想，踏实做事。最后一句点出了为官的最高境界，“仲卿终不忘桐乡”，引出造福桐乡百姓的朱仲卿，临死还要让儿子将自己葬在做官的地方。这是很高的境界，古人特别讲究落叶归根，而为了和百姓同在，朱仲卿不愿葬在故乡而要葬在桐乡，这是一种崇高的爱民情怀，词人以此为陈海州树立了精神榜样。在全词的结构上，从“朱颜绿发”到“秋鬓”最后到“终不忘”，也是意义上的一种递进。这首词可以说是在劝诫、激励友人的同时，对苏轼自己的政治理想和为官理念的真实写照。

沁 园 春

赴密州，早行，马上寄子由①。

孤馆灯青②，野店鸡号，旅枕梦残。
渐月华收练，晨霜耿耿；
云山摛锦，朝露漙漙③。
世路无穷，劳生有限，似此区区长鲜欢④。
微吟罢，凭征鞍无语，往事千端。

当时共客长安，似二陆初来俱少年⑤。
有笔头千字，胸中万卷，
致君尧舜，此事何难⑥？
用舍由时，行藏在我，袖手何妨闲处看⑦。
身长健，但优游卒岁⑧，且斗尊前。

注　释

① 子由：苏辙的字，当时他在齐州（今济南）任职。

② 孤馆灯青：在说天亮的时候驿站宾馆的灯光已经变白了。

③ 收练：收起光芒。练：白绢，这里借指皎洁的月光。耿耿：形容早晨的白霜被阳光照得微微发亮的样子。云山摛（chī）锦：铺开锦缎，形容云雾缭绕的山峦色彩不一。朝露漙漙：形容朝露形貌多样。

④ 劳生：辛苦的人生。区区：渺小，这里形容自己处境低贱。鲜：少。

⑤ 二陆：指代陆机、陆云兄弟二人，他们是当年吴江陆抗的儿子，相传当年陆机、陆云二人颇有文采，在京都洛阳备受名流推崇，人称“二陆”，这里词人用他们指代自己和弟弟苏辙。

⑥ 杜甫《奉赠韦左丞丈二十二韵》诗中，有“读书破万卷，下笔如有神”“致君尧舜上，再使风俗淳”之句，此指两人皆博学能文，并有与杜甫相近的辅佐君主济世苍生的政治理想。

⑦ 此句指朝廷任用我与否由时局而定，抱负施展与否却在我自己。这里流露了词人对当时变法派的不满情绪。《论语》中有云：“用之则行，舍之则藏。”这里就是这个意思。

⑧ 优游卒岁：指悠闲地度过岁月。《左传》：“优哉游哉，聊以卒岁。”

题　解

这首词是宋神宗熙宁七年（1074）十月词人离开海州去密州途中所作的。副题为《赴密州·早行·马上寄子由》。熙宁七年，苏轼杭州三年任满，改任密州（今山东诸城）知州。九月，离杭赴任。当时其弟苏辙在济南任职，苏轼原打算绕道前去看望，但没能如愿。十月，他在去密州的途中写下此词以寄苏辙。

赏　析

这是苏轼早期词作中的一首长调，词风清爽飘逸，文笔挥洒自如，叙述、描写、抒情、议论等艺术手法的运用非常巧妙。在当时的词坛上，写自己的政治理想以及人生情怀的词作还极为少见，因此这首词很值得重视。

这首词开篇先交代了在前往密州的途中经过一夜休息次日再次动身时的环境和时间，“孤馆灯青，野店鸡号，旅枕梦残。”黎明时分天刚刚亮，驿站的馆舍在刚刚点上的灯光下显得冷冷清清的，屋外不时传来阵阵的鸡鸣，词人刚刚醒来，睡眼惺忪，脑袋里还依稀记着夜里没做完的梦，好像是被留在旅社房间里的枕头上一样。此一开头，就渲染出这种凄清的气氛，为怀念弟弟的情绪打下很好的伏笔。接下来词人以时间为线索，继续描写“渐月华收练，晨霜耿耿；云山摛锦，朝露漙漙”。因为鸡鸣破晓，天上月光皎皎，像白丝带一样，随着蒙蒙亮的光景，月光渐渐收起了清辉，慢慢落下山去。在月光和晨光的照耀下，地上的秋霜微微发亮；远处云雾缭绕着层层的山峦，像彩带一样四处铺开，驿馆外的草木上凝结着晶莹透亮的露水，形态各异。这几句描写为读者勾勒出一幅生动形象、立体感非常强的丹青水墨画，从远到近，从广阔的视角到细微处的景观，在读者脑海中形成了一幅美丽的深秋早行图。描写过罢，词人开始抒发内心的情感了，“世路无穷，劳生有限，似此区区长鲜欢。”人生的路途山高水长，不见终点，词人连日起早贪黑疲于赶路，世路那么长，人生却很短暂，一生劳顿，看似终究还是苦多乐少啊。这种情思引发了词人无限的感慨，他又写道“微吟罢，凭征鞍无语，往事千端”。心中的百种滋味化成了片刻的沉吟，词人靠着马鞍，默默无语，心中的千种往事浮上了心头。这三句对上片做了总结，又引出下片来。

“当时共客长安，似二陆初来俱少年。”词人说道，想到当年与弟弟你一起去京城赶考，我们就像当年陆氏兄弟二人初到京都洛阳一样，正值风华正茂的少年风光时候。苏轼、苏辙两兄弟到京城赶考时，苏轼二十岁，苏辙十八岁，当时文坛巨匠欧阳修很赏识他们兄弟二人，和当年陆氏兄弟得到的美誉相同，所以他以陆氏兄弟自比他与苏辙二人。“有笔头千字，胸中万卷，致君尧舜，此事何难？”遥想当年，自己文采飞扬，洋洋洒洒千字速成，胸中有万卷知识，凭借这些本事，辅佐像尧舜一样的国君成就大业有什么难的呢？如此直白地抒发胸臆在当时非常少见，词人在这几句词中表达了自己当年乐观、自信、积极向上的心态和精神。事实也确实如此，词人兄弟二人也确实得到当时大家包括皇帝的赏识，这种对往昔辉煌的回想，也表达映衬了自己现今遭遇的悲哀。词人当然会联想到自己的处境，所以他也表达了对自己遭遇的想法：“用舍由时，行藏在我，袖手何妨闲处看。”是啊，经历了种种磨难，词人也知道，被任用或是被弃置都是取决于时运，但是是积极入世还是消极避世这个态度是由我自己决定的，既然由自己决定，何妨就袖手旁观，在一边落个清闲自在吧。人生的遭遇让人没法决定，无奈的事情总是没法避免，步入中年的词人对复杂的人生有了更清楚更有哲学思想的认识，对得失荣辱更为豁达，表现出了自信和旷达的襟怀。因为是寄予弟弟的词作，最后肯定要有一两句寄语给弟弟，于是词人最后写道：“身长健，但优游卒岁，且斗尊前。”希望弟弟你身体健康，但求快快乐乐、悠闲自在地度过一生吧。理想和现实的矛盾自古至今都没有办法被解开，这句词作者既是在宽慰自己，也是在对弟弟表达心声。自己一面想要“致君尧舜”成就一代盛世，又不得不“袖手闲处看”，出世、入世的处世哲学汇集在这一首词中，其实也是词人在表达乐观情绪的同时，隐藏的一点失落和伤感的无奈，人生的起落沉浮，想要彻底看淡不是凡人能及的，而也正是这种由人生经历组成的情感表达，才能成就一首又一首不朽的传世诗篇。

永　遇　乐

孙巨源以八月十五日离海州，坐别于景疏楼上。既而与余会于润州，至楚州乃别。余以十一月十五日至海州，与太守会于景疏楼上，作此词以寄巨源①。

长忆别时，景疏楼上，明月如水。
美酒清歌，留连不住，月随人千里。
别来三度，孤光又满，冷落共谁同醉②？
卷珠帘，凄然顾影，共伊到明无寐③。

今朝有客，来从濉上，能道使君深意④。
凭仗清淮⑤，分明到海，中有相思泪。
而今何在？西垣清禁，夜永露华侵被⑥。
此时看，回廊晓月，也应暗记⑦。

注　释

① 景疏楼：在杭州州治东北（今江苏连云港）。宋人叶祖洽为景慕西汉疏广、疏受贤德而建，所以叫景疏楼。

② 这三句旨在说明别离之后这已经是第三次月圆了。孙巨源自八月十五日告别苏轼后，经九月和十月中的两次十五，正是三次十五。孤光：两人分手后的月光。在离人看来，月亮也是孤独的。满：指的是月圆。

③ 这句词表现自己悲戚地回头望去，只有孤独的身影相随。伊：指身影。

④ 濉上：指代汴京。濉：同“睢（suī）”，古代鸿沟的一条支流河水，据说这条河水从河南开封向东流经安徽、江苏汇入古泗水。

⑤ 清淮：指淮河。

⑥ 西垣（yuán）：指朝廷的中书省。清禁：皇宫，这里指孙巨源在宫中的居所。露华：霜露的寒气。

⑦ 这几句词是在表现对方在宫中深夜念友的情绪，回廊上的小月也将默记于心。

题解

这首词是苏轼宋神宗熙宁七年（1074）十月十五日到达海州后不久，为怀念友人孙巨源而作。熙宁七年秋苏轼与孙巨源会于润州，有多景楼之游，随后他们二人同行到楚州（今江苏淮安）。孙巨源应朝廷诏令，在这里从淮河入水乘船向汴京进发。而苏轼向东经由涟水，于当年十月到达海州，与新任海州太守的陈君会于景疏楼，这首词应当是在这之后不久为了怀念孙巨源所作的。苏轼于同年十一月初抵达密州任职，所以词序中的“十一月十五日”应该是有误的。

赏析

这首词是苏东坡友情词的早期作品，全篇写得婉转细腻，蕴藉含蓄，而词作的语言又是平易通达，全篇不用典故，却表现出浓浓的情谊，是表达友情的一篇佳作。词人通过词序交代了这首词的写作背景，上片对月怀友，一开始先写友人离别海州，用明月来烘染环境，进而写友人飘然远去，月送行人，赋予了月亮鲜明的感情色彩。

“长忆别时，景疏楼上，明月如水。”与你告别时的情景在我脑海里久久不能忘记，那时候我们在景疏楼上，明月高照，洒下如水流一般的月光。“明月如水”是这一句中的妙笔，月亮是静态的，通常表示思念之情，而水是可动可静的活体，更有情意绵绵不绝的意味，把明月比作流水，就把词人对友人的思情写活了。“美酒清歌，留连不住，月随人千里。”饯别时的美酒和动听的音乐虽然让人留恋但终究会散去，敌不过一别，只有天上的明月能伴着别离后的你我走向遥远的异地。这句切合着上一句的感情色彩和意象，表现出虽然相聚的欢乐不能久驻，但是月亮总能伴着我们到很远的地方，这样的描写显得非常浪漫动人。再往下写，词人开始抒发此时此景自己的心思了：“别来三度，孤光又满，冷落共谁同醉？”从和你分别到现在已经经过三个满月的夜晚了，而今天又是一个人的月圆之夜，孤独冷落的你我还能和谁同饮共醉呢？离别三个月，虽然时间并不太长，但是“孤光又满”的光景，总是惹人相思。这是一组对立的意象，“孤光”指的是孤零零的月亮，而“满”又是说今天有满月，满月的时候总是友人相聚的好时间，但是和友人临别就是在满月的时候，今天又恰逢满月，而人却是寂寞一人，这种感情上的冲突通过月亮一个意向表达出来，更能彰显词人思念朋友的感情了。“卷珠帘，凄然顾影，共伊到明无寐。”卷起窗帘，月光洒进屋子，照在我身，回头看着自己孤单的身影，不觉便有凄凉之感，这样的夜晚注定只能和月亮一起无眠。表达过情感之后，词人通过一系列描写自己的动作，升华了自己的孤独寂寞。空空的房间里只有月光，词人看着自己的影子暗自神伤，如此孤冷的长夜一定很难度过，想想看，只有让月亮陪着自己度过了。

上片词人将自己的思情发挥至极，下片笔锋转向友人。词人由友人所遣的来客联想到友人对自己的思念，虽然是站在朋友的角度想，但是感情非常真挚，可以说是在借朋友之口继续诉说自己的思情。第一句非常质朴，“今朝有客，来从濉上，能道使君深意。”今天有人从濉水自汴京而来，为我传达了使君的深情厚谊。这句话是从上片入下片的一个转折，将叙事抒情的主角从自己换成了朋友。“凭仗清淮，分明到海，中有相思泪。”濉水流入泗水中，和淮河一起并行流向大海，这两条河水当中，有我们相思的泪水。这句词借着上句来客由水路来，阐发出联想，把自己比作淮河，把朋友比作濉水，虽然并流大海，相互想念，但是终究不能相见，滔滔的河水，浸满了他们彼此之间相思的泪水，这句读来非常感人。“而今何在？西垣清禁，夜永露华侵被。”现在朋友你在哪里呢？应该是在清幽的西垣宫中，长夜漫漫无边，秋夜的寒露浸湿了你的被子。一个“而今何在”把空间上非常广阔的相思河水转而引入想象而来的友人现在的处境，虽然没有直接写人，但是通过表现清幽的“清禁”，形容长夜难熬的“夜永”和秋夜孤冷的“露华侵被”，也表现出朋友现在应该和词人一样孤单寂寞，因为思念自己而不能成眠的状况，娓娓道来，非常婉转。而最后一句，呼应了全文，也点出了词人的心意。“此时看，回廊晓月，也应暗记。”这个时候，你看到回廊外的晓月，也应该心中默默地思念着我吧。全词开篇词人因为看到月亮而心生思念，结尾处又假想自己思念的友人看到晓月记起自己而涌出思念，明月始，以晓月终，明月流水的描写同双方的相互思念紧密结合，是苏词中友情词的佳作之一。

蝶恋花

密州上元①

灯火钱塘三五夜②，
明月如霜，照见人如画。
帐底吹笙香吐麝③，
更无一点尘随马④。

寂寞山城人老也⑤，
击鼓吹箫，却入农桑社⑥。
火冷灯稀霜露下，
昏昏雪意云垂野。

注 释

① 上元：农历正月十五日为上元节，又叫元宵节。
② 三五夜：即正月十五日夜。
③ 帐底：指帷帐中。香吐麝：点燃的香炉散发出香气。麝（shè）香，也称为香獐，雄香獐的脐部会分泌一种麝香，可作香料，这里代指香味。
④ 尘随马：浮沉随马蹄而起。苏味道《正月十五夜》诗中有“暗尘随马去”之句，此反用。
⑤ 山城：密州州治诸城。人老也：形容人精神不振作。
⑥ 击鼓：《周礼·地官·鼓人》：“以灵鼓鼓社祭。”农桑社：农家节日祭神的场所。

题　解

宋神宗熙宁七年（1074）十一月苏轼抵达密州上任之后，在第二年正月作下这首词。这首词由回忆杭州灯月交辉写到花团锦簇的观灯男女，再由音乐和熏香写到环境的明朗和整洁，转而写密州元宵节的寂寞冷落，由山城的巷空人稀写到农家祭神的箫声鼓声，再由冷落的灯火写到昏暗阴沉的旷野。全篇用白描手法勾画出两种不同的元宵节小景，宛如两幅相互映衬的节令风俗画，字里行间还透露着词人内心的心情写照。

赏　析

苏轼离开杭州到密州赴任，到达目的地的时候，已经是深秋季节了，在忙碌地开始处理各种事务之后，不知不觉又一年在这另一处异乡密州悄然度过了。忙里得闲，词人思绪万千，于是写下这首词表达心声。词人写杭州上元的繁华衬托出密州荒寞苍凉的气氛，从而也表现出苏轼刚到密州之后的心情，以及密州连年荒旱所呈现的生活画面。这首词写于密州，词人本是看不到杭州元宵节时候的盛景的，所以开篇词人就通过想象和记忆，勾勒着印象中杭州元宵节的景致。上片的整个部分，都是词人脑海里的画面。“灯火钱塘三五夜，明月如霜，照见人如画。”三五元宵夜的杭州古钱塘，灯火通明，这个时节里，天上的明月就像地上的清霜一般洒着白光，把人们欢喜的景象映衬得像一幅画一样。众所周知，通过苏轼在杭州几年的整治，这座过去水灾频繁的城市如今已是一片欣欣向荣的景象了，几乎夜夜繁华的杭州，在元宵节这样的佳节里必定更是人头攒动、灯火不熄。词人这里的想象合情合理，说是想象不如说是一种回忆，这样追思过去美好的举动，为上片增添了欢欣的色彩。第一句写过人和景，第二句词人转写月色，“明月如霜”，虽然“霜”字略显凄凉，但是清霜并不发光，它的光是反射发光体的光，所以非常柔和，这里写月亮，更像词人在指代自己，杭州的人民在欢闹，而我如月亮般悄悄望着这一城的景象，我的挂念就像清霜反射的月光般悄然无声，遥远地“看着”欢乐的人们，我的脑海中浮现了这样一幅欢快的画面。接下来，词人把注意力集中在一处，以小见大：“帐底吹笙香吐麝，更无一点尘随马。”在欢庆的帷帐中，人们吹奏着美妙的笙，音乐伴着香炉的麝香味沁人心脾，这样的季候里杭州非常明洁，没有奔走的马蹄，没有飞扬的尘土。古人是很讲礼仪的，音乐和熏香都是礼的一种传达形式，礼乐治而天下平，这是儒家一贯的思想。这里词人通过描写杭州城里香乐升平的景象，反映出杭州的秩序和人民生活井井有条，加上“更无一点尘随马”，反映出这个时节杭州人民安闲快乐的状况，这里的“尘”一方面指杭州的干净，另一方面也是意在说明杭州人民安居乐业无须奔波劳累。

美好的回忆总要引起人们的追思，对于词人苏东坡来说也不例外，但是对于杭州美好景象的追思过后，带着对过去的怀念，看看自己现在的处境，这样的反差给词人带来的失落是很大的，于是词人在下片一改感情基调，开始写现在真实的自己和真实的密州。“寂寞山城人老也，击鼓吹箫，却入农桑社。”同样是元宵佳节，而山城密州却是人迹寥落，城里萧索空旷，我也已经是老人一个了，本应娱乐大众的箫鼓，现在却也只能在乡下农家节日祭祀的场所上增添些气氛罢了。读者带着上片欢闹气氛的影响读下片词的话，第一句必定会给读者造成很大的冲击，这种冲击正是词人此时密州生活和自身遭遇对自己影响的真实反映。本来离开汴京到杭州就想能有一番作为，说不定功成能被皇上看到，重新召自己进京重用，然而壮年的努力竟然换得继续调任的结果，词人的不顺意可想而知。虽然现在还是壮年期，但是过去的热情和精力已经被失望消磨得很多了，一个“人老”便是这样一种自嘲，“寂寞”“山城”“人老”，这些连续的悲观字眼，刻画出一个失意、失望被弃置边缘的曾经才子。本来是上元节，还想以一点热闹聊以自慰，可是密州的萧索让娱乐的箫鼓只能在乡下吹吹打打，这样的情景将词人的失意映照得更鲜明了，于是词人放眼望去，把心中的惆怅与景色融合起来，化为结句“火冷灯稀霜露下，昏昏雪意云垂野”，密州城内一片灯昏火暗，此时稀落的寒霜冰露降了下来，暗淡浓密的乌云无精打采地垂向田野间，昏昏沉沉的，好像要下雪了。“火冷灯稀霜露下”这句照应了这首词首句的“灯火钱塘三五夜，明月如霜”，开头结尾都写灯火，都写霜，但是一处是繁华，一处是萧条，一处是温和的月光如霜，一处是真正的霜的冰凉。虽然全词用白描写成，但是这种对事物和意象细腻的描写背后，读者可以很容易地品味出词人情感的不同和强烈的情绪。而最后一句放眼望去天边乌云的描写，更是把此时此景与此时此情结合了起来，“昏昏”和“云垂野”字面上是大雪欲来的天气状况，实际上正是词人此刻心中浓浓惆怅的反映，郁郁不得志，虽逢佳节，但是佳节时候密州又因为灾祸一片寂寥，而这种时候，天景也不好，愁云密布，不见天日，这样的悲惨的现实状况，加之与上片回忆想象的对比，怎能不让苏东坡难过、哀愁呢？看不到前途的亮光，未来的路还很长，凝结在苏轼心头的愁云，正和密州城外的乌云联结成一体，默默地传达着词人的痛苦和无奈，反映出词人刚到密州时最真实的情绪。

江 城 子

乙卯正月二十日夜记梦①

十年生死两茫茫②，不思量，自难忘。
千里孤坟③，无处话凄凉。
纵使相逢应不识，尘满面，鬓如霜。

夜来幽梦忽还乡，小轩窗④，正梳妆。
相顾无言，惟有泪千行。
料得年年肠断处，明月夜，短松冈⑤。

注 释

① 乙卯：即宋神宗熙宁八年（1075）。
② 茫茫：模糊不清，昏昧不明。
③ 千里：苏轼写此词时在密州，与故乡眉州千里之遥，故云千里。
④ 轩：小屋。
⑤ 孟棨《本事诗·征异》记载，有一孔氏女亡，不忍孩子受继母虐待，"于冢中出"，题诗赠夫，其中有"欲知肠断处，明月照孤坟"之句。短松冈：长着松树的小山岗，此代指王弗坟茔所在处。

题　解

江城子，词牌名，始见于晚唐韦庄词，为平韵单调。欧阳炯所作词有“如西子镜，照江城”语。至宋始作双调，实将原曲重增一阕。一名《江神子》。这首《江城子》是一篇悼亡词，记述了作者正月夜梦，怀念亡妻的感伤。全词字字情深，张力巨大，催人泪下，情至极致，词至极致。

赏　析

从迎娶发妻王弗时的汴京得志、年少风光，到现在的密州遥望，生活艰辛的凄凉遭遇，特别是妻亡之后十年的颠沛流离所带来的巨大落差和奔命辛苦，让苏轼在这样本应喜庆的正月夜晚，不得不愁思，不得不怀想。

“十年生死两茫茫，不思量，自难忘。”生亦茫茫，死亦茫茫，在这生死的两头任由时间再刻上十年的轮线，浓浓的伤感被点染得更是凄凉，岁月的刻刀把对亡妻的思念镌刻得如此有棱有角，无须刻意捡拾，根本不能也不敢忘怀。第一句就在生死和时间上为这种怀伤拉开帷幕，紧接着下句在距离上的感叹让这种悲伤瞬间立体起来，沁人心怀。“千里孤坟，无处话凄凉，纵使相逢应不识，尘满面，鬓如霜。”生死隔着你我，时间拉远你我，连距离也要在这般相思之上撒一把霜！在家乡，你孤茔茕茕，而我漂泊乡外，纵是有千种悲凉，也无法对善解人意的你，哪怕是在你的坟头讲一讲啊！可是，就算我站在你的面前，你还能认出我吗？十年辛苦改变了我意气风发的模样，这个形容枯槁、垢面鬓白的老人，你还能认出是自己的丈夫吗？

胸臆抒罢，语锋一转：“夜来幽梦忽还乡”，带着一汪苦楚的哀愁，词人入梦，步入熟悉的旧居老家，接下来一句更为精彩，张力十足，“小轩窗，正梳妆”可以解释为词人沿旧蹊回家，走过爱妻闺房轩窗前，爱妻正梳妆，抬眼见夫，四目相顾，把这首词的悲凉上升到另一个高度，纵使相见，再隔一道轩窗，闺中多少思情，窗外多少沧桑，一时间的碰撞，更自然地过渡到“相顾无言，惟有泪千行”。此情此景，千种滋味，无声胜有声，对望凝视时，时间也凝结了，唯有颊上泪水汩汩成流，千行不觉。幽梦醒来，情撒满地。“料得年年肠断处，明月夜，短松冈。”十年之间，年年有此景，岁岁有此情，就在那月亮高照的夜里，想到妻子长眠的小山松树下，便是肝肠寸断了！

悲情的冲击，虚实的妙连，一首《江城子》，成了万世博泪的名篇！这篇情深意切的婉约词主要使用了白描的手法来表现很丰富的生活细节中的内涵，这样词就具有了无限的魅力。一句精短的“尘满面，鬓如霜”就简洁大方地勾勒出岁月尘土敷面的词人形象，可见其四处奔波和生活中的艰辛。与此同时，被染白的两鬓也突显了词人仕途坎坷、心力交瘁的苦楚。白描就是通过这样的笔法来传达以实见虚的妙处。

词人表达的情感也非常忧愁哀伤，就像是在深秋夜里，明月当空凉风袭来时的冷冷的哀怨，他的语言幽幽哽咽，让人读来不禁觉得泪上心头，愁如泉涌。这么强烈的感情，词人却能以清新精致的话语娓娓道来，不需要用典故或是引名句，这种平常的话语一字一泪，引来无数读者的共鸣。词人思念亡妻，也设想亡妻思念着自己，上片写下真实的离别景象，下片写出梦幻的重逢时刻，时分时合，虚实相成，既写出了诗人对亡妻的深切思念和哀悼，也写出了两人对爱情的永世不渝，这也是为什么时隔千年，我们读到这首词还是能潸然泪下的原因。

江　城　子

密州出猎

老夫聊发少年狂，左牵黄，右擎苍[①]。
锦帽貂裘[②]，千骑卷平冈。
为报倾城随太守，亲射虎，看孙郎[③]。

酒酣胸胆尚开张[④]，鬓微霜，又何妨！
持节云中，何日遣冯唐[⑤]？
会挽雕弓如满月，西北望，射天狼[⑥]。

注 释

① 老夫：作者自谓。《梁书·张克传》载，张克年少喜好游猎，出猎时“左手臂鹰，右手牵狗”。以此牵黄擎苍来表达打猎时候的快意。

② 貂裘：貂鼠皮袄。此指猎队武士的装束。

③ 报：酬谢。倾城：全城。孙郎：指孙权。《三国志·吴书·孙权传》载，建安二十三年（218），“权将如吴，亲乘马射虎于庱亭，马为虎所伤，权投以双戟，虎却废。”这里作者以孙权自喻。

④ 这句写打猎时酒意正浓，心高胆壮。苏舜钦《舟中感怀寄馆中诸君》诗有“胸胆森开张”之句。

⑤《汉书·冯唐传》载，汉文帝时，云中郡（今内蒙古托克托一带）太守魏尚守边有方，战绩卓著，后因上报战果数字略有差误，便被削职，中郎署长冯唐谏文帝不应如此对待名将武臣，于是文帝就“令唐持节赦魏尚，复以为云中守”。在这里用的就是这个典故。一般认为此以魏尚自喻。俞平伯《唐宋词选释》释此条目以为“自比冯唐为惬当”，可参。节：符节，以竹木为之，古代使者所执以为凭信。

⑥ 天狼：星名，古代用以代表贪残侵掠，这里指代宋朝西北边境的辽国和西夏的统治者。《楚辞·九歌·东君》有“举长矢兮射天狼”之句。

题 解

宋神宗熙宁八年（1075）春夏，密州旱蝗相继，苏轼曾往常山祈雨，后果得雨。本年十月间，再往常山祭谢，归途中与同官会猎于铁沟附近，作此词以抒怀。

赏 析

这是一首别开生面的词作。首先，用词来写习武打猎，借以抒发关心边防的热忱，在题材和内容上都具有新的开创性，这种创新不仅在于词人本身的词风，更是在宋词婉柔的特质上开了一条新路。他进一步发展了范仲淹悲壮苍凉的边塞词的精神，为今后南宋抗金词的发展发出先声。其次，他塑造了一个激昂慷慨、一心驰骋疆场的志士形象。这种形象的出现，在宋词历史上还是第一次。再者，它通过对特定素材的描写以及对渴望抵御外族侵略的忠义之情的抒发，形成了一种粗犷豪迈的风格，与当时笼罩词坛的柳永词的词风形成了鲜明的对比。

苏轼在《与鲜于子骏书》中说："近却颇作小词，虽无柳七郎风味，亦自是一家。呵呵！数日前猎于郊外，所获颇多，作得一阕，令东州壮士抵掌顿足而歌之，吹笛击鼓以为节，颇壮观也。"由此看来，苏东坡是有意与依红偎翠的纤艳之调相对抗，而进行写作壮词尝试的。这首词的创作仅仅在悼亡发妻的《江城子》一年之后，两首词同牌而风格迥异，情感截然不同。这也可以看出铁骨柔情、满腹才华的苏东坡不愧为"唐宋八大家"之一的卓然气质。

上片开篇："老夫聊发少年狂，左牵黄，右擎苍。"词人此时不过刚到不惑之年，就是在人均寿命较短的古代，也不至于自称"老夫"。这一称谓其实涵盖了苏东坡从少年得志，到颠沛流离间对人生的感悟。阅历的丰富，经历人间种种，虽年事不高，但早已阅尽人间沧桑。此时的词人，厚积而待一日薄发，个人政事上渐渐好转，生活上更多豪迈乐趣，在这种时候，积淀深厚的词人在表达自己成熟老道的同时还是像少年英雄一样，一方面享受带着猎鹰、黄犬打猎的乐趣，另一方面愿意发挥自己的能量为朝廷和国家效力。

词人出猎并非一行人，而是“锦帽貂裘，千骑卷平冈”。随从将士们戴着华美的帽子，身着裘皮猎衣，浩浩荡荡一干骑手如人浪一般席卷了平展开来的山冈。夸张也好，实际也好，如此恢宏的场面，说是一队猎队不如说是一支精锐的战斗部队，宏大的景象让读者觉得大军历历在目，器宇不凡。

接下来词人说道：“为报倾城随太守，亲射虎，看孙郎。”这么一大班人马原来是因为密州城内倾城出动，如果说苏轼治州无方，民不聊生，会有全城精锐随从自己出猎吗？这也说明苏轼政绩良好，还能与民同乐。所以为了答谢全城父老随自己出猎，词人要亲手射杀猛虎，像当年孙郎一样勇猛。这一句又呼应了开头的“少年狂”。人人皆知孙权为少年英雄勇猛难当，我们这位词人敢以孙郎自比，也颇显他的豪壮之情和雄才伟略。

词至下片，写的是猎后作乐的场景：“酒酣胸胆尚开张，鬓微霜，又何妨！”这句的豪迈气势不禁让人拍案叫绝！酒过三巡，畅快淋漓，这种时候才是词人的雄心壮胆刚刚拿出来的时候，两鬓白就白了，对英雄来说，有什么关系！看似醉话，其实恰到好处，万丈豪情不直言。再往下说“持节云中，何日遣冯唐？”词人一改宋词之委婉，在写词写景到达高潮部分的时候大声发问：“什么时候来给我官复原职的‘冯唐’会手持符节来到密州这块像当年‘云中郡’一样的地方呢？”诚然，词人想必就是在等着朝廷重新起用自己，这可以说是词人最直白的心声。而官复原职之后，词人愿意做的，就是如现在打猎的场景一样，“会挽雕弓如满月，西北望，射天狼。”为国为民建功留名，才算真正的英雄，所以词人愿意用尽力气拉满射雕神弓，向着西北列强所在的方向，射中那些威胁国家安全的“天狼”。苏轼文人出身，却以忧心大宋多年的兵事为己任，这一句不但反映了他个人的豪情壮志，更反映了他忠君爱国不惜赴汤蹈火的精神。

纵观全词，从出猎场景的描写，到酣畅娱乐的豪情，再借情抒发胸臆，表现自己的一腔热血和忧国忧民的情怀，真可谓是一代家国脊梁的写照。此时的国家和时代，靡靡之音弥漫，而苏轼的这种声音，就像是文人手中的利剑一定会划开时代的穹宇，惊醒时代和影响后人，开启宋词历史上新的华章！

水 龙 吟

赠赵晦之吹笛侍儿[1]

楚山修竹如云，异材秀出千林表[2]。
龙须半剪，凤膺微涨，玉肌匀绕[3]。
木落淮南，雨晴云梦[4]，月明风袅。
自中郎不见，桓伊去后[5]，
知孤负、秋多少。

闻道岭南太守，后堂深，绿珠娇小[6]。
绮窗学弄，《梁州》初遍，《霓裳》未了[7]。
嚼徵含宫，泛商流羽，一声云杪[8]。
为使君洗尽，
蛮风瘴雨，作《霜天晓》[9]。

楚山修竹如云

注　释

① 赵晦之：即赵昶 (chǎng)，名晦之，海州（今江苏省连云港市）人，曾为东武令，熙宁八年（1075）底罢任。

② 林表：林外，林端。

③ 龙须：制笛前先于良竹首颈处存留一节，节间留细小枝条，剪而束之，谓之龙须。凤膺：笛子首节下略粗，如同凤鸟的胸脯。膺：胸膛。玉肌匀绕：指笛子除前节外，其余各节均需匀称洁净，如同美人的肌肤。

④ 云梦：本为古泽薮名，其地点说法不一。一般泛指江汉平原及其附近丘陵地带。

⑤ 中郎：指东汉蔡邕 (yōng)，邕尝为左中郎将。《后汉书·蔡邕传》注引张骘（zhì）《文士传》："邕告吴人曰：'吾昔尝经会稽高迁亭，见屋椽竹东间第十六可以为笛，取用，果有异声。'伏滔《长笛赋序》云：'柯亭（即高迁亭）之观，以竹为椽，邕取为笛，奇声独绝也。'"桓伊：东晋名士。《世说新语》记王徽之进京时，在南京遇之，在不认识他的情况下让他吹奏笛曲，桓伊奏毕，宾主不交一言而去。吹奏的曲子，便是《笛上三弄》。

⑥ 岭南太守：据毛本题序，闾丘公显似曾为岭南太守，其事未详。闾丘公显，名孝终，苏州人，曾官拜黄州太守、朝议大夫。绿珠：晋朝石崇爱妾名，善于吹笛。

⑦ 弄：乐曲。《世说新语·任诞》"旧闻桓子野善吹笛"条注引《续晋阳秋》："帝命伊吹笛，伊神色无忤，既吹一弄，乃放笛。"梁州：乐曲名。遍：凡大曲由若干支曲子组成，"遍"即其中一支曲子，"初遍"或为梁州大曲开头的一曲。霓裳：即霓裳羽衣曲，乐曲名，传自西凉，后经由唐玄宗润色。小说家附会谓之玄宗与方士同游月宫，闻仙乐，归而记之，成此曲。

⑧ 宫商徵羽：古代音乐的四音，相当于西方音乐中的四个音阶。云杪：云霄，高空。

⑨ 霜天晓：即霜天晓角，词调名，属于越调。

题 解

词题从元本。傅注本题作“咏笛材”。旧序云 :“时太守闾丘公显已致仕，居姑苏。后房懿卿者，甚有才色，因赋此词。赠赵晦之。”毛本题序云 :“岭南太守闾丘公显，致仕居姑苏，东坡每过必流连，尝言过姑苏，不游虎丘，不谒闾丘，乃二欠事，其重之如此。一日，出其后房佐酒，有懿卿者，甚有才色，善吹笛，因做水龙吟赠之。”据《纪年录》，此词写于宋神宗熙宁八年（1075)，姑从之。《水龙吟》出自李白诗句“笛奏龙吟水”，又名《龙吟曲》《庄椿岁》《小楼连苑》。一百零二字，前后片各四仄韵。第九句第一字宜用去声，结句宜用上一下三句法。

赏 析

这是一首咏笛词。上片咏笛，开端写笛材之名贵，说道“楚山修竹如云，异材秀出千林表”。楚地山中盛产上好又美丽的竹子，满山遍野层层如云，然而在这些已经这么好的竹子里还是有更为奇异秀美的好竹子拔乎于群竹之外，可以用来当作竹制品的绝佳材料。接下来，词人又用“龙须”“凤膺”“玉肌”等比喻的字眼，结合优美的想象，进一步描写笛子质地之精良以及外形之美观。词人写道“龙须半剪，凤膺微涨，玉肌匀绕”，一只精美的竹笛形象豁然出现在读者的眼前。这根笛子首颈的龙须被稍事修剪了一番，整洁美观，首节下方的凤膺部分圆润饱满，其余各节匀称整洁，光滑如美人的肌肤吹弹可破，看到这里不禁会想，用这样的笛子吹奏一曲必定会是天籁之音。据说善吹笛者，必待气肃天晴、风微月明之时，聊作一二曲，其音方美，后面一句正写此意。“木落淮南，雨晴云梦，月明风袅。”这样的好笛子，要等到萧萧木落的淮南秋夜，那时雨过天晴，云梦大泽一片朗朗，皓月当空，清风徐来，这个时候才是吹响这支好笛子的时候啊。“自中郎不见，桓伊去后，知孤负、秋多少。”这句话的意思是，吹笛水平高超的蔡邕早已不在了，《笛上三弄》的吹奏者桓伊也早早离世，没了这些会吹奏笛子的名士，有多少这样适于吹笛的秋夜，被白白浪费了啊！这句话是为写下片吹笛子的人做铺垫。无数良辰美景被“孤负”掉了，现在又如何呢？为读者埋下伏笔。

文至下片，转入本题，但是词人仍然不用直接的正面叙述，而转为讲故事，“闻道岭南太守，后堂深，绿珠娇小。绮窗学弄，《梁州》初遍，《霓裳》未了。”词人说道，我听人说岭南太守闾丘公显有一位娇小的爱妾绿珠，绿珠藏于深闺之中，凭着罗绮装点的窗栏，学着吹奏笛子，她的笛声悠扬回转，上一曲《霓裳羽衣曲》的乐曲还在盘旋，《梁州》大曲中的头一支小曲就已经奏响了。这种描写，从侧面写绿珠善于吹奏笛子，笛声婉转，绕梁不绝，其实就是委婉地以绿珠比作是闾丘侍人懿卿，同时又将懿卿比作是赵晦之的吹笛侍儿，再以吹笛侍儿与上片中所写的前代吹笛名手蔡邕、桓伊相比照，从而阐明题旨。这时，词人才道出笛声真正的声色："嚼徵含宫，泛商流羽，一声云杪。”故音乐的宫音和徵音能融合起来，尽在吹奏者口中，其间的辅调会流出商音和羽音，浑然天成，吹一下就让人觉得此音好似源于天上云端的仙曲。这样的美妙音乐可以“为使君洗尽，蛮风瘴雨，作《霜天晓》”。这么好的音乐，可以将边缘南蛮地方的疠气瘴雨统统除去干净，在这以后，用一曲《霜天晓角》收尾，让听众心神达到极美境界。

《贵耳录》谓此词有“八字谥”。“楚山”两句，写的是笛子的材质；“龙须”三句，写的是笛子的外观；“木落”三句，写的是演奏的最佳时机；“自中郎”三句，写的是吹笛旧事；“闻道”三句，写的是吹笛的人；“绮窗”三句，写的是笛子奏的乐曲；“嚼徵”三句，写的是笛子的音调；“为使君”三句，写的是听笛子的功效。然后宫商徵羽，五音用其四，就少一个“角”字。句末作“霜天晓”，省了最后一个字“角”，不完美中的大完美。

作为咏物词，词人写的是吹笛的事件，但是从头到尾没有出现一个“笛”字。通过从各个方面的细致描写，涉及历史、音乐等等典故，调动多种感官给读者描绘出一幅完美的吹笛图，堪称咏物词的典范，也将宋词婉约的特点发挥得淋漓尽致。

满江红

正月十三日雪中送文安国还朝①

天岂无情，天也解多情留客。
春向暖，朝来底事②，尚飘轻雪？
君遇时来纡组绶，我应老去寻泉石③。
恐异时、杯酒复相思，云山隔！

浮世事，俱难必④，人纵健，头应白。
何辞更一醉，此欢难觅。
欲向佳人诉离恨，泪珠先已凝双睫。
但莫遣、新燕却来时，音书绝⑤。

注　释

① 文安国：名勋，字安国，庐江（今属于安徽境内）人，官拜太府寺丞，擅长篆书。

② 底事：何事，为何，为什么事。

③ 纡组绶：腰上系的绶带（官员们一般系带玉的丝带），指做官。老去寻泉石：指的是归老林泉之中。《左传·隐公三年》："桓公立，乃老。"杜预注："老，致仕也。"

④ 浮世：变化不定的人世。难必：难以预料，难以断定。

⑤ 这句话意思是不要让新燕飞来时，书信却不来。过去旧说燕子每年秋分离去，春分归来。

题 解

宋神宗熙宁九年（1076）正月，太府寺丞文安国因为办事来到密州。这首词就是词人送别文氏还京时所作的，属于友情词。苏轼的友情词常常是直抒胸臆，吐露肺腑之言，语言流利顺畅，平易近人。虽然很少用典，但是词中感情却是委婉深刻的，让人有很亲切的感觉，这首词正是具有这样特质的一首词。

赏 析

从景写到人，从人写到事，从事写到情志，是苏轼很多词作的一大特点，这首词也不例外。开端描写春雪景象，借着春雪留客吐露依依惜别之情，进而开始点明友人入朝任职，今后远隔云山，将无缘相会了。由这些人世沧桑再推想到年华易逝，聚首难得，因而劝友人畅怀一醉。但是离别的清酒又没有办法长消离愁，最后就希望对方能及时与自己通信以宽慰心中相思。词人运笔婉转，但情意深长，可谓是友情词的佳作。

离愁别绪总是在佳节佳期显得更为难舍难分，从词的副题部分可以看出，“正月十三日雪中送文安国还朝”交代了写词的时间背景和环境，和怀念妻子的《江城子》一样，这首词也写于正月，一篇是欢天喜地里独处怀念亡妻，这一篇却是临近正月十五团圆节时和旧友的离别，这样词的感情基调就被定下来了，一定是怀伤挽留的词章。

词人开篇言雪言天，将自己惜别朋友的感情赋予苍天白雪，“天岂无情，天也解多情留客。春向暖，朝来底事，尚飘轻雪？”谁说老天是无情的，今天恰逢我送朋友离去，老天也了解我心底的一份惜别真情和挽留之心。现在春节已经过去了，本来应该暖意回升，这一遭到底是因为什么，让满天的飞雪轻轻地飘舞起来了呢？本来不舍和留恋就是作者心中的感情，但是代替了直抒胸臆，豁达的词人借老天来宣泄自己的情感，这是一般人无法做到的。接下来，自然由情景交融的环境和心境交代过渡到写事件了：“君遇时来纡组绶，我应老去寻泉石。”老朋友你遇到自己的好时运将要回京挂着玉帛绶带上朝做官了，而我远离朝廷，过着像老来之后归隐深山老泉一般的外地任官生活。朋友与自己的两种状态形成了一种鲜明的对比，一方面映衬出以后相距甚大，来往不便；另一方面，词人的郁郁不得志还是可以从字里行间看出来。“恐异时、杯酒复相思，云山隔！”但这时作者已经离京多年了，相对于对自己人生的回顾和思索他更多地重视友情，对得失考虑得并不多了，我并不在乎生在朝廷外，只是怕你走之后，哪天我独酌饮酒时又想起了你，苦于千里重山相隔，无法见面，相思苦更多啊！

所以，上片经过这番思想路线的推进，下片词人以心中所参悟的道理告慰友人，说：“浮世事，俱难必，人纵健，头应白。何辞更一醉，此欢难觅。”人的一生在世间沉浮不定像浮萍一般，什么事情都不是确定的，就是我们以后还能健康地生活，那时头发也应该已经白了。年华易逝，好景难长，既然功名聚散都不由自己定，为何不好好再畅饮欢醉一番呢？和朋友在一起畅饮的欢乐是多么难得啊。天有晴有雪，人有聚有散，人生经历的每一件事，哪次的结果会是一定的？青春旺盛的年月稍纵即逝，及时行乐，趁身体还好，趁朋友还在身边，好好畅饮一番，这才是人生的快乐。词人成熟的心智在这几句里表现得很突出，宠辱不惊，豪放自在，少了上片中的悲伤情怀。但自在归自在，离别总还是伤感的，人生难逢知己，感情还是要直接表述，“不用向佳人诉离恨，泪珠先已凝双睫。”真的想向好友你道一道我满是离愁别恨的衷肠，但是话还没说出来，那惜别的泪水就已经涌出来，在这雪天的寒风里凝集在我的睫毛之上了。这是一句情谊百转千回的妙笔，感情之真实实在在，读罢让人动容。结尾借着伤情而更为婉约：“但莫遣、新燕却来时，音书绝。”朋友你终究还是要走，但是千万别忘了我，喝下这杯离别酒，等春分时节燕子来时，可不要光有燕子来，没有你的书信来啊。词人提醒友人记得通信，并不直说，借着上一句悲伤的情绪，道出燕子回来的时候，你可不能忘了让它们带着你的信回来。双重否定的句式更显出词人眼中朋友书信和挂念的重要，个中含蓄的情感，让离别之情的浓厚上升到极致，让读者为之感叹不已。

望 江 南

超然台作

春未老，风细柳斜斜。
试上超然台上看，
半壕春水一城花，烟雨暗千家。

寒食后，酒醒却咨嗟①。
休对故人思故国，
且将新火试新茶②，诗酒趁年华。

注 释

① 寒食：古代节令名，在清明节前一天（也有说在清明节前两天）。从这天起人们禁止使用柴火两天，吃冷食，以这种方式纪念被大火烧死的忠臣义士——春秋时期晋文公的功臣介之推。咨嗟：感叹声。

② 新火：寒食节禁火，节后生火，所以词中称新火。

题 解

密州北城上原有一处旧台，早已荒废，苏轼到密州后加以修葺，苏辙命名曰“超然”，为登览游息之所，苏轼作有《超然台记》。此词是宋神宗熙宁九年（1076）春天，苏轼登超然台作的词。这是一首重调小令。前调用白描笔法勾画密州春景，文笔潇洒清丽。后调紧紧联系着前调抒发感受，表现作者排解乡思之情的过程，写出了密州春景的诱人可爱。

赏 析

苏轼的人生哲学以及诗词风格的转型，是从到任密州之后开始的，这时更加成熟的苏轼已经能以更为超然平和的眼光审视世界和自己了。与刚刚到任密州相比，经过两年的整治和发展，现在的密州是一片欣欣向荣的景象。苏轼是一位一向以社稷天下为己任的好官，自从离开汴京以后，几乎走到哪里就为民造福到哪里。刚刚到密州时，密州连年旱灾饥荒，民不聊生，在苏轼和同僚的努力下，密州的民生逐渐好转，熙宁八年（1075）密州又遇到旱灾，苏轼登台求雨，没想到大雨真的倾盆而下，这也有了苏轼难得的一首酣畅的言志词作《江城子·密州出猎》的问世。如今春日又来，苏轼登上自己修缮的超然亭，在寒食和清明两节交替的时间，阅尽密州春色，伴着心中有如台名的“超然”，词人信笔写下这首脍炙人口的清新小令。

苏轼写景善用白描，可以把景色、景物通过这种手法刻画得无比生动形象，这首小令开篇就是一幅淡雅的密州春色图。“春未老，风细柳斜斜。”春天的尾巴尚在，温和的微风吹拂着柳枝，柳枝随着清风轻扬。这短短的一句词包含着暮春的温和安详，让读者顿时生出一种恬静舒适的感觉。“春未老”，一个“未老”写出了春天的精神和人的精神，短短三个字，把暮春给人的温和的积极情绪展现了出来。“柳斜斜”更是一处妙笔，把微风“润物细无声”的感觉展现了出来，也具体化了未老的春日是如何继续自然轻柔地前进，这里柳树的形象也象征了希望和乐观，可以说首句在表现暮春精神的同时，侧面地传达了词人自己的心境。词人是主观的，心是什么，看到什么，便会写下什么，这正是“文如其人”的写照。在这轻叩词人心扉的光景下，词人继续写道：“试上超然台上看，半壕春水一城花，烟雨暗千家。”抱着瞧一瞧密州春景的心态登上超然台望春，城外护城河内一汪春水已经半满，这座城市在春雨撩起的薄雾中朦胧可见。这句词就是一幅在词人眼里、读者心里的丹青水墨画，密州城早已经不是连年干旱的败落城市，在如此温和的暮春里，春天的雨露已经环绕住了这座城市，城中处处春花开，可爱动人，而这一切，在此时一阵细雨的滋润下，披上一层薄雾，一个“暗”字，虽然突显的是一种雨中春城的朦胧美，但是它并没有让这幅画的色调暗下去，反而使这种美丽更加迷人。

这样一片大好的景色里，这样超然安闲的状态中，词人开始在下片道出心中的所想所思了，“寒食后，酒醒却咨嗟。”现在寒食节过去了，开灶痛饮酒醒之后还是会发出一声轻叹。这句词在情绪上有些抑制了上片良好的释然心态，这样的光景却发出长叹略显突兀，但是词人的长叹却不无道理，寒食节之后便是清明节，在这个扫墓祭祀怀念先人的节日里，对长期游离于家乡之外的词人来说，思念家乡、思念亲人是必然的情结，“酒醒却咨嗟”这是酒醒后词人的表现。然而已经成熟的词人，在超然亭内自然更得解脱，与其把自己笼罩在愁云中，释怀不是更好的一种开解吗？于是有以下几句：“休对故人思故国，且将新火试新茶，诗酒趁年华。”不需要总心想着故人亲友去思念家乡，这样的好时节应该用刚生的柴火热一壶春日新茶，青春不久驻，要趁着好年华享受作赋饮酒的乐趣啊。结合全词，这一句是点睛之笔，上片扬，下片起头抑，结尾再扬起情绪，这样的艺术效果使词人想要表达的情绪就更能直观地被读者接受，这种成熟的超然心态也可以当作是苏轼转型的一个标志，与其想过去苦苦周旋于心中所想但不可得的一切，把握现在尚在的好年华多做些开心的事不是更好吗？对于一个历经官场十几年，饱受人世沧桑的失意才子来说，能说出这样的人生观点，非常难得。“故人故国”对应着“新火新茶”，这种新旧的更换并非是词人抛弃旧念的表现，而是以一种更加积极的轻松心态面对人生的转变。最后一句“诗酒趁年华”呼应了第一句“春未老”，这句一方面表达要借着好光景作乐，另一方面也表现出词人的不老之心，想趁自己还诗心尚存、积极向上的时候多找寻人生快乐的真谛。词人一直以士人自居，但是对“诗酒”的追求让他终于找回了自己文人的本真面，这样的物我融合，心态上的天人合一，当是千百年来文人追求的一种理想状态。全词优美流畅，散发出勃然的春意。

满　江　红

东武会流杯亭，上巳日作。城南有坡，土色如丹，其下有堤，壅郑淇水入城①。

东武南城，新堤就，郑淇初溢。
微雨过，长林翠阜，卧红堆碧②。
枝上残花吹尽也，与君试向江头觅③。
问向前犹有几多春，三之一。

官里事，何时毕。
风雨外，无多日。
相将泛曲水，满城争出④。
君不见兰亭修禊事，当时坐上皆豪逸⑤。
到如今修竹满山阴，空陈迹⑥。

注　释

① 流杯亭：即诸城南禅小亭。上巳日：农历每月上旬的巳日。三月上巳是古代的节令，一般习用三月初三日。郝（fū）淇：古水名，源于密州常山，向东北方向流向淮河。

② 以上三句写雨后山冈上花木零落狼藉的情状。阜：土丘。卧红：指花儿经过雨水打过之后匐于地面的样子。

③ 江头：指郝淇水边。

④ 古代风俗每逢三月上巳日，人们都要在水滨相约聚会宴饮。后人模仿这种风俗在环曲绕成的水流旁举行宴会，在水面上放置酒杯，杯子流行停在谁面前就让谁喝酒，这就是曲水流杯，宋代依然保持了这种风俗。

⑤ 兰亭修禊（xì）事：东晋穆帝永和九年（353）三月三日，王羲之与当时名士四十一人集会于会稽山阴（今浙江省绍兴市）的兰亭，众人曲水流杯，赋诗作文，王羲之在这里写下著名的《兰亭集序》。修禊：指三月三日到水边嬉游采兰。豪逸：指豪放不羁、潇洒飘逸的人物。

⑥ 以上两句说古人山阴兰亭集会之事早已经成为过去，现在满眼看到的只是茂密的竹林。

题 解

宋神宗熙宁九年（1076）三月，苏轼与僚友会宴于密州流杯亭，写下这首词。据《岁时广记》引《古今词话》说，苏轼出守东武，适值大雨经月，黄河决流，水至城下。苏轼登城夜宿，发动百姓护城。水退之后，修筑十余里长堤以拒水势。上巳日，命从事乐成之，并应歌姬请求写成这首词。密州抗洪，史无明文，或者苏轼在密州曾发动百姓筑过长堤。这首词上片描绘雨后长林翠阜的暮春之景，下片写流杯曲水、满城争出的热闹场面，并由此引起对古人兰亭集会的遥想，抒发了韶光易去、物是人非的感慨。

赏 析

密州多灾，在苏轼到任密州不到两年的时间里，旱灾虽然有所好转，但是转而洪水泛滥。洪水退去后，为了保障当地民众的生命安全，苏东坡便主动发动百姓一起修筑了防洪的大堤，这样一来，密州诸城当地的旱涝灾害得以缓解，又恰逢三月上巳日的节日，大功告成加上满城欢天喜地迎接节日到来的气氛，深深地感染着苏东坡，也催生出了他诸多的感慨，于是在一面庆祝节日一面庆祝诸城大堤落成的流杯亭会上，词人写下这首词，以遣心中情感。词序中交代了作词时的具体情境，紧承词序的内容，上片下笔就写筑堤的事件，“东武南城，新堤就，郏淇初溢。”东武城南边百姓共同修筑的新堤防落成了，正巧这个时候郏淇河水开始漫过河床。这三句词重复了词序部分传达的信息点，说明新堤筑成的位置，还强调了一点就是这个时候恰巧是郏淇河水要开始泛滥的时候，说明大堤筑成的有效和及时，也说明了苏轼治州有方的功绩。“微雨过，长林翠阜，卧红堆碧。”一场雨水过后，满山的绿林把山丘装点得更显青翠，雨打花落，地面上堆满了匐地的红花和成片的绿叶。这三句词是在写风雨过后，山中树木被雨水洗刷过更显青翠，可是山花也被雨水打落在地，无法供人欣赏了，这也是在为后面铺垫，同时它也承接了上一句的内容，可以算作是承上启下的三句词。因为山花凋落了，于是词人接着写道，“枝上残花吹尽也，与君试向江头觅。”连枝头的残花都被风雨吹尽了，无花可寻，那就让我和诸位到郏淇河边观赏鲜花吧。这句词自然地将这首词的写作空间进行了转换，把地点引到岸头，在这样开阔的环境中对词人思考以及抒发情思更有帮助。词人也正有此意，于是开始设问："问向前犹有几多春，三之一。"寻花作乐要趁着好光景，今年春天还能剩下多久呢？不过三分之一了吧。这两句词交代了词人为何不辞辛苦愿意从山上亭中到河边赏花的原因，春已不多，词人还想及时行乐，同时也表现了词人愿意抓紧年华的人生态度。

上片最后一句的抒发，引发了词人的感慨，于是下片词中，词人夹叙夹议，写出眼中所看，心中所想："官里事，何时毕。风雨外，无多日。"官事公事什么时候才是个头？这两年我忙于治理风雨灾害外，都没别的闲暇想其他事情。这是作者一句微含怨艾的话。密州连年的灾害让苏轼只能忙于和大自然打交道，没办法顾及自己需要做的其他政事。青春已不多的苏轼，发出这样的牢骚，还是可以理解的。接下来，词人又向城中望去："相将泛曲水，满城争出。"官员绅士们进行流杯曲水的宴饮，满城百姓也都争相出城去河边嬉游。虽然心中有怨，但是看到一城人安居乐业，苏轼心里也应该稍有安慰。然后比起人民的欢乐，词人内心的怅惘却泛上心头。"君不见兰亭修禊事，当时坐上皆豪逸。到如今修竹满山阴，空陈迹。"这四句词是作者感慨的爆发，现在我们已经看不到当年王羲之组织当时名士在兰亭对诗作赋的情景了，那时候兰亭里云集的都是文豪大家。现如今我们望着对面山阴里茂盛的竹林，只剩下一片类似兰亭当年风景的痕迹罢了。虽然苏轼此时的心态已经是宠辱不惊、超然自在了，但是一颗诗人的心不能不叫他触景生情。物是人非，一切的来去都捉摸不定，看到眼前的茂林修竹，词人自然就想到了王羲之的兰亭会。再热闹、再典雅的文豪盛会都可以像云烟般稍纵即逝，空留下一片景色不变。人的一生也是这样，或起或落，变迁不断，但是人周遭的一切都不会改变，变的是自己，是自己的心。全词通过叙事写起，从景入情，情景交融，抒发了作者对人生变化客观的思考，虽然略带牢骚但是感慨真实，不温不火，显示出一定的物我关系的哲理。

水调歌头①

丙辰中秋，欢饮达旦，大醉，作此篇，兼怀子由②。

明月几时有？
把酒问青天③。
不知天上宫阙，今夕是何年④。
我欲乘风归去，
又恐琼楼玉宇，高处不胜寒⑤。
起舞弄清影，何似在人间。

转朱阁，低绮户，照无眠。
不应有恨，何事长向别时圆⑥。
人有悲欢离合，月有阴晴圆缺，
此事古难全。
但愿人长久，千里共婵娟⑦。

注　释

① 大曲《水调歌》的首段，故曰“歌头”。双调，九十五字，平韵。

② 丙辰：即宋神宗熙宁九年（1076）。子由：苏辙的字。

③ 李白《把酒问天》：“青天有月来几时，我今停杯一问之。”

④ 牛僧孺《周秦行纪》：“共道人间惆怅事，不知今夕是何年。”

⑤ 乘风：驾着风回到天上去。《列子》：“乘风而归……不知风乘我邪？我乘风乎？”归去：古人认为有才能的士人都是天上的星宿下凡，上天就和归家一样。所以在这里才这么说。琼楼玉宇：这里指代的是月宫中瑰丽的亭台楼阁，晋代王嘉《拾遗记》中记载，瞿乾佑与弟子在江边赏月，有人问月中何有，瞿乾佑就让弟子顺着他手指着的方向看过去，只见月中“琼楼玉宇灿然”。高处不胜寒：谓在极高的天空人禁受不住寒冷，郑处诲说过，中秋之夜，方士叶静能邀请唐玄宗游览月宫，到月宫之后，玄宗觉得“寒冷特异，上不能禁”。杨湜《古今词话》说，神宗读此词，至“琼楼玉宇，高处不胜寒”，叹息说：“苏轼终是爱君。”

⑥ 司马光《温公诗话》记石曼卿诗：“月如无恨月长圆。”

⑦ 婵娟：月色美好。

题解

此词是宋神宗熙宁九年（1076）秋，词人在密州超然台上饮酒赏月而作的。苏轼熙宁四年（1071）离开汴京，辗转外郡，到这时候已经有五年了。弟弟苏辙当时在齐州李常幕府任职，也已经六年没有见过哥哥了。当时，苏东坡政治上不得意，又怀念久别的亲人，不禁对月抒怀，写下这首中秋词。

赏析

赏月的诗词一般都是清逸孤寒、情丝万千的，然而苏东坡这首词直如缥缈于云端，掩映于清辉之间。把酒问月，颇有酒仙李白的遗风，一片奇趣横生。

明月皎皎照彻天上和人间，天上是孤寒一片，人间却是相思之情难分难解。“人有悲欢离合，月有阴晴圆缺，此事古难全”已是豁达，但是“但愿人长久，千里共婵娟”更是乐观诚挚，种种感情交融于月光之下，成就了这篇千古绝唱。

这首词上片望月，既怀逸兴壮思，高接琼宇，而又脚踏实地，雅量高致。开头四句接连问月问年，皎皎的明月什么时候才能升上天空呢？我只能举着一杯酒发问苍天。我发此问的时候，也不知道那月宫天宫，现在应该是何年何月。这种表达方式类似屈原《天问》，非常特别。唐朝人称李白为“谪仙”，黄庭坚则称苏轼与李白为“两谪仙”，苏轼自己也设想前生是月中人，因而起“乘风归去”之想。于是他又说道“我欲乘风归去，又恐琼楼玉宇，高处不胜寒。起舞弄清影，何似在人间”。我也想像列子一样乘着风羽化登仙，到天宫上去，但是越高的地方越孤寒，这又让我心生疑虑，既然不能飞升，那就在这月光下尽情舞蹈，月影相交。月宫虽好，但是哪比得上可爱的人间呢？天上和人间，幻想和现实，出世和入世，两方面同时吸引着他。相比之下，他还是立足现实，热恋人世，觉得有兄弟亲朋的人间生活来得温暖亲切。月下起舞，光影清绝的人生境界胜似广寒清虚的天上宫阙。虽在尘凡而胸次超旷，一片光明。

下片怀人。人生并非没有憾事，悲欢离合即为其一。夜渐渐深了，月光移动着，将清辉洒向华丽的楼阁，低低地穿过雕花的窗户，照到了房中迟迟不能入眠的人，为什么“无眠”呢？结合下文来看，是伤离怨别，对月怀人。这个

把酒问青天

“无眠”之人，乃是千千万万望月伤怀的人的缩影。苏轼兄弟情谊深笃，作为自然之物的月亮，本来是不会有什么愁恨的，可是为什么总在人别离的时候圆了起来？别时月圆，仿佛故意与人为难，令人伤心。这时词人话锋一转，运思人情，用他的旷达来作自我排解，虽然他与苏辙熙宁四年（1071）颍州分别后已有六年不见了。苏轼原任杭州通判，因苏辙在济南为掌书记，特地请求调任北方，但到了密州还是无缘相会。人事多变，有相聚，就有别离；有欢乐，就有痛苦。月亮也是这样，今晚尽管充盈皎洁，可是它也有被乌云遮蔽的时候，有亏损残缺的时候。天地万物很难十全十美，这是自古已然的事实。既然如此，又何必为离别感到忧伤呢？这几句不仅说到了自然，还喻指了社会，富有哲理，意境一转豁达。虽然人间离别难免，相聚暂时不能如愿，那么只希望亲人身健长在，即使远隔千里，也可以明月与共，心意相通。人生不求长聚，两心相照，明月与共未尝不是一个美好的境界。

这是一首久负盛名的浪漫主义杰作，于苏词中代表着一种奇异高旷的风格。这首词上片执着人生，下片善处人生，表现了苏轼热爱生活、情怀旷达的一面。全篇表现了作者当时心情的矛盾以及自我解脱的心理过程，整首词层层转折，而又有奇思妙想，词人用潇洒飘逸的文笔描绘出高远辽旷的意境。它把优美的形象、明洁的环境、良好的愿望、开朗的情感融为一体。整首词中，每一句都写到月亮，然而又不仅仅局限于写月亮，文章由月生发感情，问月、飞月、望月、怨月、替月开解，人与月关系的每一次变化，都包含了作者丰富的情思，表现了很高的艺术性。词中境界高洁，说理通达，情味深厚，并出以潇洒之笔，一片神行，不假雕琢，卷舒自如，因此千百年来传诵不衰。

江　城　子

前瞻马耳九仙山①，
碧连天，晚云间。
城上高台、真个是超然。
莫使匆匆云雨散，
今夜里，月婵娟。

小溪鸥鹭静联拳②，
去翩翩，点轻烟。
人事凄凉、回首便他年。
莫忘使君歌笑处③，
垂柳下，矮槐前。

注　释

① 马耳、九仙：均山名，这两座山都在密州诸城县西南。
② 联拳：相依貌。杜甫《漫成一绝》有“沙头宿鹭联拳静”，这里化用这句诗形容鸥鹭并在一起的样子。
③ 使君：这里指代的是作者自己。

题 解

宋神宗熙宁九年（1076）十月，苏轼在密州听说自己又将移任他调的消息，于是登上超然台写下这首词。当时的密州是块贫瘠之地，又荒旱连年，苏轼在密州曾领导人民灭蝗救灾，还对当地的治理条例进行过一些改革，和密州算是结下了一定的感情。他在《超然台记》中说："余既乐其风俗之淳，而其吏民亦安予之拙也。"因此，在即将告别密州的时候，他不免心绪眷眷。在这首词中，苏轼通过对环境景物的描写寄寓恋恋不舍之思，又从鸥鹭的聚散起兴写到人事容易改变的不定，生发出无限的悲凉之感，表达了作者对密州的一片深情。

赏 析

苏东坡熙宁七年（1074）底才刚刚抵达满目疮痍的密州，在费尽心思把这里的政事民生发展起来的时候，我们命途多舛的才子词人又遭遇到一次官宦之路上的迁徙，此时的词人苏东坡已经少了当年的长吁短叹，多的是一种深沉的情感和成熟的淡然，对自己的命运有所感悟的苏东坡此时只是默默独上超然台，把心中的深情款款地用眼前的景物所化成的词句静静地讲述出来。这首词中蕴含的成熟而深沉的思想感情，值得读者在品读过程中细细体会。

登高而望远，词人登上自己叫人动工修葺一新的超然亭，放眼望向这一片属于密州的河山，记录下了这里景物的点点滴滴。"前瞻马耳九仙山，碧连天，晚云间。"站在超然亭远望远处的马耳山和九仙山，两座山峰之间的翠色一直延伸到天边夕阳西下时的层云之中。从词句上看，高耸翠绿的远山在傍晚显得无比巍峨，长天与远山相连，还有晚霞映照层云，这是一幅大气壮阔的画面，从这样的场景中，读者足可以体会到此时的苏东坡和过去因荣辱浮沉而躁动的苏东坡有别的博大胸怀。这种胸怀词人毫不掩饰，直接表达，"城上高台、真个是超然。"在密州城外山上这样的高台观景，超然的心态真是悠然自得。此时词人也在为自己的变化感到愉悦。接下来按照时间的推移，词人写到心中的希冀，"莫使匆匆云雨散，今夜里，月婵娟。"不要让傍晚的雨云散去得太快，等到夜晚到来，月亮初升，我还要观赏明媚的月色呢。这一句写出了这样的景致将预示着今夜有饱满的月亮，是通过联想描写景物，细细读来，“莫使匆匆云雨散”一句中“莫使匆匆”的表达也多少委婉地传递了一些词人对此地的留恋之情，同样“月婵娟”也在一定程度上表达的是思念和牵挂。离愁别绪是人们正常的情绪，更不要说是感情敏感的词人，所以这样的表达非但不减词人超然的气度，反而让读者更能领略词人的真情实感。

夜幕慢慢降临，远处的景物已经看不清了，词人回头向溪流间的鸥鹭望去，“小溪鸥鹭静联拳，去翩翩，点轻烟。”这些鸥鹭安静地排立在水中，翩翩飞起，用脚轻轻划动水面，掀起一缕缕轻微的烟波。这是一组非常优美的意象。天色渐渐暗下来的时候，鸥鹭在小溪边一排排地站着，一个一个不慌不忙地慢慢起飞，它们优雅的姿态伴随着脚上带起的烟波，顿时生出一阵美感，然而鸥鹭飞舞离去的景象却触及了词人的离愁，看到此情此景，词人实在无法不联想到人生苦短，但是词人只是客观地诉说，并不带有过去强烈的感情色彩：“人事凄凉、回首便他年。”我的一生遭遇说起来也很是凄凉，想想现在和过去，好像回首间一下就过去了好多年。常年奔走为官的苏东坡很少在一处能久留，这样的说法是对现实的描述，“回首便他年”这句虽然不带有感情色彩，然而这样的直叙更让读者能体会到词人沧桑历尽的经历，不经过种种，怎能换来平和的一句词呢？词人借着这样的情绪，又留下了一句开解的词：“莫忘使君歌笑处，垂柳下，矮槐前。”各位不要忘了我在密州长歌欢笑的地方，就是在那垂柳下和矮槐前。这句话是对密州的僚友而言的，本来下片开始积攒的情绪，已经能让读者心生宽慰词人的念想了，但是偏偏在最后，词人转而来开解僚友不要为自己的离去悲伤，几乎引开了读者的注意力。词人谈及柳树和槐树的歌笑回忆，好像能让人忘却了之前营造的悲凉之感，在感情上，平衡了这首词淡然的基调，然而深品之，虽然词人有意忘却苦恼，以欢乐的记忆结束全词，但是想到以后这样歌笑的场景不在，那无限的悲凉反而会由读者品味出来。这就是苏轼遣怀词的成熟之处，从过去由自己抒发情感感染读者的角度跳了出来，把“我”置于悲情之外，却能利用文字让读者自己品出悲哀，这样的技法和表现力是非常精妙的，作为词人的苏轼，作品已经和他的人一起成熟起来了。

阳 关 曲

答李公择①

济南春好雪初晴，才到龙山马足轻②。
使君莫忘霅溪女③，
还作《阳关》肠断声④。

注 释

① 宋神宗熙宁九年（1076）十二月苏轼调为徐州（今属江苏，州治彭城）知州，本词作于神宗元丰元年(1078)。李公择：李常，字公择，《宋史》卷三四四有传。

② 龙山：即云龙山，在今江苏徐州郊外。据《苏诗总集》卷十六，元丰元年三月寒食日，李常来访。次日，和李常同过云龙山居。以上二句谓李常由济南来徐，同游云龙山。

③ 使君：汉代对州郡长官的称呼。此指李常。霅（zhà）溪：在浙江湖州，李常曾为湖州知州。苏轼于宋神宗熙宁七年（1074）由杭州赴任密州时，也曾拜访过湖州的李公择，所以这里用霅溪指代湖州之会。

④《阳关》：唐王维《送元二使安西》(一名《阳关曲》)有句云："劝君更尽一杯酒，西出阳关无故人。"李商隐《赠歌妓》："断肠声里唱《阳关》。"

题 解

宋神宗熙宁九年（1076）十一月，苏轼在密州接到到河中府任知府的调令，于本年年底离开密州，登程赴新任。途中遇大雪，停留在潍州（今山东潍坊）。熙宁十年（1077）元旦，苏轼再从潍州出发赶赴齐州（今山东济南市），这首词是苏轼将要到达齐州时作的。这首词虽然属于词令，但是结构类似诗歌绝句，在苏轼诗集中也有选录，因为《阳关曲》不符绝句格律，又能随着音乐歌唱，所以同样列入苏词，同样苏轼还有两首《阳关曲》，被并称为《阳关三绝》。

赏 析

相比好友临别的怅惘凄凉，与旧友会面的喜悦肯定是不言而喻的。“他乡遇故知”的人生乐事对于长期在外漂泊，和朋友亲人聚少离多的苏东坡来说更有别样的宝贵意义。这首阳关曲就记录了词人此时要与分隔多年的老友李公择重逢时的喜悦之情和对过去离别时情景的追思。这首诗体小词前两句写雪后初霁，道路更加好走，马儿轻快自如，济南就快要出现在眼前时的欢快的期待，对周围环境的描写，也暗示了将要见到旧友时压抑不住的激动心情。后两句借着写湖州歌女表达怀念友人的感情。这里的一处转折，看上去有些意外，但却又说得通，其实是在朋友重逢之际，想起过去的聚会和快乐的回忆是很自然的，这种自然的流露又从侧面为这首小词营造出更好的艺术效果。

开篇两句“济南春好雪初晴，才到龙山马足轻”，济南的春天在大雪之后的放晴天气里显得格外美好，才走到了济南城外的龙山镇马儿的步伐就更轻快了。这里的两句词中“好”和“轻”两字可以算作是词眼，众所周知，大雪过后就算是放晴陆地的状况也不会太好，积雪和泥泞甚至加上结冰也会让行路非常不便，而在此时的词人看来，大雪放晴，他就已经按捺不住快点与老友重逢的激动之情，匆匆上路。此时在他的眼里，雪后的济南之春一切都是美好的，一个“好”字胜过千言万语对春色春景的歌颂，因为就是写下无数美好的景物，也不如一颗处在这样环境中的愉悦的心，词人的心中充满欢喜，所以他省去了复杂的描写，完全略去景致好在何处，只用一个“好”字就将词人心中的美好和春天的雪晴后的美好统领起来，留给读者无限的遐想空间。而“才到龙山马足轻”中的一个“轻”字，更是点活了词人的期待和快乐。到了这里，词人笔锋直转，从此时此景，写到过去和李公择分别时的场景，“使君莫忘霅溪女，还作《阳关》断肠声。”朋友你可不能忘了我们在湖州霅溪一别时歌女唱的曲子，她当时分明唱的就是王维写别情所作的《阳关曲》。这句转折来得出乎意料，因为前两句词都是满心欢喜的情景描写，这里突然冒出分别的场景，让读者在情绪上猝不及防。这里“使君莫忘霅溪女”并不是让李公择刻意去记住霅溪的歌女，而是让他回想当年自己与词人在湖州聚会分别时的场景。《阳关曲》中有“西出阳关无故人”的诗句，不管歌女是否当时真的唱过《阳关曲》，这两句词中都满含着当年的离愁别绪，可是这样的离愁并不会影响这首词要表达的与老朋友相逢的欢快情绪，因为对于过去的别离，现在的相逢才能显得更令人期待，令人高兴。饱受人生变迁折磨的苏轼，在调任的过程中还能有这样好的际遇、愉快的心情，在这首词中被词人用巧妙的手法通过对景物的描写和对现在和过去境况的比较，表现得淋漓尽致、生动感人。

洞　仙　歌

江南腊尽，
早梅花开后，分付新春与垂柳①。
细腰肢、自有入格风流②，
仍更是、骨体清英雅秀③。

永丰坊那畔，
尽日无人，谁见金丝弄晴昼④？
断肠是飞絮时，绿叶成阴，
无个事、一成消瘦。
又莫是东风逐君来，
便吹散眉间一点春皱⑤。

注　释

① 这里是说梅花把春天托付与柳。分付：委托。
② 入格风流：合格入时的独特风韵。这里用柳树比喻佳人。
③ 清英雅秀：指骨相清高、英隽、雅洁、秀丽。
④ 据《本事诗》记载，白居易有妾小蛮，善舞，白氏将其比作杨柳，有“杨柳小蛮腰”之句。因为那时白居易年事已高，小蛮还很年轻，所以白作《杨柳枝词》以托意，曰：“一树春风万万枝，嫩于金色软于丝。永丰西角荒园里，尽日无人属阿谁？”之后唐宣宗听说这首词，极表赞赏，遂命人取永丰柳两枝，移植禁中。永丰坊：唐代长安内地名。
⑤ 春皱：形容蛾眉般弯弯的柳叶好似含着春愁。

题 解

宋神宗熙宁十年（1077）二月，苏轼正准备到河中府任职，到了汴京陈桥驿的时候，又接到诰命改任徐州知州。根据《纪年录》记载，本年三月二日，苏轼与驸马王晋卿会于城北四照亭，驸马侍女倩奴求曲，遂作《洞仙歌》。苏轼的咏物词，大多借物喻人、咏怀，把人的品格、身世和情感寄托于所咏之物上，物中有人，亦物亦人。这首词突出地体现了上述特点，给读者以无尽的遐思和美好的回味。

赏 析

这首词是苏轼答驸马侍女的一首咏柳词，其实这首词是借写柳树比喻佳人。上片写柳的体态、标格和风度，从体态美进而刻画品格美。下片转入对柳的不幸际遇和命运的感叹，写垂柳境遇清寂，丽姿无主，展望前景，更加感到茫然。词中用拟人法写柳，柳是词中“主人公”。这仪容秀美、没落失意的垂柳，宛然是一位美丽动人但是红颜命苦的佳人。这位佳人或就是向词人索词的倩奴，或许是与倩奴命运相似的女性，至少也可以说是作者以委婉的手法，描写了一位品格清净舒雅而命运不佳的少女形象，郑重地对她表达了赞美，倾注了无限同情。这首词上片写柳的体态标格和风韵之美。起拍前三句说蜡尽梅凋，既点明节令，且借宾唤主，由冬梅引出春柳。“江南腊尽，早梅花开后，分付新春与垂柳。”江南的腊月过去，梅花开尽已经到了凋零的时候，于是梅花把新春所需的美丽交付于萌发的垂柳。这三句词中，“新春”紧承“腊尽”，写腊月已尽，新春来临，早梅开过，杨柳萌发。柳丝弄碧，是春意繁闹的表征，所以才说“分付新春与垂柳”。“分付”，交付之意，着“分付”一词，仿佛春的活力、光彩、妖娆，均凝集于垂柳一身，从而突出了柳的形象。可以想象秉承着风骨高洁的蜡梅花的风姿，又在春天即将到来的暖日光照下，柳树会具有何等的美感。所以词人紧接着就开始对柳树的姿态进行具体的刻画，“细腰肢、自有入格风流，仍更是、骨体清英雅秀。”这是赞美柳的体态标格。柳枝婀娜，别有一种风流，使人想到少女的细腰。杜甫《绝句漫兴九首》早有“隔户杨柳弱袅袅，恰似十五女儿腰”之句。东坡正是抓住了这一特点，称颂她有合格入流的独特风韵，并进而用“清英雅秀”四字来品评其骨相，写出了垂柳的清高、英隽、雅洁、秀丽，见出她与浓艳富丽的浮花浪蕊迥然不同。结合上片全文，再观前三句中柳树承接新春的描写，更能显现出作者实际指代的佳人具有的魅力，这种魅力可以映衬整个春色，可见佳人之好和词人对佳人的评价之高。

在上片由外至内、从冬到春地刻画歌颂了柳树与柳树所指的佳人之好后，下片词人的笔触转入对垂柳不幸遭遇的感叹。“永丰坊那畔，尽日无人，谁见金丝弄晴昼？”现在的长安永丰坊那里，整日里都没有人在了，还有谁能见到那被比喻为舞技绝伦的小蛮的柳枝在晴日里起舞的样子呢？这三句写出了现在的垂柳境况清寂、丽姿无主。长安永丰坊好柳众多，生于永丰园一角的垂柳，尽管明媚春光中修饰姿容，分外妖娆，怎奈现在已经无人一顾。“谁见金丝弄晴昼”中“弄”一字，别有韵味，赋予了柳枝主观的行动力，好似舞动的样子是柳树自发的，而这样舞动又无人欣赏，所以只能在“晴昼”里白白地摆弄一番，聊以自慰。这样惋惜的情绪一出，后面几句词中就将它做了延伸，“断肠是飞絮时，绿叶成阴，无个事、一成消瘦”四句，紧承上文，写垂柳的凄苦身世，说一到晚春让绿柳最痛苦断肠的是柳絮飘飞的时候，此时绿叶虽繁，柳絮飘零，但是她更将百无聊赖，必然日益瘦削、玉肌消减了。这里虽然是写柳树，但是后两句读来，分明就是在写佳人，结合前文，更像是写满腹才华而不遇的诗意才子，很可能词人在这里也借着柳树，借着佳人，比喻自己身世的坎坷。但是此时的词人已经更加懂得排解了，“又莫是东风逐君来，便吹散眉间一点春皱。”只有东风伴着懂得欣赏柳与佳人的君子来到，那凝结在眉间的愁怨，才能被吹散消除。虽然前景令人愈感茫然，但是只要有东风的吹拂，足可消愁释怨，使蛾眉般的弯弯柳叶得以应时舒展。这是词人宽慰如柳树一般无人赏怜的美人的开解之言，但也是对自己前途的一种态度，虽然自己与不受欣赏的似柳佳人一样寂寞，但是只要一旦有春风一样的慧眼识得了自己，才华还是能得以舒展，愁怨还是能消除，这依然是一种不服输的积极心态。全章用象征手法写柳，词人笔下那婀娜多姿、落寞失意的垂柳，宛然是骨相清雅、姿丽命蹇的佳人。词中句句写垂柳，却句句是写佳人。读罢全词，一位品格清淑而命运多舛的少女形象栩栩如生地呈现读者面前。

阳 关 曲

中 秋 作

暮云收尽溢清寒，
银汉无声转玉盘①。
此生此夜不长好，
明月明年何处看。

注 释

① 银汉：这里指银河。玉盘：这里指明月。李群玉《中秋君山看月》诗中有云：“汗漫铺澄碧，朦胧吐玉盘。”

题 解

宋神宗熙宁十年（1077）四月，苏轼到徐州就任，弟弟苏辙与之同。苏辙在徐州停留了百来天之后，于八月离去，这首词就是当年中秋词人与苏辙在徐州观月时所作。这首小词，记述了作者与其胞弟苏辙久别重逢，共赏中秋月的赏心乐事，同时也抒发了聚后不久又得分手的哀伤与感慨。

赏 析

这首词写在词人与弟弟久别之后在徐州重逢，又恰好到了中秋这样的团圆佳节，但是佳节苦短，相逢终究挡不住离别，在弟弟将行之日前，词人用这首小词表达出对弟弟的惜别和对分手的哀伤。这首小词，题为“中秋作”，自然是写“人月圆”的喜悦，但是《阳关曲》的词牌又是别离的曲调，所以这首词的内涵上又涉及别情。总览全词，词中记述的是作者与其胞弟苏辙久别重逢，共赏中秋月的赏心乐事，同时也抒发了聚后不久又得分手的哀伤与感慨。

这首词开端先写月色夜色，却不直接咏物，“暮云收尽溢清寒，银汉无声转玉盘。”夜幕已经降临，天上层云收尽，这样的中秋夜里，天地之间充满了微凉的寒气，天上的银河无声地涌动着，皎洁的月亮升入天空，洁白明亮得像玉做的盘子一样。词状中秋夜的月色分外明亮，但并不直接从月光下笔，而从“暮云”说起，用笔富于波折。明月先被云遮，好似大幕拉起来为月亮的登场做准备，这样在读者心里也会有一种期待，一旦“暮云收尽”，就会让读者觉得清光更多。之后词人写云幕淡去，这时月明星稀，银河也显得非常淡远。“银汉无声”并不只是简单的写实，它似乎说银河本来应该有声的，但由于遥远，也就“无声”了，银河虽然是对天上银河繁星的比喻，但是一词“无声”便将天宇空阔的感觉传达了出来，让人觉得银河也是会涌动一样，更衬托出月色如水的景致。而就是在这样的夜晚明月显得格外圆，恰如一面“玉盘”似的。李白《古朗月行》诗云：“小时不识月，呼作白玉盘。”这里用“玉盘”的比喻写出月儿冰清玉洁的美感，而苏轼加的一个“转”字不但赋予了月亮更巧妙的动态形象，而且还暗示它的圆。两句并没有写赏月的人，但这一片绝好的月色中秋图却正是词人赏心悦目之意的表达，而人就是表意的主题，赏月之感也不言而喻了。

在这样略带凉意的明月夜，词人承接前两句写赏月的笔调和意境，开始抒发关乎自身的感慨，“此生此夜不长好，明月明年何处看。”我这一生中每逢中秋之夜，月光大多都被云幕掩盖，很少碰到像今天这样的美景，只可惜这样的美景也不能久留！想想明年的中秋，我又会到何处观赏月亮呢？明月圆，更值兄弟团聚，难怪词人要赞叹“此生此夜”之“好”了。从这层意思说，正因为“此生此夜不长好”，所以佳会难得，你我更应当尽情游乐，不负良宵美景。不过，恰如明月的阴晴圆缺一样，人生也是聚难别易、漂浮不定的。词人与弟弟分别在即，眼前的离别又不能不令词人慨叹“此生此夜”之短。从这层意思说，“此生此夜不长好”又直接引出末句的离情别绪。说“明月明年何处看”，其实是含有“未必明年此会同”的意思，是抒发作者真正离愁的。同时，“何处看”不仅就对方发问，也是对自己发问，寄寓了词人对自己的行踪萍寄之感。自从调出密州之后，词人的官宦生涯更加不定了，短短两年数次调任，所以词人此处抒发不知明年何处在的思考完全可以理解。再看末二句意思上的衔接，可以说是对仗天成。“此生此夜”与“明月明年”作对，字面工整，假借巧妙。

这首词从月色的美好写到“人月圆”的愉快，又从当年当夜推想次年中秋，归结到别情。形象集中，境界高远，语言清丽，意味深长，显示出当年中秋月夜之美好，更显现出词人对弟弟深厚的情感和惜别之意，于景于情，都可以堪称佳作。《阳关曲》原以王维《送元二使安西》诗为歌词，苏轼此词与王维诗的平仄大体切合，但是格律有所不同，是词人依照《阳关曲》曲谱填词而作，具体可见《阳关曲·答李公择》。

浣 溪 沙

赠闾丘朝议，时还徐州①

一别姑苏已四年②，秋风南浦送归船③。
画帘重见水中仙④。

霜鬓不须催我老，杏丹依旧驻君颜。
夜阑相对梦魂间⑤。

注 释

① 闾丘朝议：即闾丘孝终，详见《水龙吟（楚山修竹如云）》。

② 宋神宗熙宁七年（1074），苏轼曾经在苏州过访闾丘孝终，到了熙宁十年（1077），闾丘公到徐州来，已经有四年了。姑苏：苏州。

③ 南浦：《楚辞·九歌·河伯》："子交手兮东行，送美人兮南浦。"江淹《别赋》也有"送君南浦，伤如之何？"的诗句，以后南浦就用于指送别之地了。

④ 唐南卓《烟中怨》记载，越溪之中有位渔女，她与叫作谢生的书生相恋，七年之后，渔女"以首枕生膝而逝"，两年之后，江上烟波溶泄，谢生看到渔女立于江中，曰："吾本水仙，谪居人间，今复为仙，后常思郎，复谪下矣。"与南卓大体同时代的沈亚之，根据这个故事创作小说《湘中怨》，大意是说一位郑生于洛桥与名叫汜人的女子相遇，相居一年多以后女子离去，又过了十多年，郑生在岳阳楼上看到"有画舻浮漾而来"，船中有一女子弹唱歌舞，和汜人极为相似，最终相见。借这样的典故词人表现了自己重见日思夜盼的友人的喜悦。

⑤ 杜甫《羌村三首》诗中有"夜阑更秉烛，相对如梦寐"之句。夜阑：夜深了。

题解

宋神宗熙宁十年（1077）秋，苏轼的友人闾丘孝终回到徐州，于是苏轼写下这首词赠之。开头词人回忆四年前与友人相别的情景，接着借用富有神话色彩的故事表达重见友人后的喜悦心情，然后再换用亲切的口吻将作者几年的实际生活内容和复杂的心情蕴含在词中，表达出绵延不尽的思想感情。

赏析

苏轼在杭州任官时，每每出行，经过苏州，都要拜见当地名士、太守闾丘孝终，当时苏轼自己也说，到了苏州，如果不访虎丘，不谒闾丘，那苏州之行就会非常遗憾。苏轼与闾丘公交往多年，所作的作品之中，涉及与闾丘公一起的文字也有不少，这足以见得苏轼对闾丘公友情的真挚和深邃。从最后一次见到闾丘公到写下这首词的时间已经有四年之久了，这四年又是苏轼仕途路上最为颠簸的四年，也是他人生哲学成熟和文风成型的四年，加上经常调动难觅新朋友，这其间的种种苦涩心事能与谁人说呢？可见这次闾丘公经过徐州看望东坡，对苏轼本人来说有多大的意义。本篇词中没有感情的直接流露和思想的传达，只是简单地回忆过去与闾丘公在相见时的情景，轻松亲切地谈论彼此之间的样貌变化，这种看似轻松亲切的气氛，融汇其中的是道不尽的情感和思愁。

“一别姑苏已四年，秋风南浦送归船。”从上一次与君分别到现在已经四年之久了，那时你我迎着吹起离愁的秋风在分别的码头，我乘上回杭的归舟。这两句词可以说写得非常之平实无华，第一句交代了与朋友分别的时间，四年之久苏轼与闾丘公没有谋面，没有形容时间长久，离愁难耐，词人只做了简单的交代，而就是这样的表达，更显得朴实自然。“秋风南浦送归船”一句词中强调了“离别”氛围：“秋风”是古人常常用来指代离愁的意象；“南浦”是自战国时期就有的送别之地的指代；“归船”同样是分别的写照。这句词中苏轼用了三处意象强调当时的离别之景，是为阐发他与闾丘公当年相互的不舍和惜别。紧接着上片收尾，将时间与空间拉回现在，写现在的重逢，“画帘重见水中仙”，今日与君相见，有如传说中离开多年的水中仙子在画船中又出现一样，带给我无限的喜悦。这里词人巧用典故，虽然“水中仙”的典故是写男女情爱，与苏轼和闾丘公的交情不同，但是故事的情节和故事中别后重逢的欣喜，却与此时此刻词人的心情相合，这也反映出词人豪放不羁、不拘一格的洒脱情怀，与分别的场景相互对应，先抑后扬，营造出一种喜乐的气氛。

词至下片，既然又见面了，时隔多年，就一定相互打量对方的容貌，所以词人写实叙事一般，直接描写彼此的样貌：“霜鬓不须催我老，杏丹依旧驻君颜。”灰白的鬓角无须岁月打磨，我已经变老了，而你的精神还是那么好，面色红润如丹。闾丘公常守苏州，生活安乐，工作顺利，自然面色一直很红润，精神也很好。相比之下，四年间辗转数地的苏东坡，在每个就任的地方都有纷繁复杂的政事要操劳，这样奔忙的四年和闾丘公的四年相比，真的是“岁月催人老”了。这两句词，看似是非常顺理成章的朋友相逢之时的寒暄，但是其中蕴藏的凄凉与无奈，更是词人想借这两句词倾诉给朋友的苦水。借着这样的感叹和情怀，词人敞开心扉，说出了几年来对朋友的日夜思念：“夜阑相对梦魂间。”每天夜已深的时候，我都会在梦中与你相见，对你倾诉着种种心事。同样四年过去，朋友二人，一个满面春风，一个鬓发斑白，因为词人这四年过得并不好，而且很寂寞，词人的心事和伤情只能夜夜寄于梦中，在梦中与老朋友相见，给老朋友说说心中的不顺意。下片至此结束，但是词人在这里将自己对闾丘公的友情生发到至高的地步，心中有苦，没有朋友，寂寞不能言，四年来多少凄凉我只能付于梦中与唯一的你倾诉，可见朋友在词人心中的地位之重要。同时，这首词的气氛也从追溯，到喜乐，到轻松，到深邃，这些种种的感情糅合在一起，孕育了这首词的深厚的感情，让读者读来只觉“言有尽而意无穷”。

浣溪沙（其一）

徐门石潭谢雨，道上作五首。潭在城东二十里，常与泗水增减、清浊相应①。

照日深红暖见鱼，
连村绿暗晚藏乌②，
黄童白叟聚睢盱③。

麋鹿逢人虽未惯，
猿猱闻鼓不须呼④，
归来说与采桑姑。

注 释

① 徐门：这里指徐州。泗水：源出山东，流经徐州入淮河，之后改道流入京杭大运河。

② 古乐府《杨叛儿》有“暂出白门前，杨柳可藏乌”之句。

③ 黄童：指黄发小儿。白叟：指白发老人。韩愈《元和圣德诗》中有：“卿士庶人，黄童白叟。”睢盱（suī xū）：欢乐的样子。

④ 麋鹿：鹿科动物，俗称“四不像”。猱（náo）：猿类动物。

题　解

苏轼到徐州不久，徐州就遭遇了大洪水的袭击，苏轼就在当地领导人民护城。抗洪之后却又遇到了干旱天气，他又为人民祈祷降雨。雨后，苏轼按照民间风俗到城外谢雨。《浣溪沙》是一组词，共分为五首，是他在宋神宗元丰元年（1078）去石潭谢雨路上所写下的一组农村词。这组词以清新秀丽的语言，从不同的角度生动地描绘了农村的生产和生活情景，以及各式各样的农村人物，也写出了词人对于农村生活的喜爱和向往，为读者提供了几幅洋溢着浓郁生活气息的农村风俗画。这样的题材在北宋极为罕见，为宋词的社会内容开辟了新的天地，在宋词历史上占有极为重要的地位。

赏　析

宋神宗元丰元年（1078）徐州发生严重春旱，作者作为徐州太守，曾往石潭求雨，得雨后，又往石潭谢雨，沿途经过农村。这组《浣溪沙》词即记途中观感，共五首。这是第一首，写傍晚之景和老幼聚观太守的情形。上片描绘久旱雨后的农村风光，表现了作者初来乍到农村的喜悦；下片通过描写动物与人群安然相处的情景，表现出当地淳朴的风俗。词中有黄发的童子、白头的老人、采桑姑娘等人物，有绿荫中的乌鸦，不畏人群的麋鹿、猿猴等动物，生机盎然而又具有地方色彩，是一幅以字词描画出的美丽乡村图。

作为组词第一首，这首词开篇就写词人看到的事物："照日深红暖见鱼，连村绿暗晚藏乌。"落日散发出一片深红色的光辉，这光辉好似让池水都暖和起来，池里的鱼儿也清晰可见，村里的树木茂盛翠绿，连成一片树荫，傍晚时分一片墨绿的树枝头乌鸦就栖息在里面。首句写到潭鱼。西沉的太阳，格外红而大，也染红了潭水。由于刚下过雨，潭水增多，大约也涌进了不少河鱼，它们似乎贪恋着夕照的温暖，纷纷游到水面。鱼之宛然若现，也写出了潭水的清澈，与大旱时水浊无鱼成一番对照。从石潭四望，村复一村，佳木茏葱，只听得栖鸦的啼噪，而不见其影，写出了农村得雨后风光为之一新，也流露出作者喜悦的心情。这两句词中"暖"和"藏"用得非常好，"暖"一方面说出了此时太阳的光带给词人的直觉感受，同时也说明了词人此刻的心态是放松的，旱涝治理完毕，词人自然心中舒畅，看到被太阳映红的池水，反而觉得心中一片温暖。而“藏”字就很形象，看不到乌鸦，只听得到叫声，这才能反映农村的树木有多么茂盛，可以把乌鸦都遮住让人看不见，一派活泼的村头景象。写到这里，词人在第三句转笔写人，“黄童白叟聚睢盱”，小孩子和白发老人都聚集在一起欢乐地庆祝。儿童黄发，老人白首，故称“黄童白叟”，这是聚观谢雨的人群中的一部分。“睢盱”二字俱从“目”，张目仰视的样子，都含有喜悦的意义。《易经·豫卦》“盱豫”，孔颖达疏：“盱谓睢盱。睢盱者，喜悦之貌。”这里还暗用韩愈《元和圣德诗》“黄童白叟，踊跃欢呀”句意。从童叟之乐见出众人之乐，也寄寓了作者“乐人之乐”的情怀。

接着，下片写谢雨的盛会打破了林潭的寂静。“麋鹿逢人虽未惯，猿猱闻鼓不须呼。”常到潭边饮水的麋鹿突然逢人，惊恐地逃避了，而喜庆的鼓声却招来了顽皮的猿猱。“虽未惯”与“不须呼”相映成趣，两种情态，各显逼真之处，非常有助于表现和平熙乐的气氛。这两句不仅仅是写动物，其实山村的老人纯朴木讷，初见知州不免有几分“未惯”，孩童则活泼好动，听到祭神仪式开始的鼓声，则争先恐后若类猿猱之“不须呼”。他们回家必得要兴奋地追说一天的见闻，说给那些未能目睹盛况的“采桑姑”们了，所以才有最后一句的“归来说与采桑姑”，这节外生枝一笔，妙趣横生。

词中写到日、村、潭、树等自然景物，鱼、乌、猿、鹿等各类动物，黄童、白叟、采桑姑等各色人物及其活动，织成一幅有声有色的画图。上片连用“深红”“绿暗”“黄”“白”等色彩字，交错使用，画面生动悦目。下片则赋而兼比。全词虽未铺写谢雨，但所叙无不是喜雨、谢雨的事情。这正表现出词人苏东坡取舍经营的匠心。前五句是实写，末一句是虚写，虚实相生，词意玩味不尽。

浣溪沙（其五）

软草平莎过雨新①，
轻沙走马路无尘。
何时收拾耦耕身②？

日暖桑麻光似泼③，
风来蒿艾气如薰④。
使君元是此中人⑤。

注　释

① 软草：尚未抽茎长节的嫩草。莎（suō）：莎草，多年生草本植物，地下的根叫作香附子。

② 《论语·微子》："长沮、桀溺（两位隐士）耦而耕。"耦耕：古代两人并肩耕作，这里表示归耕田园。

③ 光似泼：指桑麻叶子在日光照射下像泼了水似的明亮。

④ 蒿：一种野草。艾：多年生草本植物，可供药用。气如薰：这里说明艾蒿的香味如同熏香一样好闻。

⑤ 这句词人是指自己也曾经是农村中的老百姓。元：同"原"。

题　解

这首词写出了作者在谢雨完毕临行路途中对农村生活的感受。通过对雨后嫩草茸茸、道上湿润无尘以及艾蒿飘香等村野环境气氛的描绘，表现出作者在归途中的愉快情绪以及对农村生活的向往。由于喜爱农村而直接表白自己愿意归耕田园做一个老百姓的想法，这种精神在当时更是难能可贵的。

赏　析

宋神宗元丰元年（1078），徐州发生严重春旱。当时有人传言：将虎头置于潭中，即可致雷雨。作为州官，苏轼曾依其说到离城东20里远的石潭求雨，并作有《起伏龙行》诗以记其事，得雨后又赴石潭谢雨。其关怀民生之心，从这一求一谢两件事中就可以很好地体现出来。苏轼于谢雨道上作《浣溪沙》组词，共五首，描写了途中见闻和村野风光，具有清新浓郁的生活气息。这首词是《浣溪沙》组词的最后一首，写词人巡视归来时的感想。

词中表现了词人热爱农村，关心民生，与老百姓休戚与共的作风。作为以乡村生活为题材的作品，这首词之文风朴实、格调清新，完全突破了“词为艳科”的藩篱，为有宋一代词风的变化和乡村词的发展做出了贡献。

上片开端首二句：“软草平莎过雨新，轻沙走马路无尘。”淋过一场新雨的地面上嫩草显得软而平整，沾过雨水的道路上有轻沙助力走起马儿来非常轻快，一路上扬不起任何灰尘。这里不仅写出“草”之“软”、“沙”之“轻”，而且写出作者在这种清新宜人的环境之中舒适轻松的感受。久旱逢雨，如沐甘霖，经雨之后的道上，“软草平莎”，油绿水灵，格外清新；路面上，一层薄纱，经雨之后，净而无尘，纵马驰骋，自是十分惬意。看到这样一番美景，作者情动于衷，遂脱口而出：“何时收拾耦耕身？”什么时候我也可以归园田居呢？“耦耕”，指二人并耜而耕，典出《论语·微子》“长沮、桀溺耦而耕”。长沮、桀溺是春秋末年的两个隐者。二人因见世道衰微，遂隐居不仕。此处“收拾耦耕身”，不仅表现出苏轼对农村田园生活的热爱，同时也是他在政治上不得意的情况下，仕途坎坷、思想矛盾的一种反映。

触景生情之后，词人更是放开心扉来感知大自然的气息，下片开始，词人先说道“日暖桑麻光似泼，风来蒿艾气如薰”，暖暖的阳光洒在桑叶和麻叶上，发出的光亮如同刚刚泼上去水一样，这时田野间清风吹来，其中夹杂着艾蒿的气息就像熏香一样好闻。这里承上接下，意境更为开阔，把上片道上风景转移到田野里的蓬勃景象之中。春日的照耀之下，桑麻欣欣向荣，闪烁着诱人的绿光；一阵暖风，挟带着蒿艾的薰香扑鼻而来，沁人心肺。这两句对仗工整，且妙用点染之法。上句写日照桑麻之景，先用画笔一点，“光似泼”则用大笔涂抹，尽力渲染，将春日雨过天晴后田野中的蓬勃景象渲染得淋漓尽致；下句亦用点染之法，先点明“风来蒿艾”之景，再渲染其香气“如薰”。“光似泼”用实笔，“气如薰”用虚写。虚实相间，有色有香，并生妙趣。一番情景一番人，于是词人道出“使君元是此中人”的结句，画龙点睛，为升华之笔。“我本来也是这乡土中走出的人啊！”这句话既道出了作者“收拾耦耕身”的思想本源，又将作者对农村田园生活的热爱之情更进一步深化。作者身为“使君”，却能不忘他“元是此中人”，且乐于如此，确实难能可贵。细细品味，还有更深一层的含义：其一，苏轼早年即倾慕庄子，志于逍遥逸世，见此景此境，更加坚定了他终老归耕的追求；其二，苏轼长期仕途不顺意，这时候重睹年轻时梦想的场景，不禁有怅然若失之感，对其久困官场，也不免有后悔之意，但苏轼虽然感到懊悔，但想到人生志趣，自己应当及时把握，迷途知返，还是不晚，于是他信心再起，归宿重定。一句之中，写尽种种人生滋味，用笔简约而意趣丰盈，可见苏轼心理世界之丰富复杂。

这首词结构既不同于前首，也与一般同类词的结构不同。前首《浣溪沙》词全是写景叙事，并不直接抒情、议论，而是于字里行间蕴蓄着作者的喜悦之情。这首用写景和抒情互相错综层递的形式来写，不仅使全词情景交融，浑然一体，而且使词情逐层深化升华。特别“软草平莎过雨新”二句、“日暖桑麻光似泼”二句更是出神入化，读者可以反复玩味其中的妙处。

浣溪沙

缥缈红妆照浅溪①，
薄云疏雨不成泥。
送君何处古台西②。

废沼夜来秋水满，
茂林深处晚莺啼。
行人肠断草凄迷③。

注　释

① 缥缈：高远隐约的样子。白居易《长恨歌》有“忽闻海上有仙山，山在虚无缥缈间”的描写。红妆：用来形容女子的盛装。

② 君：指颜、梁。颜，指颜复，字长道，颜渊第四十八世孙，赐进士出身，官至中书舍人兼国子监直讲，《宋史》有传。梁，指梁先，字吉老，通经学，工小楷。苏轼在徐州曾经与二人交游，并有诗。古台：即戏马台。故址在今徐州市南，相传为西楚霸王项羽所建，又名掠马台。

③ 凄迷：形容景物凄清而模糊。

题 解

据《东坡纪年录》，朱孝臧考定此词为宋神宗元丰元年（1078）所作。石声淮、唐玲玲著《东坡乐府编年笺注》引傅藻《东坡纪年录》：“元丰元年戊午十二月，送颜梁，作《浣溪沙》。”此词没有标注“送颜梁”的标题，但从内容来看，是一首送别词，因此大约是“送颜梁”。不过，就“秋水满”“晚莺啼”的描述来看，时节应为秋天，而并非是十二月。

赏 析

苏轼交游广泛，生性又多情善感，因此在苏词中有很多赠别之作，其中不乏大量脍炙人口的佳作，这一首词有着突出的艺术特点。苏轼作为诗、词、书、画、文章都极富成就的一代文坛宗师，他的艺术思想是共通的，因此他的哲学思想在其词作中有着很好的展示和体现。这首词最显著的艺术特点就是寓情于景，苏轼在行云流水般的景物布置中，营造一种“无我之境”，如诗如画，而整个场景又蕴含着浓浓的离愁别绪。

全词泼墨如云，大半篇幅用来写景。“缥缈红妆照浅溪，薄云疏雨不成泥。送君何处古台西。”在戏马台西，远远地隐隐约约看到一个盛装靓饰的女郎，窈窕的身姿倒映在浅浅的溪水之中，薄薄的一层云雾笼罩下，天地之间零星地飘着几点雨丝，路面上也没有太多的泥泞，整个天地就这样在烟雨蒙蒙之中，而离愁别绪也就一如这不断的雨雾，缥缈无着而又令人黯然神伤。“废沼夜来秋水满，茂林深处晚莺啼。行人肠断草凄迷。”昨夜的骤雨让路边荒废的池沼涨满了秋水，天已黄昏，在茂密的丛林深处传来数声晚莺的啼鸣，还有那扑入眼帘的一大片凄迷、枯萎的荒草。这种灰暗与荒凉，没有强烈的色彩对比，而在每一个细心品味词作的读者心里增添一抹沉重。词中除了“送君”“行人肠断”这两个词点出送别之意以外，其他都是萧瑟、荒凉的秋景细节描写，像极了一幅暗淡的传统水墨画。词人运用白描的手法，将远近、高下、明暗不同的景物尽收入画中，从而打造出一幅秋景长卷。宗白华先生在《美学散步》中言道：“诗也可以完全写景，写‘无我之境’，而每句每字都反映出自己对物的抚摩，和物的对话。”这就是这首苏词在渲染送别时的艺术创造：寓情于景，词中有画。最后一句“行人肠断草凄迷”，虽然是直写老朋友在临别时的悲伤，但是面对着这凄凉而模糊的衰草，哀伤的又何止是老朋友呢，只不过是深一层表现词人自己的悲哀罢了。词与画的相通，禅与景的融汇，这些都是需要细细体味的。

永 遇 乐

彭城夜宿燕子楼，梦盼盼，因作此词。[①]

明月如霜[②]，好风如水，
清景无限。
曲港跳鱼，圆荷泻露，寂寞无人见。
紞如三鼓，铿然一叶，
黯黯梦云惊断[③]。
夜茫茫，重寻无处，觉来小园行遍。

天涯倦客，山中归路，
望断故园心眼[④]。
燕子楼空，佳人何在，空锁楼中燕[⑤]。
古今如梦，何曾梦觉，
但有旧欢新怨。
异时对，黄楼夜景，为余浩叹[⑥]

注 释

① 燕子楼：据说在徐州官府内。唐朝张愔（yīn）镇守徐州时，纳有爱妾关盼盼，张氏死后，关盼盼仍念旧爱不嫁，独居燕子楼十余年。白居易《燕子楼》诗三首中有"满窗明月满帘霜，被冷灯残拂卧床。燕子楼中霜月夜，秋来只为一人长"之句。苏轼所梦的燕子楼就是由这个典故而来。

② 李白《静夜思》诗中有"床前明月光，疑似地上霜"的句子。

③ 紞(dǎn)如：击鼓声。《晋书·邓攸传》："吴人歌之曰：紞如打五鼓，鸡鸣天欲曙。"铿然：金石声，这里形容树叶落地。黯黯：暗淡的样子。梦云：宋王《高唐赋》记载楚王游高唐之观，梦见巫山神女，神女自称为"旦为朝云，暮为行雨"，这里借指代词人梦见关盼盼。

④ 这里是说用眼睛望不到，用心盼不来。故园：故乡。

⑤ 这三句写张氏和关盼盼的故事，精炼自然不着痕迹。晁补之曾赞叹过"张建封一段事，奇哉！"

⑥ 这三句写的是若干年后，后人看到黄楼夜景，也会同他今日凭吊燕子楼一样，发出深长的感叹。黄楼：宋神宗熙宁十年(1077)大水之后，苏轼在彭城改建的东门城楼。按照中国传统的说法，黄色代表土，土能克水，故名之"黄楼"。

题解

宋神宗元丰元年（1078），苏轼在梦中登上燕子楼，第二天便去寻找此楼，于是写下这首词。词中流露出作者一定的虚无主义思想，但有自己的章法，有层次，语言平易流畅而富有概括力，在艺术上相当受人称道，这首词一出，在当时便迅速传唱于市井。

赏析

苏轼《永遇乐》是一首清丽脱俗的词，这首词的创作背景据词前小序，已可略知一二，是一首记梦词。作者在题记中声称自己夜宿江苏彭城燕子楼，梦到以前居住在这里的唐代张尚书之爱妾关盼盼。据传燕子楼是唐朝的张尚书为名伎关盼盼所建的。盼盼面貌姣好，能歌善舞，谈吐不俗。自从张氏死后，盼盼思念故人，于是独居在小楼上十余年不嫁。

苏轼知徐州前已转职杭州、密州等地，政治上对王安石变法的孤愤，仕途上因频繁迁调而带来的孤寂之感，都时时向他袭来。那天夜晚，一个旖旎缠绵的梦境，让他顿悟人生的真谛。“几时归去，作个闲人。对一张琴，一壶酒，一溪云。”（《行香子》）他的灵魂从梦境中得到了净化和升华，因作此词，抒发对人生宇宙的思考与感慨。词中状燕子楼小园清幽夜景，抒燕子楼惊梦后萦绕于怀的惆怅之情，言词人由人去楼空而悟得的“古今如梦，何曾梦觉”之理。

上片写清幽梦境及梦醒后的怅然若失之感。起三句总写秋夜清景：“明月如霜，好风如水，清景无限。”皎皎明月的白光像秋霜一样透亮，撩人的夜风如水一般轻柔，这样的环境营造了一片无限美好的夜景。这三句各以霜、水分喻月、风，并小结以“清景无限”，赏爱之心已溢于言外。借着这样的意境，作者继续写道：“曲港跳鱼，圆荷泻露，寂寞无人见。”曲港之中有鱼儿跃起，圆圆如盖的荷叶上滴落了一滴滴的露珠，这样的美景只可惜没有人能看到而只能独自寂寞。这三句接写梦境，静中见动，以集中的视角继续描写“清景”的样子，词人将眼光锁定在池中景物上，动静结合，动中有静，静中有动，一上一下，错落有致。“鱼跳”暗示着人静，“露泻”可以体现出夜深。词人以动衬静，使本来就十分寂静的深夜，显得越发安谧了。词人在梦境中以自然的“清景”对比人事无情，虽然字面上写梦，但实际上暗指的是自己的现实。这样的景色一片安静，为下三句的“惊梦”打下伏笔。“紞如三鼓，铿然一叶，黯黯梦云惊断。”三更时分的鼓声敲响了，秋夜一片深沉；而沙沙落下的树叶更是铿然作声，惊扰了午夜的迷蒙。“紞如”和“铿然”写出了声音的清晰，以声点静，更加重加浓了夜之清绝和幽绝。悠然如云的梦境倏地被鼓声叶声惊断，失落的感觉油然而生。上片末三句，写梦断后的茫然心情，这时词人梦醒，尽管想重新寻梦，但在茫茫夜色之中，显然已经不可能重睹梦中的“清景”了。“夜茫茫，重寻无处，觉来小园行遍。”把小园行遍想找回梦境，但是毫无所见，只有一片茫茫夜色，夜茫茫，心也茫茫。词先写夜景，后述惊梦游园，故梦与夜景相互辉映，似真似幻。“行遍”二字，突显了词人执着留恋梦境的心态。梦境的逍遥与惊梦游园的黯然神伤形成鲜明的对比，这也显示出作者的意趣。

词至下片，词人醒后述怀，语意沉郁而超然独悟。换头三句是实写心境，“天涯倦客，山中归路，望断故园心眼。”在天涯漂泊感到厌倦的游子，想念山中的归路，心中眼中想望故园一直到望断。这三句极言思乡心切，带有深沉的身世之感，道出了词人无限的怅惘和感喟。杜甫曾有诗云：“天畔登楼眼，随春入故园。”苏轼此处当是化用杜诗，写登楼后的思家心理。自熙宁四年（1071）以来，苏轼外任已经七阅寒暑，身心极为疲惫，京城故园欲归无期，情绪不免难耐。“望断”二字，尤见其迫切心情。词人在这里由怀伤生情，接下来写道：“燕子楼空，佳人何在，空锁楼中燕。”现在的燕子楼和梦里的燕子楼都已经人去楼空，佳人在什么地方呢？燕子楼里怕只剩下楼中寄生的燕子不会离去了吧。这里词人由自己写到燕子楼的沧桑和佳人盼盼的杳无踪影，由人亡楼空悟得万物本体的瞬息生灭，然后直抒感慨：人生迷梦未醒，只因欢怨之情未断。燕子楼何人何时所建已无考，苏轼叙写有关燕子楼的一段情事，将怅惘之情和凄迷之境写得简约而富于妙趣，可谓用典的传神典范。“古今如梦，何曾梦觉，但有旧欢新怨。”从古到今的世事都如一场梦，在这场梦里从来没人醒来过，只有人们过去的烦恼和新结的忧愁更替罢了。这三句词人发出了人生如梦的慨叹，表达了作者无法解脱而又要求解脱的对整个人生的厌倦和感伤。这三句是用庄子“吾特与汝，其梦未始觉者邪”之意。由古代燕子楼中的佳人到今天登楼的倦客，再到古今所有的普罗大众，无一不是寄身梦中，这是苏轼人生哲学的一次集中反馈。苏轼从庄子哲学中找到了消解痛苦的良药。“异时对，黄楼夜景，为余浩叹。”不过后世后人面对着黄楼的夜景时，还是可以为我当年的功绩感叹一番。从燕子楼想到黄楼，从当日又思及未来。黄楼为苏轼所改建，是黄河决堤洪水退去后的纪念，也是苏轼守徐州政绩的象征。词人设想后人见黄楼凭吊自己，亦同此日自己见燕子楼思关盼盼一样，把对历史的咏叹，对现实以至未来的思考，巧妙地结合在一起，终于挣脱了由政治波折而带来的巨大烦恼，精神获得了解放。从现在的角度来看，苏轼的人生态度不免消极，但在北宋党争频仍，词人迭遭打击的历史条件下，读者是不应苛求古人的。毕竟，超越现实的虚幻慰藉也是古代士人相当普遍的一种精神生存状态。

纵观全词，词人将景、情、理合为一体，围绕燕子楼情事而层层生发。景为燕子楼之景，情则是燕子楼惊梦后的缠绵情思，理则是由燕子楼关盼盼情事所生发的“人生如梦如幻”的关于人生哲理的永恒追问。全词融情入景，情理交融，境界清幽，风格在和婉中不失清旷，用典切题，融化不涩，幽逸的情怀与清幽的环境相得益彰，充分显示出苏轼造意行文的卓越不凡。

阳关曲

赠张继愿①

受降城下紫髯郎，
戏马台前古战场②。
恨君不取契丹首，
金甲牙旗归故乡③。

注 释

① 词题中本作“军中赠张继愿”。张继愿：生平事迹不详。

② 受降城：汉唐两朝都有受降城，汉朝为抵御匈奴，武帝时期曾派公孙敖筑成受降城。唐中宗时张仁愿再筑中、东、西三受降城，以防御突厥。紫髯郎：常用来称样貌威武的将军。戏马台：戏马台是徐州现存最早的古迹之一，公元前206年，盖世英雄项羽灭秦后，自立为西楚霸王，定都彭城，于城南里许的南山上，构筑崇台，以观戏马，故名戏马台。古往今来许多名人前往戏马台凭吊“不以成败论英雄”的项羽，苏轼也不例外。

③ 契丹首：指辽朝统治者的头颅。金甲：指将军身穿的铁甲。牙旗：指将军营前的大旗。

题　解

这首词是词人宋神宗元丰元年（1078）在徐州所作的，这首词通过连用汉代受降城抵御匈奴和项羽灭秦建戏马台的典故，抒发了英雄不能像窦宪一样“燕然勒石”的感慨，表现出作者对国防的关注以及对时事的喟叹。

赏　析

北宋时期是我国古代历史上与周边国家关系最为复杂的一段时间，当时宋朝版图并不如现在中国的样貌，北方有实力雄劲、地域辽阔的辽国压制，西方常年与西夏战和反复，西南面又有大理等诸国家。内政上宋神宗时期兴起的“熙宁改革”，朝野长期的冗官冗员加上改革过程中不同政见者之间和不同利益集团之间的斗争，让当时的宋朝充满危机，连年出征不利也极大地削弱了北宋朝野的信心。在这样的历史环境下，颠簸多年的爱国词人苏东坡借着对国家的热爱与对现状的不满，加上自己多年命运的沧桑经历，写下这首词与将军共勉。这首词以典故起兴，转折再写心中感想，颇有唐代边塞诗人粗狂豪迈的风骨，词中含恨悲愤的情怀也为北宋边塞词的兴起树立了情感的标杆。

《阳关曲》的词调历来是寄予离别之情的，张继愿的生平已经无可参考，但是通过词人选的词调，我们可以推测这是一位即将与词人离别的将军，在临行之时词人赋词赠之。虽然是离别词，但是词中尽是边塞语言，毫不见委婉的惜别，只是淡淡地将希望友人归来的愿望融于词中，颇显词人的豪迈之情和对国家境况的切实关心。起头两句词人用典故起兴：“受降城下紫髯郎，戏马台前古战场。”还记得汉唐盛世时两次筑造受降城的英武的古代将军，项羽虽败，但是灭秦而筑的戏马台前，楚军大破秦军的古战场犹在。因为这首词所赠之人是军旅之人，此次远行和军事调度应该也有很大关联。汉唐是我国古代最为鼎盛的两个时代，内外交困时候的北宋士人常常怀想汉唐的盛景，以寄托自己现实的失落。这里通过受降城千年以来抵御匈奴和突厥的辉煌历史，以及戏马台上以弱胜强的楚军将领项羽的丰功伟业为寄托，表达了词人希望自己的国家能和汉唐一样有能力大破外敌，也能和项羽的楚军一样，虽然现在实力不及别国，但是通过英勇顽强的作战成一时之英雄。这两句对仗整齐，视野广阔，是词人美好的愿景，但对于苏轼这样的一介文人来说，有这样如同将军般的豪壮情怀更是难能可贵。接下来，词人转而直抒心中情怀，“恨君不取契丹首，金甲牙旗归故乡。”将军没能大破辽军取得敌人首领的首级这让我为你感到遗憾，希望你大破敌军之后身披华丽的金甲，大军举着牙旗凯旋，回到家乡。这两句词中，一个“恨”字尽显苏轼当时的心情，国家屡战屡败，内忧外患，这时能让人们重拾精神的无非是一场酣畅淋漓的大胜，可是这样的胜利，又是何等的来之不易？一个“恨”字，将词人和词人代表的北宋爱国文人祈愿国家强盛而不得的情怀传递出来，这其中更有词人希望通过朝廷对自己的重用而繁荣国家的愿望破灭的悲哀。国家衰败，空有一身本事没有用武之地，这种尴尬的遭遇对志向明确的文人来说最难挨。这里不光是表达对离人未能破敌的可惜，字里行间词人对时事和自身遭遇的感叹，更是清晰可见。当然，既然是离别词，最后词人还是需要阐发对离人的美好希望，在前两句的起兴和自己感情的抒发铺垫之后，作者对离人发出了希望对方如古代将领一样大胜而归，光芒万般地重回家乡，这是对军旅之人最好的祝愿。细细读来，结合词人的经历，能看出来这其中还有词人希望自己能把握机会成事，荣归故里的期盼。《阳关曲》词调短促但是意味悠长，苏轼这首《阳关曲》融汇边塞词和赠别词于一体，联系自身和时事，阐发了关于国家和自身的感慨和希望，彰显了词人的爱国热情和对士人功成名就的追求。

浣　溪　沙

彭门送梁左藏①

怪见眉间一点黄②，诏书催发羽书忙③。
从教娇泪洗红妆。

上殿云霄生羽翼，论兵齿颊带风霜④。
归来衫袖有天香⑤。

注　释

① 彭门：指徐州。梁左藏：名梁交。左藏：官名。

② 古代相书认为眉间有黄色预兆喜事。韩愈《郾城晚饮奉赠副使马侍郎及冯、李二员外》诗中有“眉间黄色见归期”的诗句。

③ 诏书：帝王布告臣民的书面文件。羽书：古代征调军队的文书，文书上面插有鸟羽，表示紧急，必须迅速传递。

④ 以上两句形容友人入朝时犹如展翅的鲲鹏，直冲云霄，文辞慷慨刚烈犹如风霜袭人。

⑤ 天香：这里指的是帝王宫殿上的香气。皮日休《送令狐补阙归朝》诗中有“朝衣正在天香里”这样的诗句。

题 解

这首词是宋神宗元丰元年（1078），词人在徐州为送友人梁左藏奉诏赴京而作的。表达了词人惜别的情意心绪，并且鼓励友人以势如破竹的气概陈奏军政方策，为济世谋国而大显身手。词中想象友人上朝时的犀利谈吐和骏发凌厉的语言，显得气势逼人。

赏 析

这是一首送别词，宋神宗元丰元年（1078）北宋朝廷与辽国邦交出现很大分歧，神宗时期屡屡向北出兵不利，朝廷面对巨大的军事压力，在这种情况下，各地武官纷纷受命，抗击外敌。梁左藏名交，与苏东坡在徐州有交，这首词就是梁交接到朝廷诏令准备进宫，苏轼在徐州送别梁交时所写下的豪迈别词，同时苏轼还有《和子由送将官梁左藏仲通》的送别诗，读者可以作为参考。

这首词开篇化用经典，先交代友人为何离去，说明了离人赴京的原委："怪见眉间一点黄，诏书催发羽书忙。"正奇怪为什么看到友人的眉间出现一点祥瑞的黄色，催促友人入京的诏书就送到了，紧急调兵的羽书也忙不迭地催发不停。"眉间一点黄"是借用了韩愈的诗句，眉宇间出现黄色是喜事的预兆，这表达了词人是因友人得以被朝廷调派招募而感到的由衷喜悦，同时也肯定了友人吉人自有天相的福命，虽然是称赞致词，但是用在此处显得非常妥帖，非常真挚。第二句词中"催发"和"忙"显示出诏书来得非常紧急，朝廷急切需要梁左藏发挥统军的本领，这也从侧面赞颂了梁左藏军事才能极高，所以在出现紧急状况的时候朝廷才会急招梁左藏入殿。交代过友人赴京的原委，词人自然生发出离情别绪，送别词贵在百转千回、委婉曲折，于是在上片最后，词人借佳人之口抒发了自己对离人的惜别之情："从教娇泪洗红妆。"将军匆匆欲行，惹得徐州的佳人因为恋恋不舍而流下眼泪，眼泪汩汩，把佳人脸上化的胭脂妆都哭花了。自古佳人配英雄，上片收尾，词人巧用佳人不舍梁左藏离去而流泪，反衬了友人英姿飒爽、铁骨柔情的英雄气概，留恋友人的情谊清晰可见。佳人都因不舍友人而泣不成样，更何况与友人私交甚好的词人呢？这里正可谓是词不言情处处情，可见苏轼文法使用的高深。

上片写过离别的事件和惜别之后，下片苏轼转而设想友人入京上朝之后的雄姿，“上殿云霄生羽翼，论兵齿颊带风霜。”进入皇上所在的大殿中，将军你的风姿定会如大鹏鸟展翅一样威满全堂，当你开口谈论如何用兵御敌时，从你口中讲出的雄辩和韬略会像严冬里袭人的冰霜一般气势逼人，令人折服。这两句词对仗工整，气势如虹，运用夸张手法合理地把友人上朝之后谈论兵事的姿态巧妙地描画出来，让人们看到一位器宇轩昂、威风凌厉的将军形象。古代皇帝贵为“天子”，天子坐于大殿之上，就犹如坐在云端一般，一般人无法期冀，无法触碰。而这里“上殿云霄生羽翼”一句，完全将梁左藏形容如凌驾于普通人之上的大鹏鸟，普通人连见天子一面都和登天一样难，而在苏轼笔下，梁左藏见天子只需振动羽翼向上腾冲一飞，便可以与天子面对面交谈，这样的气概是非常宏大的。上殿之后，天子肯定要倾听梁左藏关于用兵的建议，所以写罢殿上将军的气概之后，词人用通过话语形象的描写继续打造友人英武的风姿。这里词人并不描写友人言语的内容和生态，而从听众的角度，换一种感官来形容听到友人谈论兵事时的感受，“带风霜”把视觉和听觉的效果转化成了切肤的感觉，友人的滔滔言语就和慑人的风霜一样，盛气凌人，叫人无可挑剔，只能折服。这句词更从侧面表现了友人梁左藏的军事能力的高超，是苏轼对友人由衷的称赞和钦佩的表达。映照前文，上片先说赴京原委，再说送别不舍；下片词人也使用了相同的结构，在描写过设想友人的朝廷英姿之后，还给予了对友人功成回还的期望，于是结尾词人写道“归来衫袖有天香”，这样一番行程结束之后，将军你再度归来，衣袖上还存着天子殿内的香薰气味。与上片送别照应，这里对朋友“归来”的盼望，也表达了作者对离人的感情。当然这里的“天香”也有天子的赏识之意。全词说完，回顾整首词，逻辑严密，层次清晰，意义和结构的联结都十分密切，浑然一体，一气呵成，处处带有对朋友的褒扬，可见词人对朋友受诏这件好事是多么的高兴，这也将苏轼豪放开朗的一面体现了出来。

江城子

别徐州

天涯流落思无穷！
既相逢，却匆匆。
携手佳人①，和泪折残红。
为问东风余几许？春纵在，与谁同！

隋堤三月水溶溶②。
背归鸿，去吴中③。
回首彭城，清泗与淮通④。
欲寄相思千点泪，流不到，楚江东⑤。

注 释

① 佳人：本来指美丽的女子，这里是指留别词人的旧友。
② 隋堤：隋炀帝大业年间，命官员开通济渠，并且沿渠筑堤，在堤防上种植杨柳，后来人们称这一条堤为隋堤。溶溶：指水流的样子。
③ 背归鸿：春天里大雁从南方飞回北方，而苏轼此时却由北向南调任，与大雁背道而驰，所以说“背归鸿”。吴中：浙江一带叫“吴地”，吴中指湖州。
④ 清泗：指泗水。淮：指淮河。
⑤ 楚江：指长江。安徽以及江苏南部都是古代楚国的地域，所以流经这里的一段长江被称为“楚江”。长江南边俗称“江左”，又叫“江东”，湖州就在长江之南。

题　解

这首词是宋神宗元丰二年（1079）二月词人苏东坡在离开徐州前所作。当时苏东坡被朝臣有意诬陷，所以被朝廷贬官，除徐州太守，被转调到湖州。这首词就是词人临别徐州之前朋友留别时所作的。词中上片从聚散匆匆、思绪无穷写起，借男女之情表达难别之意；下片设想自己踏上征途后的情景，表达了自己对故地的留恋，最后生发出对故友的一片深情，感人肺腑。

赏　析

这首词作于宋神宗元丰二年（1079）暮春，苏轼由徐州调知湖州。词人化用李商隐《无题》诗中“相见时难别亦难，东风无力百花残。春蚕到死丝方尽，蜡炬成灰泪始干”句意，将积存在心中的愁思寄予此时此地的景物之中，抒发了自己对徐州的山水人情和旧友深深的留恋之情，并在离愁别绪中掺进了对自己官宦身世之苦的深沉感慨。

上片开端，词人直抒胸臆，起调便说出心中的感慨，“天涯流落思无穷！既相逢，却匆匆。”人一生流落不定、天涯漂泊的生活真让人感慨万千！既然和朋友相遇了，却为何要匆匆离开！这三句词是词人半生经历的写照，“天涯流落”，深寓词人的身世之感。苏轼在外任官多年，如同浮萍漂泊，自然把自己也归为天涯流落之人。他之前数年间辗转数地，仅仅在徐州为官两年，又调往湖州，这样的南北辗转，更增加了他的天涯流落的感觉。同时，这句词也饱含着词人对自己突然被调离徐州的感慨。“既相逢，却匆匆”两句，转写自己与徐州人士的交往，对邂逅相逢的喜悦，对骤然分别的痛惜，得而复失的哀怨，溢于言表。“携手佳人，和泪折残红。”与朋友牵手到临别的路口，我们含着眼泪攀着暮春的残花离别。这两句词人表示自己会一直记着最后离开此地时依依惜别的动人一幕。“携手佳人”，借与佳人乍逢又别的感触来表达与徐州旧友分别的离愁。“和泪折残红”，写作者面对落花，睹物伤怀，情思绵绵，徘徊不忍离去，同时也是表明了离开徐州的时间。接下来词人由残红而想到残春，写道：“为问东风余几许？春纵在，与谁同！”想问一问温和的东风还余下多少？就是春天尚在，就此别过之后，我还能与谁同游呢？这末三句，问东风尚余几许，从而生出纵使春光仍在，而身离徐州，与谁同春的感叹。这三句表达了词人离开徐州后的孤单和对徐州的依恋，笔触一波三折，婉转抑扬。

词的下片借景抒情，继续抒发上片未了之情。“隋堤三月水溶溶。背归鸿，去吴中。”三月中隋堤里渠水滔滔，而我向着归雁北回相反的方向前行，要到吴中湖州去。这是一种反衬的手法，“隋堤三月水溶溶”是写词人离徐途中的真景，浩荡的悲思注入东去的三月隋堤那美好春水中是该喜还是该悲呢？“背归鸿，去吴中”，同样是途中之景，读来却尤为沉痛：春光明媚，鸿雁北归故居，而自己却与雁行相反，离开徐州热土，南去吴中湖州。这一幅美好与悲伤对撞的画卷，将无限的痛楚平和地道来，让人不禁为苏轼的遭遇下泪。“回首彭城，清泗与淮通。”回望徐州城，泗水和淮河联通了起来，流淌的都是我满心的不舍。“彭城”即徐州城。“清泗与淮通”是暗喻作者不忍离开，而现实却那么无情，不得不背鸿而去，故于途中频频回顾，直至已经远去，回顾之中，唯见清澈的泗水由西北而东南，向着淮水脉脉流去。最后，词人总领所看到的全景而抒情：“欲寄相思千点泪，流不到，楚江东。”想要把对朋友们相思的千点泪都寄托在徐州，只可惜楚江东流到湖州，思情难留。徐州既相逢难再，因而词人欲托清泗流水把千滴相思之泪寄往徐州，无奈泗水东流到楚江，相思难寄，这令词人更加怅然若失。

纵观全词，苏轼采用了化虚为实的艺术手法写离愁别恨，由分别之地彭城，想到去途中沿泗入淮，流向吴中新任所的曲折水路；又由别时的“和泪”，想到别后的“寄泪”。这样，离愁别绪更显深沉哀婉。结句“流不到，楚江东”，别泪千点因春水溶溶而更见浩荡，犹如一声绵长的浩叹，久远地徜徉在读者的心头。

西 江 月

平 山 堂[1]

三过平山堂下[2]，
半生弹指声中[3]。
十年不见老仙翁，壁上龙蛇飞动[4]。

欲吊文章太守[5]，
仍歌杨柳春风[6]。
休言万事转头空，未转头时是梦[7]。

注　释

① 平山堂：在扬州大明寺侧，欧阳修所建。《舆地纪胜》：“负堂而望，江南诸山拱列檐下，故名。”大意就是在堂上观景，附近的江南山色都能尽收眼底，所以堂名“平山”。

② 三过：苏轼第一次到杭州任职时、调任密州时和再任湖州时，一共有三次经过扬州。

③ 弹指：佛教名词，这里比喻半生光阴倏然而过。《翻译名义集》卷五《时分》云“二十念为一瞬，二十瞬为一弹指”。

④ 老仙翁：这是苏轼对恩师欧阳修的敬称。苏轼于宋神宗熙宁四年（1071）在赴杭州做通判时，经过颍州，在那里他谒见了欧阳修，至宋神宗元丰二年（1079）已经有九年，这里词人将这段时间约等于十年。

⑤ 文章太守：欧阳修曾经在楚州、扬州、颍州等地任太守，又以文章见长，“文章太守”是欧阳修当年的自称。欧阳修《朝中措·送刘仲原甫出守维扬》词中有“文章太守，挥毫万字，一饮千钟。行乐直须年少，樽前看取衰翁”，“文章太守”就出自这里。

⑥ 杨柳春风：同样出自《朝中措》：“手种堂前杨柳，别来几度春风。”

⑦ 转头：白居易《自咏》：“百年随手过，万事转头空。”所谓转头，在这首词中更像是梦幻，甚至是死亡。

题　解

宋神宗元丰二年（1079）四月，苏轼在从徐州前往湖州的途中经过扬州，在扬州他又重游历了自己的老师欧阳修在扬州任太守时所修建的平山堂，千种情思、万般感慨都一时之间涌上词人的心头，于是词人运笔将半生经历写在这首词中，同时又生发出对老师欧阳修的凭吊，感情之复杂和追思之切尽在意味不尽的文词当中。

赏　析

平山堂位于扬州西北的大明寺侧，乃欧阳修于宋仁宗庆历八年（1048）知扬州时所建。宋神宗元丰二年（1079）四月，苏轼在由徐州调知湖州途中，生平第三次经过平山堂。这时距苏轼和其恩师欧阳修最后一次见面已达九年，而欧阳修也已逝世八年。处在自己政治艰难时期的苏东坡因为重游故地所引发的感慨和对恩师的无限缅怀写下这首词，抚今追昔，意义颇为深刻。

“三过平山堂下，半生弹指声中。”已经是第三次登上老师所筑的平山堂了，回首半生也是在弹指一瞬间就匆匆过去了。词人对欧阳修怀有深挚的情谊，此刻置身于老师所建的平山堂，自然思绪万千。此前，宋神宗熙宁四年（1071）他离京任杭州通判时曾谒见过恩师，熙宁七年（1074）由杭州移知密州，曾途经扬州来平山堂凭吊恩师。“半生弹指声中”，是作者抚今追昔，感慨岁月蹉跎、遭遇坎坷、人生如梦。借着既复杂又超然的心境，词人继续写道：“十年不见老仙翁，壁上龙蛇飞动。”和老师分别已经快十年之久了，现在在堂内只能瞻仰老师留下的墨迹了。十年前作者曾与欧阳公欢聚，不料此次聚会竟成永诀，次年恩师就仙逝了。“壁上龙蛇飞动”，是说欧公虽早已仙去，但平山堂壁上仍刻有他亲书手迹，其中有他的词《朝中措·送刘仲原甫出守维扬》：“平山阑槛倚晴空，山色有无中。手种堂前垂柳，别来几度春风。”睹物思人，而人又早已不在人世了，这样的缅怀被苏东坡淡淡地融化在简单的词句之中。词人瞻仰着壁间欧公遗墨，看到老师的笔墨还是如同飞动的龙蛇，自然为人生无常而感慨万千，低回不已。

作者由上片的过平山堂睹物思人，自然过渡到下片的凭吊之中："欲吊文章太守，仍歌杨柳春风。"想要凭吊自诩文章太守的老师欧阳修，还是应该吟唱他当年写下的词句。这里词人看到恩师旧物，想及与恩师过去交往之中的种种故事，又由自己的坎坷经历想到恩师的某些遭遇，自然想起老师曾经写下的词句，于是咏唱起来。眼看着平山堂前恩师手植的"欧公柳"，唱起老师的"杨柳春风"词，词人自然会生发更深刻的感悟了。过去，白居易说："百年随手过，万事转头空。"此时的苏轼则比他认识得更深刻了，于是凝成结句"休言万事转头空，未转头时是梦"，不要说一切到头都是一场空，就是人生未了时这一切也都不是真实的，而是一场梦。欧公仙逝了，固然一切皆空，而活在世上的人，又何尝不是在梦中呢？一切终归还是空无。苏轼受佛家思想影响颇深，习惯用佛家的色空观念看待事物。"休言万事转头空，未转头时是梦。"这种对整体人生的空幻、悔悟、淡漠感，这种携带某种禅意玄思的人生偶然的感喟，其中深深地埋藏着某种要求彻底解脱的出世意念。苏词中传达的这种独特的人生态度，更是读者品味苏词的关键所在。结合了词人颠沛流离的一生和丰富的人生经历，才学上的高度成就反衬着现实生活中的种种压抑，也难怪词人只能从佛法中寻求超脱了。

南　歌　子

湖州作

山雨潇潇过，溪风浏浏清[1]。
小园幽榭枕苹汀[2]。
门外月华如水、彩舟横。

苕岸霜花尽[3]，江湖雪阵平[4]。
两山遥指海门青。
回首水云何处、觅孤城[5]。

注　释

① 浏浏：是风吹急速的样子。

② 这句词意在说明小园中幽静的台榭枕卧在长有苹草的水中小洲上。苹：多年生浅草水生植物，也叫作四叶菜。

③ 苕：苕溪，源头在浙江天目山，经湖州附近入太湖。相传这条河溪两岸多有苕花，秋天时飘散如飞雪，所以此溪得名苕溪。

④ 雪阵：指代浪涛。这里的“江”应该指的是钱塘江，“雪阵”应该是钱塘江的潮水。刘攽东赴余姚要经过杭州，所以这里写到钱塘江。

⑤ 海门：钱塘江两岸有山峰对起，称作海门。孤城：这里指湖州。

题 解

这首词作于宋神宗元丰二年（1079）五月，那时作者在湖州任知州，这首词就是在湖州钱氏园词人为送别友人刘撝（huī）写下的。词中通过写景来抒情记事，很有特色。南歌子，又名《南柯子》《风蝶令》。二十六字，三平韵，例用对句起。宋代词人多用同一格式重填一片，这种手法叫作双调。

赏 析

这首词通过写钱园的雨后小景抒发送别离人的惆怅之情，写得清新雅致，别具一格，读来别有意趣。上片先从小园雨后景色入手。风清月朗，彩舟自横，景色如画。“山雨潇潇过，溪风浏浏清。”湖州山城中潇潇春雨刚刚过去，苕溪上微微的清风掀起阵阵涟漪。开端这两句词，短小简练，对仗整齐，文字上和意境上都一一呼应，词中只写了“山雨”“溪风”两处意象，然而仅仅凭借这两处意象的灵动，一幅雨后富春风景图就被勾勒出来了。这里的“潇潇”和“浏浏”有雨凉风疾之意，写出了暮春时节湖州乍暖还寒的气候。接下来词人开始描写近中事物，“小园幽榭枕苹汀。门外月华如水、彩舟横。”钱氏小园中清幽的亭榭下水草丰茂，园外的溪水上朗朗明月映照在水面上，华美的彩船就停在水上。借着上一句的一番好景，词人今夜与友人共赏，明日友人就要登船远行了，这一别就不知道何时再有机会见面。仔细品读就能体味出字面外的声音，这样的美景不长，因为和朋友的离别在即，一派好夜色，衬托的是淡淡的离别伤。“小园幽榭枕苹汀”一句中，一个“枕”字用得特别精巧，这里不但把池中水草拥着清幽亭榭的样子表现了出来，也暗示了此时天色已晚，亭榭仿佛枕着水草而眠，写出这样的清雅景象，不禁令人叫绝。

心绪随着门外的彩舟，词人在下片设想友人乘船离去的情景，“苕岸霜花尽，江湖雪阵平。”你乘舟归去，此时苕溪两岸如霜的洁白苕花已经凋谢殆尽，轻舟驶入钱塘江后，钱塘上巨浪不在，如雪的白色浪花也平缓地推进着。这两句词中一个“霜花尽”道出苕溪两岸的风景，这里霜花虽然是指代苕花，但是也暗喻了朋友的美好的前程；而第二句中对钱塘江上浪潮的描写，也表达了词人对朋友的祝愿，钱塘江以惊涛骇浪闻名，而词人笔下，朋友经过的钱塘江上，如雪的白浪只是平缓地推开，也表现了作者希望朋友的前程少些艰难险阻和辗转曲折，能一路平稳前进。再下来最后两句收尾，词人又遵行自己送别词的一贯做法，从朋友的角度表现自己的惜别之情："两山遥指海门青。回首水云何处、觅孤城。"钱塘海门两岸的山峰遥相对峙，一派青色，这时朋友你会回头在水云相接的江河远方找寻我送别你的湖州孤城的遗影。这两句通过写前望海门一片青翠的欣欣向荣之景，接上两句期待朋友宏图大展的信心，再转移到想象朋友会翘首回望，这种文字的一张一弛，将真挚的祝愿和牵肠挂肚的离思巧妙地融化在了一起，艺术效果和感情效果都很微妙。

南歌子

雨暗初疑夜，风回便报晴。
淡云斜照著山明①，
细草软沙溪路马蹄轻②。

卯酒醒还困③，仙村梦不成。
蓝桥何处觅云英？
只有多情流水伴人行④。

注 释

① 著：同“着”。附着，附上。

② 细草：尚未长成的草。

③ 卯：卯时，相当于早晨五点至七点。卯酒：卯时起来喝了酒。

④ 蓝桥：唐人裴铏（xíng）《传奇》中《裴航》一篇记载，唐长庆中，有裴航秀才，下第回家，与樊夫人同州，航献诗求见，樊夫人赠诗云：“一饮琼浆百感生，玄霜捣尽见云英。蓝桥便是神仙宅，何必崎岖上玉京。”后来裴航经蓝桥，向老妪求茶，老妪遂唤女名云英者献茶，裴航见其娇媚异常，便向之求婚。老妪提出要他捣药百日，裴航如言，终与云英成婚，后双双成仙。这里用典的意图是说自己没有像裴航那样遇到红颜知己的好运。

题　解

这首词作于宋神宗元丰二年（1079）五月，词人在湖州出行郊外，恰逢春雨阵阵，风雨过后，湖州村郊风物的清新可爱让词人不禁触景生情，写下这首小巧精致的短词。词中不但记述了词人眼前的雨后风景和心理动态，还淡淡地描画出了对自己遭遇的无奈心境。

赏　析

苏词中因兴而起信笔写下的小词总有一种绮丽的色彩，开宋词豪放一派的苏东坡在婉约与豪放之间，总存有那种柔情似女子一般的细腻，这首《南歌子》也可以显示他的婉约词的特点。这首词写于宋神宗元丰二年（1079）苏轼任湖州（今属浙江）知州期间。词中描写了酒后赶路的一处小景，清新而富有情趣。其中也反映了他在宦海沉浮中的复杂感受，抒发了人生之不得成仙而去的感慨。

上片首句描写雨后初晴的景象："雨暗初疑夜，风回便报晴。"细细的雨水为天色增加的一层暗幕凝结在一起，虽然已是破晓天色仍似夜色，这时清晨的清风吹起，天气马上也雨过天晴了。苏轼写晴雨景色，手法极为巧妙，词人笔下，散之不去的夜色其实是天上的云雨凝结而成，这样云雨和天色好像融成了一体，浑然难分。这样就营造出一幅画面：夜来阴雨连绵，时辰到了，不见天明，仍疑是夜；待到一阵春风把阴云吹散，晴朗天气已然在这夜幕似的雨云背后了。这两句词不但来得精妙，其中还包含了苏轼的人生哲学感悟，不要以现今的状况蒙蔽双眼，就算时运不济，也不要觉得人生处在黑暗的阶段，因为此时很可能只需要一阵清风把云雨吹散，晴日自在这一切背后，这是苏轼人生哲学中关于人的顺境逆境转化的形象写照。接下来，词人继续描景："淡云斜照著山明，细草软沙溪路马蹄轻。"清风过后天空中朝阳斜照，阳光透过这层轻云，把远处的山峰也照亮了，旅行路上道路两边细草轻轻，被雨水洗刷过的溪边小径上的沙子格外柔软，马儿在这样的路上奔走也更加轻快了。"淡云斜照著山明"，把清晨阳光透过淡云斜照远处山色的景象表达得贴切而有神韵，词人不让阳光直接照耀在山上，而是要用轻云做一层滤光的纱帘，这样把清晨的景象就描写得更温柔，更清丽了。“细草软沙溪路马蹄轻”这一句写得清新轻快，表达出作者春朝雨后乘马行于溪边路上之情味。这两句词由景及人，勾勒出一幅清丽优美的山水人物图。

上片写景状物之后，下片借传奇故事而抒情，寓意深远。“卯酒醒还困，仙村梦不成。”卯时起床喝的酒所带来的酒意虽然已经退去，但是人还是有几分困乏，这不是因为旅途辛苦，而是因为在梦中寻找仙村却不得而疲惫。这两句词是叙事，写出作者现在的状态，在写景的基础上通过写人的境况再为抒情的部分埋下伏笔，这种逻辑和情感的准备做好之后，词人终于道出心意：“蓝桥何处觅云英？”怎样才能结识住在蓝桥仙宅里的仙女云英呢？这里借用唐代裴航遇仙女云英之典故，解释了上一句中苏轼所谓的“仙村”就是指蓝桥。而所谓“梦不成”，也是在说神仙缥缈逍遥之不可求，这样的不可求，总需要一种开解，看到路边潺潺的溪水，作者便用流水之情聊以自慰，这就是“只有多情流水伴人行”。仙人难求，这旅途中也只有多情的流水陪着我一直走下去了。

这首词收尾之时给人留下的想象，与李煜笔下的“问君能有几多愁？恰似一江春水向东流”有异曲同工之妙。作者在流水这一无情的客体中赋予主体的种种情思，读来意味深长，余韵不尽。欲成仙而不得，从梦境回到现实，空对流水惆怅不已，这里虽然是开解之句，但是更显词人的孤独寂寞。从词的意境中，可以看到词人吸取了佛家、道家“静而达”的精神状态却剔除了宗教的神秘色彩，虽有梦境与幻觉，但终归回到现实，让人读罢颇有处事养心的启发。

卜 算 子

黄州定惠院寓居作①

缺月挂疏桐，漏断人初静②。
谁见幽人独往来③，
缥缈孤鸿影。

惊起却回头，有恨无人省④。
拣尽寒枝不肯栖⑤，
寂寞沙洲冷⑥。

注 释

① 定惠院：一作定慧院，在湖北省黄冈市东南边。

② 漏断：漏壶的水已经滴完了，表示夜已经深了。漏：漏壶，古代的计时工具。

③ 幽人：幽囚之人。作者以罪人身份被贬黄州，故以此自指。

④ 省（xǐng）：了解。

⑤ 隋李元操《鸣雁行》诗中有：“夕宿寒枝上，朝飞空井旁。”这里词人反用这两句诗的意义。

⑥ 这句词本作“枫落吴江冷”，研究苏词者对这一句词争论颇多，但是考词原意，这一句实在与篇章中意义不相符，所以大多数学者接受“寂寞沙洲冷”一说。

题 解

宋神宗元丰二年（1079），朝臣何正臣等人就苏轼诗文罗织罪状，为其加上了诽谤朝廷的大罪，同年七月，苏轼被捕，投入御史台狱中，这就是著名的“乌台诗案”。因为宋太祖曾定下皇帝不杀朝臣的规矩，这样苏轼才幸免一死。此案十二月结案，之后元丰三年（1080），苏轼出狱被贬为黄州（治所在今湖北黄冈）团练副使。他初到黄州时，曾经住在定惠院，这首词即作于此时。作者以作诗诽谤新法的罪名被捕入狱，这时刚出狱不久，惊魂未定，心境孤寂。词中反映的正是这种情绪，并抒发了宁愿寂寞也不愿与世俗合污的情怀。

赏 析

苏轼曾在宋神宗元丰二年 (1079) 突遭逮捕，险些被杀，这便是有名的“乌台诗案”，黄州是“乌台诗案”结案后苏轼的贬所。这首词是抒写苏轼贬居黄州后幽独寂寞、忧生惊惧的一个作品，大约作于神宗元丰三年（1080）至元丰五年（1082）期间，词中借月夜孤鸿这一形象托物寓怀，表达了词人苏轼清高自许、蔑视流俗的心境。

上片首先营造了一个幽独孤凄的环境，残缺之月，疏落孤桐，滴漏断尽，一系列寒冷凄清的意象，构成了一幅萧疏、凄冷的寒秋夜景，为幽人、孤鸿的出场做铺垫。“缺月挂疏桐，漏断人初静。”缺了一块的明月孤零零地挂在枝叶稀疏的梧桐树梢头，计时的漏斗已经流干了，这时人才刚刚能平静下来。作者刚刚遭人诬陷经历过贬谪和离散，从鬼门关捡回一条命，现在虽然稍稍安定下来，心情仍不能平静。这里的“人初静”并不是泛指人们，而是在说自己，他眼中的世界此刻是多么不圆满啊！既是缺月，又是疏桐，其暗淡、失落可见；既是漏断，又是人静，则其寂寞、凄清可知。“谁见幽人独往来，缥缈孤鸿影。”这样的夜晚有谁能知道我这个幽囚之人正在彷徨，来来去去漂泊的身影仿佛天边缥缈的孤鸿一样。“幽人”，原指幽囚之人，引申为含冤之人或幽居之人，作者经常这样称呼谪宦生涯中的自己。在这幽寒的词句中，作者孤苦含冤的形象依稀可见。据史载，苏轼初到黄州时，“郡中无一人识者”，由于当时词人遭遇

缺月挂疏桐

“亲友至于绝交。疾病连年，人皆相传为已死”（《谢量移汝州表》），其处境的寂寞、艰辛，内心的抑郁、苦闷，可想而知。此时此刻，徘徊于清冷世界中的作者，怀抱着满腹才华和大志，与孤高出世的大雁何其相似！用一个问句将孤独寂寞的心明确地表达了出来。

下片承前而专写“孤鸿”，描写了被惊起后的孤鸿不断回头和拣尽寒枝不肯栖身的一系列动作，这也正是大难不死的词人境况的真实写照。苏轼曾在狱中做了必死的打算，出狱之后惊惧犹存；继而又来的异乡漂泊贬斥，只能令他更伤神。“惊起却回头，有恨无人省。”被惊扰而慌乱起飞的孤鸿回头想探望发生了什么，心中的忧恨却没有人能知道。这是词人对孤鸿的理解，更是孤鸿的回头牵动了自己内心种种的隐痛忧思。“拣尽寒枝不肯栖，寂寞沙洲冷。”它在一条条夜里寒凉的树枝上掠过却不肯停歇，此时这块水中沙洲也显得非常冷漠了。这两句词是对孤鸿行动的描写，更是词人对自己高洁人格的写照，同时也暗示了当时的凄凉处境。苏轼为人正直有操守，为官坚持自己的政治立场，在欧阳修死后，新旧两党虽然都将他排斥为异己，苏轼却并不愿意放弃自己的立场，这正是“拣尽寒枝不肯栖”的孤鸿：即使无枝可依，也仍然有自己的操守。词人在遭遇了人生中最大的挫折之后，面对逆境仍然选择自我，这种内心寂寞中依旧长存的奇志，使词人从自怜自叹中升华出另一种人格境界。

纵观全词，内容上苏轼描写了寒夜里惊飞孤鸿的种种行迹，通过这样的描写，他理出了自己现在的心绪，那就是宁愿引身幽居，也不肯随人俯仰。这种孤高自赏的品格被黄庭坚描述为：“语意高妙，似非吃烟火食人语，非胸中有万卷书，笔下无一点尘俗气，孰能至此？”可见词人奇文奇志的高度无人能及！

浣溪沙（其一）

十二月二日，雨后微雪。太守徐君猷携酒见过，坐上作浣溪沙三首。明日，酒醒，雪大作，又作二首①。

覆块青青麦未苏②，江南云叶暗随车③，
临皋烟景世间无④。

雨脚半收檐断线，雪床初下瓦跳珠⑤，
归来冰颗乱黏须。

注　释

① 徐君猷：名大受，时任黄州太守。苏轼《与徐得之四首》（徐得之，名大正，徐君猷的弟弟）中说："始谪黄州，举目无亲，君猷一见，相待如骨肉。"见过：见访。

② 这里形容遍地麦苗尚未返青。覆块：指麦苗遮蔽田垄。

③ 云叶：这里指一片片的云烟。

④ 临皋：临皋亭，在黄冈南长江边，县令张梦得建，作者在黄州经常住在附近。

⑤ 雨脚：雨点。杜甫《茅屋为秋风所破歌》中有："雨脚如麻未断绝。"雪床：当时京师俚语把霰叫作雪床，这是苏轼自己做的注。

题 解

这首小令是词人一组《浣溪沙》词中的一篇，这组词中共五首通韵词，是词人于宋神宗元丰四年（1081）十二月在黄州所作。多数学者认为苏轼在元丰五年（1082）春从临皋迁居到东坡雪堂后，经常往来于两处，并躬耕于东坡，常作诗作赋。黄州太守徐君猷（yóu）对贬谪之中的苏东坡一向照顾很好，寒冬腊月，太守携酒过访苏轼，苏轼写词记述其事。在这首词中，作者对黄州的景物和自己的生活做了真切细致的描写。

赏 析

“乌台诗案”的余波过去，词人也慢慢地从生平最大的危机和困难中稍稍走了出来。在黄州太守徐君猷的悉心帮助和照顾下，词人也终于可以平和地面对新生活了。此时的词人心中的奇志是否高远，抱负是否明确，后人不可得之，但是从清新淳朴且带着欢快之情的这组《浣溪沙》词中，我们能看到大难不死的苏东坡所达至的另一种生活境界。

作为黄州《浣溪沙》词的第一首，词人在本篇当中集中描写了黄州的风物，特别是腊月的雪景。词人用了短短的三句词作为一阕，将黄州冬日风物和个人感受描写了出来：“覆块青青麦未苏，江南云叶暗随车，临皋烟景世间无。”田垄上一块块青色的麦苗尚未返青，为冬日里平添一份绿色，我乘着马车出门，只见江南一带的天空中条条的云朵跟在我的车后，临皋亭这一带的长江烟波美景，在这世上真是无处能及。这是词人出门时，在雨雪来临之前的旷野景色。“麦未苏”“云叶暗随车”都是巧用了拟人的手法。词人早先各地做官，有丰富的农事常识，这一路乡间景色，在他笔下更是灵动跳跃。小麦在冬天里尚未返青，只是嫩嫩地扎在泥土里汲取养分，而在词人眼里，这种蛰居更像是小麦睡着了还没醒来，这样巧妙的润色使得原本常见的田间景物变得可爱自然。词人在车上，低头看到田间的一派和谐景色，于是自然抬头望天，朗朗冬日，天空中只有一片片白云的片段被天风拉长着，而在词人的眼里，马车前行云带却不远去，就好像自己跟着马车似的。这里一个“暗随车”用得更生动。开篇前两句，一句写路旁田垄，一句写远处飞云，形式上对仗工整，结构整齐，意思上相互对照，相映成趣。轻松的氛围让读者丝毫感受不到“乌台诗案”给词人留下的阴影，人们看到的只是一双可以发现美的眼睛中那可爱的冬日黄州的模样，词人的心情也和读者读到的一样。终于又到达长江边的临皋亭，看着滚滚长江水泛起的烟波，谪居黄州的词人于是发出“黄州烟景世间无”的赞叹。黄州的长江景色真的那么独特吗？应该是只有能在平凡中看出伟岸，在失望处发现希望的人，才能对黄州的江景发出如此的感叹。这里不禁让我们对苏东坡高尚的人格也发出“世间无”的感慨了！

词至下片，词人转写雨雪景象，“雨脚半收檐断线，雪床初下瓦跳珠，归来冰颗乱黏须。”雨下了一半，雨点慢慢收起，房檐上留下的雨水如线一般，现在也断断续续了。这是雪霰接着冬雨下了起来，雪粒落在瓦片上像弹起的珠子，这样一片雪色中，我乘车回返时胡子上已经沾了很多凌乱的冰碴了。下片中苏东坡用“檐断线”比喻屋檐上若断如续的雨水，形象地把“雨脚半收”时的气象状态诠释了出来。下一句中，词人又用“瓦跳珠”摹写出雪霰初下时的情状，这种巧妙贴切的比喻让人不禁联想起白居易《琵琶行》中“大珠小珠落玉盘”的模样，不但把晶莹的雪粒的样子生动地表现了出来，同时也从多个感官表达了雪景的可爱。雪景可爱与否，取决于看雪人的心情。这样超然的情致和淡雅的风格，让人不禁为苏东坡的达观而赞叹。最后结句，词人终于把自己融于他描写的景色之中，“乱黏须”的冰颗从侧面反映了风雪凌乱的景象，也表现了词人在雪中逗留了很久，虽然是在观赏景色，但是从这轻快淡然的气氛中，我们还是能读到一种沧桑和落魄。人到老年，老无所依，在这冷落的风雪中徘徊、踟蹰，这是何等的令人感伤。但是也正是这种境况，被词人以欢快的口吻娓娓道来，苦涩全无，都是乐事，这需要词人何等的胸襟！后世之人真当仔细体味其中的真谛！

水　龙　吟

次韵章质夫《杨花》词①

似花还似非花，
也无人惜从教坠②。
抛家傍路，思量却是，无情有思③。
萦损柔肠，困酣娇眼，欲开还闭④。
梦随风万里，寻郎去处，
又还被、莺呼起⑤。

不恨此花飞尽，
恨西园、落红难缀⑥。
晓来雨过，遗踪何在？一池萍碎⑦。
春色三分，二分尘土，一分流水⑧。
细看来，不是杨花，点点是离人泪。

似花还似非花

注 释

① 次韵：苏轼这首词是依照章质夫词原韵的次序和作的，所以称为次韵。

② 杨花在古诗中常指柳絮，被称为花但又不像花。古诗中称柳絮为柳花的屡有所见，晋朝伍辑还写过《柳花赋》，但也有人不认为柳絮是花。从教坠：任凭它飘荡、坠落。

③ 这里说杨花离开柳枝，飘落路旁，思量似无情，却也有意。以前诗人有的说杨花无情，如韩愈《晚春》诗："杨花榆荚无才思。"有的说杨花有情，如杜甫《白丝行》中："落絮游丝亦有情。"

④ 以上三句把杨花想象成为多情的美人，说她温柔的心肠为离思折磨，娇媚的双眼被春梦缠绕，刚要开眼醒来，又沉入了梦乡。

⑤ 以上三句是说杨花随风飞转，时住时起，像梦中美人的游魂随风飘荡，要寻觅自己的情人，忽而又被黄莺惊醒一样。

⑥ 难缀：难以收拾。这是写春残景象的。

⑦ 这里是说杨花变成一池零乱的浮萍。作者原注："杨花落水为浮萍，验之信然。"

⑧ 以上三句意谓如果杨花代表春天，那么春光同杨花一样，三分之二已经委身于尘土，三分之一随流水而去了。

题　解

这是一首非常有名的咏物词。章质夫，福建蒲城人，是苏轼的同僚和好友。他作有咏杨花的《水龙吟》，苏轼的这一首是次韵之作。依照别人词的原韵，作词答和，连次序也相同的叫“次韵”或“步韵”。苏轼《与章质夫》信中说：“《柳花》词妙绝，使来者何以措词。本不敢继作，又思公正柳花飞时出巡按，坐想四子，闭门愁断，故写其意，次韵一首寄去，亦告不以示人也。”而正是这首次韵之作，却成为咏物词中的经典，被后人广为传唱。

赏　析

这首词被称为苏词中言情绮丽的代表作，认为它把咏物词发挥到了极致。作者美妙的构思和曲折的文笔，既写出了杨花的特别之处，又能依貌取神，在咏物中加入自己浓挚的感情。相比之下，章质夫写杨花，虽然能曲尽其妙，但是只把它作为烘托离思的衬托之物，倒不如苏词中的杨花形神具备，因而抒情也就不如苏词婉约瑰丽了。尽管如此，和韵比原韵一般要受更多束缚，所以王国维在《人间词话》中评价这首词说：“东坡《水龙吟》咏杨花，和韵而似原唱；章质夫词，原唱而似和韵。”可见东坡作词造诣之高！

这首词大约作于宋神宗元丰四年（1081），苏轼时年四十五岁，正谪居黄州。时其好友章质夫曾写《水龙吟》一首，内容是咏杨花的。因为该词写得形神兼备、笔触细腻、轻灵生动，达到了相当高的艺术水平，因而受到当时文人的推崇赞誉，盛传一时。苏东坡也很喜欢章质夫的《水龙吟》，并和了这首《水龙吟·次韵章质夫杨花词》寄给章质夫，还特意告诉他不要给别人看。章质夫慧眼识珠，赞赏不已，也顾不得苏东坡的特意相告，赶快送给他人欣赏，才使得这首千古绝唱得以传世。

上片写杨花形貌、情态，起笔便抓住了杨花似花非花的特点进行摹写：“似花还似非花，也无人惜从教坠。”是花但又不像花的杨花，就是坠落飘零也没有人来怜惜它。这里首句“似花还似非花”在艺术手法上显得很抽象，但仔细品味琢磨，这抽象的表现力又全然超出了具体形象的表现力，一语中的指出了柳絮的性质。这一句与欧阳修的“环滁皆山也”可谓异曲同工。苏东坡却反艺术表现之道而行之，匠心独运，阐释了抽象描写的妙用，而“也无人惜从教坠”，则是言杨花际遇之苦，没有人怜惜这像花又毕竟不是花的柳絮，只有任其坠落，随风而去。“无人惜”是诗人言其飘零无着、不被人爱怜的际遇，这也映照着词人自身的遭遇。“抛家傍路，思量却是，无情有思。”杨花飘飘离开了枝头的家而上路，仔细想来，让人觉得杨花虽然看似无情但是这其中的别样滋味却一言难尽。这一韵承接前句的“坠”字展开，让柳絮人性化起来。“抛家傍路”说杨花的飘忽无着，仔细思量，那柳絮坠离枝头，“抛家”而去，不是很无情吗？可是柳絮“傍路”飘零，却又依依难舍，恋“家”之情跃然纸上，真是“道是无情却有情”！“有思”言其不忍离别的愁思和痛苦。其实，这是诗人的想象，“思量”是“惜”的进一步的深入，使杨花飘忽不定的形态具有了人的情感。“萦损柔肠，困酣娇眼，欲开还闭。”愁思已经让它柔肠寸断折损，眼睛像没睡醒时一样迷离，正要睁开却又闭上了。这一韵承接上一韵的“有思”，继续用拟人的手法，以极其细腻独到的笔致，生动描写了柳絮飘忽迷离的神态，让人柔肠百转，叹为观止。此时诗人展开想象的翅膀，把杨花比喻为一个思亲少妇，将“有思”具体化、形象化，展示出她的完整“人格”形象。这里，“有思”的杨花成为了“思亲”的少妇，因“愁思”而“萦损柔肠”，因“愁”而“柔”，因“柔”而“损”；“愁思”煎熬则“困”，“困”则“娇眼”“欲开还闭”。思亲少妇的情态被诗人描写、刻画得极其细腻，从而把柳絮随风而坠、时起时落的形态生动地呈现在读者面前。少妇有思情，那么思情又何在呢？词人紧跟着又写道“梦随风万里，寻郎去处，又还被、莺呼起”，闺怨的少妇梦中就会化成杨花随风飘飞万里，去追寻自己丈夫的去处，只可惜一声早莺鸣叫，打断了少妇纷飞的思绪。“梦随风万里”既写少妇之梦，又关合柳絮飘忽迷离。愁中入梦，梦里与远在万里之外的郎君相逢，却被莺儿的啼声惊醒，怎不让人愁上生愁呢！

上片写罢，读者已经难分清楚究竟词人在借杨花写少妇，还是以少妇喻杨花了，就在这样的迷离中，下片开始词人的着眼点便放在了“杨花”的归宿上了。“不恨此花飞尽，恨西园、落红难缀。”我不会因为杨花飞尽而遗憾，但是看到西苑中的落花无人点缀，心中的愁怨便翻涌开来了。细细品味，“落红难缀”更反衬出柳絮的“无人惜”的遭际，诗人用这种手法进一步写出了自己与柳絮“惺惺相惜”的情愫。顺着这样的感情基调，词人自问自答说：“晓来雨过，遗踪何在？一池萍碎。”拂晓的一场春雨过后，那随风飘舞的柳絮哪儿去了呢，为何无踪无影、荡然无存了？这时也只剩下一池零乱的浮萍了。看到满池细碎的浮萍，词人发现原来那满天的飞絮都化作了水上的浮萍。这里说柳絮化为了浮萍是不科学的，但词人“惜”柳絮而不忍看到它凭空消逝的伤感却可以用这样的开解得到安慰。望着一池浮萍，词人道出自己对春天的理解：“春色三分，二分尘土，一分流水。”映出春色的美好事物其结局无非三种：两分落花入尘土，一分春色随流水而去。这三句词以简洁洗练的句子写出了春光易逝的伤感。柳絮不复存在，大好的春光也随着柳絮的消失一去不复返了。“春色三分”一句很是别出心裁，把光景分为若干份并不是苏东坡的创造，诗人写这首词之前，许多骚人墨客写下了不少类似的句子，如唐代徐凝《忆扬州》“天下三分明月夜，二分无赖是扬州”等都是经典名句，在此读者仔细玩味，推敲比较，同样可体味出苏东坡这句语意的蕴藉巧妙。最后婉约清愁之极之处，词人终于以这样一句尾韵停笔：“细看来，不是杨花，点点是离人泪。”再仔细看看空中飘落和池中漂浮的杨絮，它们并不是真的杨花，而是一点点的离人清泪啊！那飘忽迷离的柳絮在诗人的眼里竟然“点点是离人泪”！这样的境界让这三句词成为震撼全篇的点睛之笔。这一韵照应了上片“思妇”“愁思”的描写，比喻新奇脱俗，想象大胆夸张，感情深挚饱满，笔墨酣畅淋漓，意蕴回味无穷，真是妙笔神功！可以想象，读者若是在暮春时得以领略杨花漫天飞舞的场景，再想象这首词，如果把杨花换成了“离人泪”，那这漫天的离人泪又是何等的忧怨且能具有多么大的震撼力！

纵观全词，所谓“和词”胜于“原唱”，突出表现在艺术构思上。“原唱”在总体上没有跳出咏物写景的范畴，而“和词”却以苏轼独特的视角，采用拟人的艺术手法，把咏物与写人别具匠心地结合起来，栩栩如生地刻画出一个完整的思妇形象，写柳絮的际遇，绾合着思妇的际遇，情景交融，物我一体，这也是“原唱”无法相比的。在语言艺术特色上，“原唱”虽然精巧灵动，但令人感动的好句子不多；“和词”却不同，其语言的新颖别致、舒放自如，构造出比比皆是的佳句。这首经典作品不仅可以使读者领略豪放派词人的婉约咏物的极致一面，还能给予读者不尽的审美享受。

江城子

大雪，有怀朱康叔使君，亦知使君之念我也，作此以寄之。①

黄昏犹是雨纤纤，晓开帘，欲平檐②，
江阔天低、无处认青帘③。
孤坐冻吟谁伴我，揩病目，捻衰髯。

使君留客醉厌厌④，水晶盐，为谁甜⑤，
手把梅花、东望忆陶潜⑥。
雪似故人人似雪，虽可爱，有人嫌⑦。

注　释

① 朱康叔：朱寿昌，字康叔，扬州人，曾任陕西通判、鄂州太守。

② 欲平檐：形容地上雪厚，欲同屋檐相齐。

③ 青帘：酒帘，古时酒店外挂的幌子。

④ 厌厌：安静，和悦。《诗经·小雅·湛露》："厌厌夜饮，不醉无归。"

⑤ 水晶盐：透明如水晶的盐，这里指代酒肴。李白《题东谿公幽居》诗中有"客到但知留一醉，盘中只有水晶盐"之句。

⑥ 陶潜：即陶渊明，浔阳柴桑（今江西九江）人。东晋大诗人，归耕田园以诗酒自娱，其品格与诗赋为后代文人所倾慕。这里作者以陶潜比况自己。

⑦ 故人：指作者自己，这里又流露出了词人身世为艰的感怀。

题 解

这首词是宋神宗元丰四年（1081）冬天，词人在黄州所作的。当时任鄂州（今武汉市）太守的朱康叔同苏轼交谊颇厚，经常往来信件询问彼此状况，通信的形式往往以文章诗词最为频繁。这首词就是在大雪中，苏轼怀念朋友朱君所写以寄情的。

赏 析

苏轼怀人作词，常常由自己思人而起，然后自然引入友人思念自己的想象之中，情意委婉、百转千回。这首词也是一首风格如此的怀人词，但是此时的词人已经步入垂暮之年，经历过沧桑巨变的苏东坡，在这样的情景心境下所写的文章，细细品来却是别有一番滋味。

这首词上片起句渐引，接着就以开门雪满山的气氛突兀笼罩，点出当时的环境。“黄昏犹是雨纤纤，晓开帘，欲平檐，江阔天低、无处认青帘。”黄昏的时候还是细雨绵绵，等到第二天清晨拉开窗帘，门外的积雪已经厚得快要和屋檐一样平齐了，走出门外遥望长江只觉宽阔浩荡，雪后苍天却压得很低，白茫茫的一片景象里，酒家的酒旗都找不见了。这几句词中，词人通过对雪中景物的描写，衬托昨夜大雪之大，从“欲平檐”开始，说雪堆到房檐那么高，这自然是夸张的手法，但是却把大雪夜来，悄然无声地堆积起来的过程无言地展现出来。而“江阔天低”一句中，之所以会有如此的景象，是因为雪满园、雪满山，所以原本浩荡的事物就更平生出一种空旷之感。而“无处认青帘”更是对黄州城内积雪景象的形象刻画，全城之内，白色一片，这里说“青帘”一定不是词人随手写下的景物，想必是由于词人经常去酒家喝酒，所以酒家的酒旗便是他出门张望的一块标志物，也为上片后三句的抒情埋下了伏笔。在这样的环境下，此时的词人寂寞之情和思人之意如泉涌般冲上心头，发出了这样的感叹：“孤坐冻吟谁伴我，揩病目，捻衰髯。”现在的我孤单地坐唱词曲，有谁能来陪我呢？我也只能揉着自己无神的老眼，捻着衰白的胡须了。这三句词从动作到外观，词人将自己枯索落寞的样子刻画得淋漓尽致。

然而，长期生活在逆境之中的词人自然是深得自我慰藉之道的，加之本来就是怀人词的体裁，在下片头韵开始，词人便设想着与心中思念的友人席上同饮时的喜乐场面。“使君留客醉厌厌，水晶盐，为谁甜，手把梅花、东望忆陶潜。”现在的使君你可能在开酒宴会客，酣畅的你一定在劝客人畅饮到酒醉，这等欢快之景，让酒宴上的水晶盐不知何故变成香甜味道了。这时，你手里拿起一枝梅花，往东边眺望着，就想到了在黄州如陶潜般田居度日的我了。这几句词中，对酒宴的描写与上片的感情基调形成了鲜明的对比。一悲一喜，一孤一聚，情绪上虽然缓解了全词的悲凉基调，但是意义形象上却更突出了词人的孤独无依。而词人如此的安排也非常巧妙，他想象酒酣之时的朱君，在如此热闹不凡、兴致勃勃的时候还能“手把梅花、东望忆陶潜”，从侧面称赞了朱康叔对自己友谊的真切，在这种欢聚的情况下不忘远方独处的自己，反映了两人私交甚好。接下来下片收尾，词人在感情抒发后，将议论生发到人生哲学的高度说道：“雪似故人人似雪，虽可爱，有人嫌。”这满眼飘摇的雪花就像与旧日的朋友的情谊一样纯洁，而人生却也和雪花一样飘忽不定，零落成泥，虽然雪花和人都有可爱之处，但是总有人会嫌弃它。这三句词包含了词人对自己人生波折的感叹，尤其第一句写得出彩，“雪似故人人似雪”这一句承接上句，总结了与故人之交真挚无瑕，同时也生发出人生不定的感叹。

纵观全词，从写友情开始，词人从故人和自己双方下笔，由自己怀念友人过渡到友人怀念自己，感情朴厚，体贴入微。最后的哲学感悟和人生感想，微言大义，内涵丰富，可谓怀人词佳作的典范。

江　城　子

陶渊明以正月五日游斜川，临流班坐，顾瞻南阜，爱曾城之独秀，乃作《斜川诗》，至今使人想见其处。元丰壬戌之春，余躬耕于东坡，筑雪堂居之，南挹四望亭之后丘，西控北山之微泉，慨然而叹，此亦斜川之游也。乃作长短句，以《江城子》歌之①。

梦中了了醉中醒②。只渊明，是前生。
走遍人间，依旧却躬耕。
昨夜东坡春雨足，乌鹊喜，报新晴。

雪堂西畔暗泉鸣。北山倾，小溪横。
南望亭丘，孤秀耸曾城③。
都是斜川当日景，吾老矣，寄余龄。

注 释

① 斜川：地名。在今江西省星子、都昌二县之间的湖泊之畔。临流班坐：面对流水，按次序就座。南阜：指庐山。曾城：《后汉书·张衡传》："登阆风之曾城兮，构不死而为床。"就是指庐山北部的鄣山。东坡：苏轼以罪人身份贬黄州之后，在故友马正卿的帮助下，他得到了黄州城东营防废地数十亩，于是苏轼就在那里开垦荒地了。以后，他便以"东坡居士"作为自己的别号。雪堂：苏轼在东坡修建住房，因为在大雪中修成，所以他在房子内壁上画出雪景，命名为"雪堂"，并亲笔写下"东坡雪堂"的匾额。挹（yì）：接近。四望亭：在雪堂南边的高冈之上，是黄州的名胜。

② 梦中了了：梦中也清醒明白。了了：清楚。

③ 这里是说四望亭所在的山冈，孤峰秀美，好似传说中的昆仑仙山。

题 解

陶渊明弃官归隐，在大自然中寻求真趣，其《游斜川》诗中云："中觞纵遥情，忘彼千载忧。且极今朝乐，明日非所求。"表达了他那种超世情怀。苏轼一生未离仕途，虽然和陶渊明有所不同，但是贬谪黄州之后，在思想感情上确实也有与陶潜相通之处了。这首词就是元丰五年（1082）词人在黄州东坡雪堂时，遥想陶渊明当时游斜川时的情景，抒发自己人生感慨的一首作品。

赏 析

这首词可以说是词人在黄州田居生活习以为常之后，偶然再读陶渊明诗引发了自己的共鸣，所以写下这首词寄情，副题部分大意如下："陶渊明当年正月五日游览斜川，面对着流水和同行者坐下，远望庐山的壮丽，观赏曾城的秀美，于是写下了《游斜川》诗。到现在，人们读过这首诗还是会遐想斜川好景的所在。宋神宗元丰五年（1082）春天，我也在黄州东坡自己种田，还建造了雪堂自住，这里向南可以到达四望亭所在的后山，向西地接着北山的清泉。这番景象让我不禁有感而叹，我现在的居所也是当年斜川的景色啊。于是我写下了《江城子》这首词来吟唱。

这首词上片由对陶渊明的赞美写到现在自己躬耕东坡，从对比中表现出了两人躬耕的相似之处。"梦中了了醉中醒。只渊明，是前生。走遍人间，依旧却躬耕。"醉中梦里的我才是清醒的，这样看来，唯有陶渊明，才是我的前生啊。我一生走遍人间，现在却也只能自己种田养活自己了。"梦中了了醉中醒"，一反常理，说只有醉中才清醒，梦中才了然，表达了愤世嫉俗的情怀，这与"举世皆醉我独醒"的名句相对，但是孰醉孰醒，真的难以分辨，但苏轼能理解渊明饮酒的心情，深知他在梦中或醉中的清醒，是因为不愿意在真正的现实中装糊涂，这是他们的共同之处。自然，高洁的词人唱出了心声："只渊明，是前生。走遍人间，依旧却躬耕。"这种跨越千年的前世今生之感充满了辛酸的情感，词人现在躬耕东坡，待罪贬官，远离朝廷，这样的状态与渊明偶合，命运也非常相似；而不同之处在于渊明因不满现实政治而归田，苏轼却是以罪人的身份在贬所躬耕。苏轼带着沉痛辛酸的心情，暗示躬耕东坡是受政治迫害所致，因为为了成人臣之名，词人一生已经“走遍人间”，现在落得“躬耕”田地，心中的积怨与不忿可想而知。这样的句子，也算是一种无声的抱怨。“昨夜东坡春雨足，乌鹊喜，报新晴。”昨天夜里降落在东坡田间的春雨水量充足，早上起来喜鹊也欢乐地叫着，报告雨后初晴。一番议论后，词人融情入景，通过对春雨过后乌鹊报晴这一富有生机的情景的描写，隐隐表达出词人欢欣怡悦的心情和对大自然的热爱，而在这背后，我们还能读出一丝词人积极向上的心态。词人的心志和信仰，虽然一次次遭受打击，但是在这春雨过后，仍然会继续萌发，勃然生长。

通过上片后半部分感情的转折，下片开始词人又展开视角，由雪堂附近的风光联想到陶渊明游览斜川的情景，“雪堂西畔暗泉鸣。北山倾，小溪横。南望亭丘，孤秀耸曾城。”雪堂西边山林处有泉水叮咚的声音。北山微微倾斜，小溪在学堂前横流而过，再向南边的四望亭小山丘望去，独特的美景好似陶渊明笔下的曾城。这几句词以写景为主，虚实结合，极富立体感。鸣泉、小溪、山亭等等与耳目相接，表现出田园生活恬静清幽的境界，给人以超世遗物的特殊感受。而这些景致又暗暗地与陶渊明当年归隐的环境契合，作者更是深得其中乐趣和安慰。在这样的描写过后，作者以“都是斜川当日景，吾老矣，寄余龄”作一小结，这三句意思明显，这些美景都是和陶渊明斜川游览时同样的景色，我现在老了，就凭这番景色寄托残年吧。词人此时被迫躬耕东坡，回顾古今，自然心慕渊明，向往其斜川当日之游，现在看到眼前的景致正如斜川当日之景，于是就引申出更深沉的感慨。陶渊明四十一岁弃官归田，后来未再出仕，五十岁时作斜川之游。而苏轼这时已经四十六岁，躬耕东坡，一切都好像渊明当日的境况，是否也会像渊明一样就此以了余生呢？那时政治黑暗，苏轼东山再起的希望很小，因而产生迟暮之感，但是苏轼大半生都是积极出世的代表，现在与陶渊明为伍，颇有自怜之感，心中也有了于此终之意。“吾老矣，寄余龄”的沉重悲叹，并不是说苏轼是在自我麻木，盲目乐观，而是对余生存在深深的忧虑，他一面寄情于山水，又寄希望于这最后几年，苏轼心中那辅佐明君终成伟业的大志一向是不灭的。

纵观全词，结构颇具匠心。首句特别出心裁，议论中饱含感情。景色描写层次分明，内容上将自己的现实处境和陶渊明当时的情景交错对比，紧扣首句的议论。最后“都是斜川当日景”，这看似平淡的词句，是作者面对远去的历史背影所吐露的心声，虽然沉重但是行文清爽自然。

定 风 波

三月七日，沙湖道中遇雨。雨具先去，同行皆狼狈，余独不觉。已而遂晴，故作此①。

莫听穿林打叶声，
何妨吟啸且徐行②。
竹杖芒鞋轻胜马③，谁怕？
一蓑烟雨任平生④。

料峭春风吹酒醒⑤，
微冷，山头斜照却相迎。
回首向来萧瑟处，归去，
也无风雨也无晴⑥。

注 释

① 沙湖：在黄冈东南三十里，也称螺狮店。
② 吟啸：放声吟诗。
③ 芒鞋：草鞋。
④ 这里指即使一生出没于烟雨，也任凭它去了。
⑤ 料峭：形容春风略带寒意。
⑥ 这三句是说归去时，在回头看遇雨的地方，风雨已经过去，落霞也收起了斜晖。苏轼《独觉》诗中也写过："回首向来萧瑟处，也无风雨也无晴。"与这里的两句词义相同。

题 解

宋神宗元丰五年（1082），苏轼到黄冈东南的沙湖相看新买来的农田，途中遇到下雨，有感而发写下这首词。词人通过写郊外途中偶遇风雨这一生活中的小事，于简朴中见深意，于寻常处生奇景，表现出旷达超脱的胸襟，寄寓着超凡脱俗的人生理想。此词篇幅虽短，但意境深邃，内蕴丰富，颇值得玩味，作者的人生信念和精神追求都清晰地跃然纸上。

赏 析

这首词通过描写雨中景色和心情的对比，刻画了一个在人生道路上履险如夷、任天而动的诗人形象。词写于苏轼被贬黄州之后的第三个春天，虽然早先经历了人生中的最低谷，但现在的词人在朋友的帮助下，已经不至于穷困潦倒得难以度日了，在前往黄冈相地的途中，偶来的风雨给了词人无限的灵感，词人借此对人生再发议论，文字简约但意味悠长。全词开篇首韵就别有意味："莫听穿林打叶声，何妨吟啸且徐行。"旅途中遇到风雨，不需要去在意聆听那雨打树叶、穿林而落的声音，倒不妨一边大声吟咏着诗词一边缓缓前行。这两句词，一方面渲染出风急雨促带来的"穿林打叶"的效果，另一方面又以"莫听"二字点明外物不足以引得自己注意的境界。这看似是词人对路途的思考，但是仔细品读，却能发现这也是词人人生态度的写照，他淡然地把人生中的沉浮际遇比喻成"风雨"，"风雨"来时，多数人自然的选择便是疾行或是躲避，而词人"何妨吟啸且徐行"一句的延伸，彰显了他不为外物所动，不因祸福而改变秉性的人格。"竹杖芒鞋轻胜马，谁怕？一蓑烟雨任平生。"这三句词是在前两句基础上的发展。拄着竹拐杖，踩着草鞋在雨中前行，比乘马还要轻快，谁会怕路上的风雨呢？有一身蓑衣就足以在烟雨中走完一生的道路了。词人雨中的淡定清逸，呼应了小序中"同行皆狼狈，余独不觉"，又引出下文"谁怕"来，更表现了词人自信的一面，词人认为坚持着自己的信念，哪怕只是"竹杖芒鞋"，也会比别人乱了阵脚的马儿走得轻快，传达出一种搏击风雨、笑傲人生的轻松、喜悦和豪迈之情。"谁怕"两字，仿佛让我们看到年轻时代的苏东坡的意气风发、自信满满，以至最后表达凭借“一身蓑衣”就可以抵挡所有外物侵袭的信念，有力地强化了作者面对人生的风风雨雨而我行我素、不畏坎坷的超然情怀。苏轼作词，常常下片再发感怀和议论，而这首《定风波》在上片就表现出词人旷达超逸的胸襟，充满清旷豪放之气，一反常态地展现了词人独到的人生感悟，读来使人耳目为之一新，心胸为之舒阔。

与上片所写风雨对应，下片中词人过片到“料峭春风吹酒醒，微冷，山头斜照却相迎”三句，写雨过天晴的景象。略带寒意的春风吹在身上，让我逐渐酒醒，觉得天气有些微凉，而此时太阳却从前方山头的云缝间投射出斜晖，迎接我的到来。这三句词是对实景的描写，展现出作者雨中行路的真实感受，同时也表达了词人的乐观态度，认为人生也会和这场行路遇雨的遭遇一样，觉得微冷之时，也将是云雨退去阳光相迎的结局。这样的描写为下文词人生发人生感慨做了铺垫。“回首向来萧瑟处，归去，也无风雨也无晴。”词人前方一片晴好，我回头望了一眼那刚刚走过的风雨萧萧道路，信步向前走去，这样看来，这一路既没有风雨，也不是一路晴朗啊。这三句饱含人生哲理意味的点睛之笔，道出了词人在大自然微妙的一瞬所获得的顿悟和启示：自然界的雨晴既属寻常，毫无差别，社会人生中的政治风云、荣辱得失又何足挂齿？风雨自然轮换，天气本来就没有一成不变的，人生得失更是如此，既然“也无风雨也无晴”，当然也就不需要再计较得失了。“回首向来萧瑟处”句中的“萧瑟”二字，意谓风雨之声和风雨带给人的感觉，与上片“穿林打叶声”相应和。“风雨”二字，一语双关，既指野外途中所遇风雨，又暗指几乎致他于死地的政治“风雨”和人生险途。阵风骤雨之后，能得到这样的轻松平静，人生旅途又何尝不可呢？这首词中，作者的个性与胸襟都是与途中遇雨密切联系起来的。以曲笔写胸臆，日常形象和深邃的生活哲理有机融合在一起，是这首小词的显著特色。特别是这样的超然和乐观出自一位老者之口，更让人觉得鼓舞而有上进心，这也是为什么这首词的结句常常成为后人座右铭的原因所在。

浣 溪 沙

游蕲水清泉寺①，寺临兰溪，溪水西流。

山下兰芽短浸溪②，松间沙路净无泥。
潇潇暮雨子规啼③。

谁道人生无再少？门前流水尚能西！
休将白发唱黄鸡④。

注 释

① 蕲（qí）水：在今天湖北省浠水县黄冈东。
② 兰芽：指草出生的嫩芽。
③ 子规：即杜鹃鸟。
④ 这句意在劝慰自己不要像古人那样徒然悲叹岁月流逝，自伤衰老。白居易《醉歌示妓人商玲珑》也有同样意味的诗句："谁道使君不解歌，听唱黄鸡与白日。黄鸡催晓丑时鸣，白日催年酉前没……玲珑玲珑奈老何，使君歌了汝更歌。"这里是苏轼化用此诗。

题 解

这首词作于宋神宗元丰五年（1082）三月。苏轼当时因为去沙湖相田，得了疾病，此后为了求医，就到了麻桥医生庞安常家中留住了数日，医生以针灸治好了苏轼的疾病。病愈后，作者曾陪同庞安常游览清泉寺，《东坡志林》记载："寺在蕲水郭门外二里许，有王逸少洗笔泉，水极甘，下临兰溪，溪水西流。予作歌云……"

赏 析

这首词上片写景，景色如画，素雅释然；下片抒情，富有哲理，振奋人心。它所包含的人生哲理，令无数命途多舛的失意人重新获得了奋斗下去的勇气和继续前进的信心。词从山川景物着笔，意旨却是探索人生的哲理，表达作者热爱生活、旷达乐观的人生态度。整首词就是一篇"老骥伏枥，志在千里"的内心宣告，流露出词人对青春活力的向往和对未来的追求，脍炙人口，令人自强。

上片写暮春三月兰溪的雨后景色。副题部分，词人先点明兰溪位置和大概状貌，正文中展开描写："山下兰芽短浸溪，松间沙路净无泥。"清泉寺上下的兰花刚刚萌芽，一场春雨让溪水漫过水边，将短短的兰芽浸在其中；溪边的松林里，沙路蜿蜒，雨水把路面洗得没有一块泥土。"兰芽"点明了游兰溪的时令，兰花春天刚发芽，芽虽短，但是生机勃勃长势很快，一个"浸"字写尽春兰的活力。同时，兰生于水边而不是水中，一个"浸"字，也为整个溪水景色的意境增加了艺术的张力，让人自然联想到，一定是有雨水骤降，溪水才会漫过河床，"浸住"兰芽，而这种"浸"更像是一种对新生兰芽的保护，不温不火，一派和谐自然。次句词人转写漫步溪边，"松间沙路净无泥"化用了白居易的"沙路润无泥"。苏轼将"润"改为"净"，更加突出了兰溪的洁净和一尘不染。随后，正如读者品读前两句后的猜想，上片收尾词人用"潇潇暮雨子规啼"点出了"沙路净无泥"和"兰芽短浸溪"的原因：这都是因为昨天傍晚，杜鹃啼叫的时候那一场沙沙的春雨所致。这句逻辑上使上片的行文更加连贯，同时又烘托出苏轼贬官黄州期间的凄凉环境和悲凉心情。暮雨潇潇、子规哀鸣都是写实，春雨降下时总是乍暖还寒的，而杜鹃鸟那“不如归去，不如归去”的啼叫，更是触碰着这位老年游子心中最柔软的部分。暮春三月，春色正浓，可写之景可谓数不胜数，但是作者独取此景，这显然和他当时的处境和心情有着直接的关系，但是这些意象品来又不是完全悲凉和消极的，春雨来时，柔弱的兰芽不但没有被伤害反而被溪水“保护”了起来；松间沙路也因此更洁净好走；春雨虽寒，但词人必定也深知“一场春雨一场暖”的民谚。疾病初愈的词人，还是看到了这现实背后种种积极向上的迹象，也为下片的抒情议论打下了伏笔。

词至下片，词人几乎是用爆发式的抒情直抒胸臆，发出“谁道人生无再少？门前流水尚能西！”的慨叹。虽然人生多是失意时，但苏轼终究是一个“奋厉有当世志”的杰出人物，对自己的心中信念，苏轼是至死不渝的。溪水西流使他感悟到：谁说人生就要一步步走向衰老不能再年轻，溪水尚且可以西流，难道人生就再无少年了吗？这两句词集中体现了他虽然身处困境，但是能看到积极的事物，并且以此激励自己振作的精神。末句“休将白发唱黄鸡”中的“白发”和“黄鸡”都出自于白居易的《醉歌示妓人商玲珑》，白居易感叹黄鸡催晓、白日催年、朱颜易逝，调子低沉；而苏轼在这首词中一反白居易原诗的意义，反其道而行之，勉励自己不必伤悲、叹白发、感慨黄鸡催晓。一个“休”字，表现出词人的坚定和不服老的决绝。这就一扫白诗的低沉调子，冲淡了上片“潇潇暮雨子规啼”的悲凉气氛，也将上片流露出的积极因子提升到了新的高度。苏轼的这首词写作特色极为特别，上片婉约描景，下片却是豪迈突兀的抒情，这种强烈的对比看似格格不入，但是其中微妙的联系让全词浑然一体，更具风味。没有对溪水的观察，自然没有词人的感悟，描写和抒情的不同风格并没有影响全词的整体效果，反而让读者在美感中收获人生的启迪。这种手法即景取喻，以富有情韵的语言，表达有关人生的哲理。

满江红

董毅夫名钺，自梓漕得罪，罢官东川，归鄱阳，过东坡于齐安。怪其丰暇自得，余问之，曰："吾再娶柳氏，三日而去官，吾固不戚戚，而忧柳氏不能忘怀于进退也。已而欣然，同忧患若处富贵，吾是以益安焉。"命其侍儿歌其所作《满江红》。嗟叹之不足，乃次其韵①。

忧喜相寻，风雨过，一江春绿②。
巫峡梦，至今空有，乱山屏簇③。
何似伯鸾携德耀④。
箪瓢未足清欢足⑤。
渐粲然、光彩照阶庭，生兰玉⑥。

幽梦里，传心曲。
肠断处，凭他续。
文君婿知否？笑君卑辱⑦。
君不见《周南》歌《汉广》，天教夫子休乔木⑧。
便相将、左手抱琴书，云间宿⑨。

注 释

① 董毅夫：也作董义夫，鄱阳（今江西波阳，2003年复名鄱阳）人，因朱寿昌介绍与苏轼结识。据记载，当时董氏任官梓州（今四川三台），时得罪东归，于黄州访苏轼。齐安：南齐所置的郡县名，隋朝废了这个郡，并此地入黄冈。丰暇自得：指肌肤腴润、容止悠闲的样子。戚戚：忧惧的样子。

② 这三句意在写董钺（yuè）虽被罢官，然而却有再娶的志趣相投的柳氏伴随，其心境犹如风雨过后的一江平静的春水。

③ 巫峡梦：指的是宋玉《高唐赋》中所述的楚怀王梦见巫山神女的故事。屏簇：形容巫山诸峰如乱屏簇拥。

④《后汉书·逸民传》记载，梁鸿字伯鸾，有高节。其妻孟光，取字曰"德耀"，夫妻相敬如宾，曾隐居山中，"以耕织为业，咏诗书，弹琴以自娱"。

⑤《论语·雍也》："子曰：'一箪食，一瓢饮，在陋巷，人不堪其忧，回（颜回）也不改其乐！贤哉回也！'"这里借颜回典故比喻董氏夫妇能安贫乐道。

⑥《晋书·谢安传》："（谢）安尝戒约子侄，因曰：'子弟亦何豫人事，而正欲使其佳？'诸人莫有言者，玄答曰：'譬如芝兰玉树，欲使其生于庭阶耳。'安悦。"这里是祝愿董氏夫妇将来必然世德流芳，门户生辉。

⑦ 文君婿：指司马相如，司马相如才高风流，以一首《凤求凰》求得卓文君与之私奔，成为传世佳话。

⑧《周南》《汉广》：见《诗经·周南·汉广》，是流传于江汉间的一首描写男子求偶失望的诗歌，其中有句云："南有乔木，不可休息。汉有游女，不可求思。"这里反用其意。

⑨ 白居易《庐山草堂记》："左手引妻子，右手抱琴书，终老于斯，以成就我平生之志。"这也是化用其意，称赞董氏夫妇。

题　解

这首词作于宋神宗元丰五年（1082）三月，赞扬了董钺与柳氏同忧共患、不慕富贵的品行节操，并对其表示了由衷的祝福。词中通过历史上诸多的名人典故与董氏夫妇遭遇作对比，恰切生动，而没有堆砌无序的缺点，通篇词章跌宕多姿，情深意远。

赏　析

这首词是苏轼的友人董钺在罢官东归经过黄州时，词人对朋友遭遇深有感触所写下的一首赞慰词。感情的伟大之处在于心心相印、不离不弃，董钺夫妇的遭遇自然会触及苏轼心底的情感。在感情上，苏轼也有过难舍难分的经历，与发妻王弗经历的种种，是词人一生中最大的感情财富之一，这段感情的重要性在《江城子（十年生死两茫茫）》中有最好的体现。王弗去世后，苏轼续娶王弗表妹，也传成一段佳话。所以像董钺夫妇这样的经历和感情，会让词人在内心生发无限的共鸣。写下这首词，不光是称赞朋友，表达祝福，在文字背后，还藏着作者自身对感情和人生的体会与追求，读起来尤为真挚。

上片入笔，词人通过想象而来的情景描写，起兴对董氏夫妇进行赞美。首句寓情于景，用虚景比兴，“忧喜相寻，风雨过，一江春绿。”忧虑的、欣喜的心情交杂在一起，如同风雨过后一江泛着绿波的平静春水。这三句词，形容友人现在的精神状况，言简意赅又形象真实，通过自然景物的特点清楚地展现了友人的心情状况，为全词的议论和抒情开了一个好头。随后作者开始写自我的感怀：“巫峡梦，至今空有，乱山屏簇。”楚怀王当年的巫峡佳梦，到了现在也只剩下巫峡两岸的凌乱山峰了。这一句是上片的过渡句，通过“巫峡梦”的典故，反说代表美好爱情的怀王的传说已经不复存在，只剩下乱山供人凭吊了。这并不是说词人不相信真挚感情的存在，这一句引出首句“忧喜”的原因，又为赞美董氏夫妇感情蓄力铺垫，实际上是为了突显董氏夫妇这样的感情在现今犹存的难能可贵。“何似伯鸾携德耀，箪瓢未足清欢足。”接下来这两句才开始真正赞美朋友：而朋友你们夫妇的感情就像梁鸿与孟光一样相敬如宾，虽然生活清苦了但是还和贤人颜回一样心中有纯洁的欢乐。词人用贤人梁鸿与妻子孟光的夫妻关系的典范和大贤人颜回安贫乐道的品质赞扬朋友，这样的评价是很高的。上片收尾“渐粲然、光彩照阶庭，生兰玉”，你们的感情和生活一定会慢慢闪出光芒，如谢玄所说的庭中芝兰玉树门户生辉一样，这样的光彩会长期笼罩在你们的家中，让你们的故事长久流芳。这三句词是词人对朋友未来的美好祝愿。上片这样的赞美由比兴起，欲扬先抑，层层递进，结构完整流畅，可见词人确实是深受感动，才发出了这样的赞叹。

到了下片，词人引入了古人典故，从不同的角度对比董氏夫妇的感情，是真心的评价，也是由衷的肯定。下片开头自然过渡，“幽梦里，传心曲。肠断处，凭他续。”你们的感情至深，能够心心相合，互传心中想法，就是伤心肠断，也可以凭借这样的感情将断肠接起，安抚伤心。这样的过渡为后文的类比自然引介，因为这样的感情不一般，自然会让词人引导读者去联想历史上不一般的爱情故事。于是词人开始罗列事例，“文君婿知否？笑君卑辱。”司马相如是否了解你们这样的感情呢？可能连他也会因你们现在与他同样经历过的寒酸而会心一笑。司马相如与卓文君私奔之后没有经济来源，于是有了“文君当垆，相如卖酒”的佳话。与董氏夫妇现在患难的情况相似，这样的对比是一种类比，赞颂了朋友夫妇的感情如司马相如与卓文君一般。接着词人又写道：“君不见《周南》歌《汉广》，天教夫子休乔木。”朋友你不知道《诗经·周南·汉广》诗中的诗句，连老天都要让孔夫子不堪承受词中主人公感情失落之苦而想删去此诗。这两句词反用《诗经》中这首诗的意思，又趣味化了孔夫子的形象，通过写夫子看不下去有情人的不能相聚而突出了真挚感情的重要，反衬了董氏夫妇感情的难得。最后词人化用白居易的名篇写到“便相将、左手抱琴书，云间宿”，白诗原句是“左手引妻子，右手抱琴书”。这三句词的化用说明了哪怕现在朋友你身为将相，但是如果没有爱妻子嗣相伴，你也只能在远离人世的云间孤独生活了。这也是从另一方面的对友人的开解和对友人妻子的称赞，因为副题中提到，董钺刚新婚三天就被罢官，不能不让当时之人联想到这桩婚事与自己前途的关系，然而词人反其道而行之，用功名与人世幸福作对比，安慰了朋友，也赞颂了朋友得到好妻子，这样的情感意味就更加深远了。作为劝慰朋友的词，这首《满江红》语言流畅自然，安慰中含着赞叹，赞叹里满怀同感，让人读罢觉得亲切可人，作者运用多种手法用典，或明或暗、或正或反通过古人的故事赞美了朋友的美好感情，可见词人的高明之处。

洞　仙　歌

仆七岁时，见眉州老尼，姓朱，忘其名，年九十余。自言：尝随其师入蜀主孟昶宫中。一日大热，蜀主与花蕊夫人夜起，避暑摩诃池上，作一词。朱具能记之。今四十年，朱已死，人无知此词者，独记其首两句，暇日寻味，岂《洞仙歌令》乎？乃为足之耳①。

冰肌玉骨，自清凉无汗。
水殿风来暗香满②。
绣帘开、一点明月窥人，
人未寝，欹枕钗横鬓乱③。

起来携素手，庭户无声，时见疏星渡河汉。
试问夜如何？夜已三更，
金波淡④，玉绳低转⑤。
但屈指、西风几时来，
又不道流年⑥，暗中偷换。

注 释

① 孟昶：五代后蜀国主，生活奢靡，喜好词曲。宋平后蜀国时，孟昶降宋。花蕊夫人：据《能改斋漫录》记载，孟昶纳徐匡璋女为贵妃，别号花蕊夫人。摩诃池：在成都市郊，又名龙跃池、宣华池。

② 水殿：指摩诃池上的宫殿。

③ 欹（qī）枕：靠枕。

④ 这句指的是月光浅淡。《汉书·礼乐志》："月穆穆以金波。"

⑤ 这里指玉绳星移动位置，夜已渐深。玉绳：北斗星第五星叫玉衡，玉衡北面的两颗星叫玉绳。

⑥ 不道：不觉。

题　解

苏轼生于宋仁宗景祐四年（1037），根据这首词词序记载，这首词应当作于宋神宗元丰五年（1082）。孟昶（chǎng）曾经作过一首词，词中记载了他与花蕊夫人纳凉摩诃池的事情，苏轼幼年时从朱尼那里听到过全文，后来只记得两句，这首词是苏轼补足的。

赏　析

苏轼的这首词虽然写王妃美人纳凉的旧事，却不用秾艳的辞藻，通过描写美人的神态样貌、环境的清幽，营造出了一种淡雅的感觉，同时还借这样的情境抒发出自己的思想感情，和一般叙事词比较起来别有一番风味。

词的上片先写的是美人及其所居环境。“冰肌玉骨，自清凉无汗。”美人的肌肤如同滑润的冰雪，而她的骨骼也好似以玉雕成的一般，就是在炎热的天气里，美人自己也会感到清凉不会出汗。这两句写花蕊夫人绰约的风姿，丽质天生，有冰之肌、玉之骨，固然天气炎热也不会有汗。这样环境与美人的对比反差顿时给人以美人形象实质的感受。接下来，词人借环境描写继续描摹美人形象：“水殿风来暗香满。绣帘开、一点明月窥人。”池上宫殿里吹进来的风带着暗香充满了整个房间。美丽的绣花窗被风吹开，天上明月如同一个小点，在窥视着美人的美丽。这几句词用水、风、香、月等清澈的环境要素烘托女主人公的冰清玉润，创造出境佳人美、人境双绝的意境。“水殿风来暗香满”是借物烘托主角的总领，“水殿”“暗香”本来就是清新雅致的事物，为描写美人之美的不凡创造了良好的环境。此外，“风”的串场尤为重要，它不但带来了“暗香”还吹起了“绣帘”，这一系列的动作，给如同眯眼从帘缝中偷窥美人之美的月亮创造了条件，词人借月之眼以窥美人欹枕的情景，可以说是用尽了婉约手法。其后词人再写美人，但仍然是以部分现全体，不直接写美人容貌，“人未寝，欹枕钗横鬓乱。”美人还没有睡着，她倚在靠枕上，头钗松落，鬓发铺开。这两句以美人不加修饰的残妆“钗横鬓乱”，来反衬她姿质的美好，没有写美人端庄的样子，而通过美人随意状态的摹写展示了她“淡妆浓抹总相宜”的特质。上片所写，是从旁观者角度对女主人公所做出的观察，这样的描写为下片写纳凉做了铺垫。

下片开头“起来携素手，庭户无声，时见疏星渡河汉”，三句紧承“人未寝”，通过女主人公与爱侣夏夜携手同行的活动，展示她美好、纯洁的内心世界。坐起身来和爱人携手漫步，深夜的庭院里没有声响，静望天空，偶尔有几颗流星在银河里穿过。“庭户无声”，制造出一个夜深人静的氛围，暗寓时光在不知不觉中流逝。“时见疏星渡河汉”，写二人静夜望星。借着这样浪漫静谧的情致，再下四句词人便开始转写月下徘徊的情意了，“试问夜如何？夜已三更，金波淡，玉绳低转。”这里词人自问自答，好像情人间的私语，美人问情人现在是夜里什么时候？情人说现在已经是三更天了，你看月光都淡了，北斗玉绳星也低转了位置。这四句情趣盎然的词句为纳凉人的细语温存进行气氛上的渲染。作者通过写环境之静谧和斗转星移之运动，表现了时光的推移变化，为写女主人公纳凉时的思想活动做好铺垫。而结尾三句才是全词点睛之笔，“但屈指、西风几时来，又不道流年，暗中偷换。”美人屈指计算盛夏还有几许，秋天的西风何时到来，这样不知不觉当中，年华就被悄悄更换成新的一年了。这样的描写传神地揭示出时光变换之速，词人借美人之身、美人之口通过夏夜炎热想到秋天何时来，从这样的思考再推进至光阴易逝、流年悄然而去，表现了女主人公对时光流逝的深深惋惜。

这首词写古代帝王后妃的生活，在艳羡、赞美中附着作者自身深沉的人生感慨。全词清空灵隽，语意高妙，想象奇特，波澜起伏，读来令人神往。美人美景好年华总是人们珍爱的对象，而这样的好景好事物总是不能长久，词人通过良辰美人不易留，反衬了时光不常在，让读者更能体会时光流逝的无奈之感。

念 奴 娇

赤 壁 怀 古①

大江东去，
浪淘尽，千古风流人物②。
故垒西边，人道是③，三国周郎赤壁。
乱石穿空，惊涛拍岸，卷起千堆雪④。
江山如画，一时多少豪杰！

遥想公瑾当年，
小乔初嫁了，雄姿英发⑤。
羽扇纶巾⑥，谈笑间，樯橹灰飞烟灭⑦。
故国神游⑧，多情应笑我，早生华发⑨。
人生如梦，一樽还酹江月⑩。

注 释

① 赤壁：今湖北省境内名为赤壁的地方有五六处，现在一般认为周瑜战败曹兵的赤壁在嘉鱼县东北长江南岸。词中的赤壁指的是黄冈城西的赤壁矶。

② 大江：指长江。风流人物：对历史进程有一定影响的人物。

③ 人道是：据人们说是，俗称。因为自古赤壁有多处，所以苏轼也不能确定自己所在是否是真正的古战场，故说“人道是”。

④ 这三句是写赤壁的雄奇景象：奇峭不平的石崖高插云层，骇人的巨浪拍裂了江岸，江面上涌起了无数奔腾的浪涛。

⑤ 小乔：乔玄的幼女，嫁给了周瑜，是孙吴两大美女之一。英发：卓异不同寻常。《三国志·吴书·周瑜传》中记载孙权曾夸奖说吕蒙比周瑜“言议英发不及之耳”，英发从此而来。

⑥ 羽扇：羽毛扇。纶（guān）巾：青丝带的头巾，羽扇纶巾被世人常常描述成诸葛亮独有之装束，但在很多文学作品和历史作品中羽扇纶巾也是儒将常有的打扮，把这样的形象附加在周瑜身上也是妥帖的。

⑦ 这里指周瑜火烧曹军史事。当时周瑜采用部将黄盖的建议，火烧曹军大营，大破数十万曹军。樯橹：指曹军的战船。

⑧ 故国神游：即神游故国。神游：神往。故国：指三国的陈迹。

⑨ 这句词语序应该是“应笑我多情，早生华发”。刘驾《山中夜坐》诗有“谁遣我多情，壮年无鬓发”之句。

⑩ 酹：洒酒祭祀，这里是把酒对江中月影而敬的，所以说“酹”。

乱石穿空，惊涛拍岸

题　解

这首词是宋神宗元丰五年(1082)七月秋，苏轼游览黄冈赤壁矶所作的名篇，是苏词中豪放风格的代表作品。这首词通过广阔的时空背景，用极为壮阔的语言展现了乱世英雄的豪情壮志，又用极丰富的形象刻画和史事记录把周瑜的形象描写得非常丰满，通过怀古抒发抱负，处处显现出豪放的气质。

赏　析

这首词可以说是苏轼所有词作中的巅峰之作，这时的苏东坡已经完全成熟了，人生经历的种种磨难，刚好也在他贬官黄州期间让他得以梳理和思考，这首词面对大江而作，这样的壮丽景象引发出作者最豪迈最深沉的感悟，所以字字珠玑，堪称为宋词史上的一座不朽丰碑。上片开篇，词人就把眼光投向宏大的时空中去："大江东去，浪淘尽，千古风流人物。"东去的长江浩浩汤汤荡尽千古以来的风流英雄人物。千古风流人物都会被大浪淘尽，一介老朽的书生岂不更可悲？然而苏轼却另有心得：既然千古风流人物也难免如此，那么一人的荣辱得失又何足挂齿呢！所有人无论成功与否，归途都是一样的，那么为一时功名奔忙，不会显得过于迂腐了吗？接下两句切入怀古主题，专说三国赤壁之事——"人道是，三国周郎赤壁"，这里就是人们所说的三国时期周瑜破曹的赤壁所在。"人道是"三字下得极有分寸。赤壁之战的故地，争议很大。一说在今湖北蒲圻县境内，今已改为赤壁市。但今湖北省内有四处地名同称赤壁者，另三处在黄冈、武昌、汉阳附近。苏轼所游的是黄冈赤壁，他似乎也不敢肯定，所以用"人道是"三字引出以下议论。接下来词人具体描写赤壁的景致："乱石穿空，惊涛拍岸，卷起千堆雪。"奇峭不平的石崖高插云层，骇人的巨浪拍裂了江岸，江面上涌起了无数堆泛着白如雪的奔腾的浪涛。"乱石"以下五句是写江水腾涌的壮观景象，其中"穿""拍""卷"等动词用得形象生动，将大江洪流的干脆利落表现了出来，也说明了这难以抗拒的力量，是如何淘尽千古风流人物的。"江山如画，一时多少豪杰！"这样的江山盛景如同画卷一般，就在这样的江山中，一时能涌现出多少豪杰之士。这两句是写景的总括之句，从具体的对江景的描写跳出来概括，而“一时多少豪杰”则又由景物过渡到人事。

这些铺垫和状写其实都是苏轼重点写“三国周郎”的伏笔，所以下片词人从周郎引发。换头六句先写赤壁战争：“遥想公瑾当年，小乔初嫁了，雄姿英发。羽扇纶巾，谈笑间，樯橹灰飞烟灭。”遥想周瑜当年在此地破曹，那时吴国美女小乔刚刚嫁给周瑜不久，此时的周郎体态雄伟，风姿超群。手持羽扇，头系青丝头巾，谈笑论战的时候，曹军几十万水师就被大火烧得灰飞烟灭了。作者描写这么一场轰轰烈烈的战争也是举重若轻，从起句的“千古风流人物”到“一时多少豪杰”再到“遥想公瑾当年”，视线不断收束，最后聚焦定格在周瑜身上，然而写周瑜却不写他作战时的大智大勇，只写其儒雅风流的气度。初读此词的人容易把“羽扇纶巾”看作是诸葛亮的代称，因为诸葛亮的装束素以羽扇纶巾著名。但在三国之时，这是儒将通常的装束。宋人也多以“羽扇”代指周瑜，如戴复古《赤壁》诗云：“千载周公瑾，如其在目前。英风挥羽扇，烈火破楼船。”苏轼在这里极言周瑜战时的儒雅淡定，但感情是复杂的。“故国神游，多情应笑我，早生华发。”我多么神往这段三国故事啊，而我也该笑自己相比周郎早早生出了白发。这三句词词人的描写便由周郎转到自己。周瑜破曹之时年方三十四岁，而苏轼写作此词时年已四十六岁。孔子曾说：“四十五十而无闻焉，斯亦不足畏也已。”苏轼从周瑜的年轻有为，联想到自己的坎坷不遇，所有才有“多情应笑我”的句子，语似轻淡，意却沉郁。但苏轼毕竟是苏轼，他不是一介戚戚的寒儒，而是参破世间宠辱的智者，所以他在察觉到自己的悲哀后，不会妄自菲薄、沉溺苦海，自伤心志，而是把周瑜和自己都放在整个江山历史之中进行对比。在苏轼看来，当年潇洒从容、声名盖世的周瑜现今又如何呢？不是也被时空的大浪淘尽了吗？这样一比，苏轼便从悲哀中超脱了。苏轼虽然也看到了自己的政治功业无法与周瑜媲美，但上升到整个人类的发展规律和普遍命运，双方其实也没有什么大的差别。有了这样深沉的思索，遂引出结句“人生如梦，一樽还酹江月”的感慨。类似“人生如梦”的感叹，在这里不是词人第一次发出的了，消极悲观不是人生的真谛，超脱飞扬才是生命的壮歌。既然人间世事恍如一梦，何妨将樽酒洒在江心明月的倒影之中，脱却苦闷，从有限中玩味无限，让精神获得自由。黄州数年是苏轼思想发生转折的时期，也是他不断走向成熟和睿智的时期，他以此保全自己的岸然人格，也以此养护自己至淳的精神。

这首《念奴娇》词及其作于同一时期的数篇诗文，都为我们透出了其中的端倪。词人是个旷达之人，尽管政治上失意，却从未对生活失去信心。特别是到黄州之后，词人的思考越发深邃积极而略带感伤，这首词就是他这种复杂心情的集中反映。长江的非凡气象、古战场的险要形势都给人以豪壮之感，周瑜的英姿与功业无不让人艳羡，而这一切背后把这些事物融合在一起展现在世人面前的，也只有苏东坡才能够做到。

念 奴 娇

中 秋

凭高眺远，见长空万里，云无留迹。
桂魄飞来①，光射处，冷浸一天秋碧②。
玉宇琼楼③，乘鸾来去，人在清凉国④。
江山如画，望中烟树历历。

我醉拍手狂歌，举杯邀月，对影成三客⑤。
起舞徘徊风露下，今夕不知何夕⑥？
便欲乘风，翻然归去，何用骑鹏翼⑦！
水晶宫里，一声吹断横笛。

注 释

① 桂魄：指月亮。古人称月为魄，古代传说中月中有桂树，故称。

② 这里是说清冷的月光浸透了一碧无垠的秋色。

③ 玉宇琼楼：注解见《水调歌头（明月几时有）》。

④ 指月宫中有仙人来往飞行。《异闻录》记载说唐玄宗一次游月宫，“见素娥十余人，皓衣，乘白鸾，笑舞于广庭大桂树下。”清凉国：指月宫。

⑤ 李白《月下独酌》诗中有：“举杯邀明月，对影成三人。”

⑥ 这里说人间的今夕，不知道会是天宫里的哪一天。《诗经·唐风·绸缪》：“绸缪束薪，三星在天。今夕何夕，见此良人？”

⑦ 翻然：飞动的样子。骑鹏翼：《庄子·逍遥游》：“鹏之背，不知其有几千里也。怒而飞，其翼若垂天之云。”这里是指不用骑大鹏飞升月宫。鹏：传说中的大鸟。

题 解

宋神宗元丰五年（1082）八月十五日，当时正值中秋佳节，词人苏东坡在黄州赏月心中有感，所以写下了这首词。作者采用古代神话，以浪漫主义手法描绘了一个高洁清凉的月宫仙界，意境飘逸超渺。作者将月宫的美好与自己的现实感情交融在一起进行描写，表现了对自由生活的向往与羡慕，于是作者决意乘风飞升，在极高的天宇吹奏出响彻云霄的笛曲。

赏 析

黄州的谪居让苏轼的生活方式变得超然淡泊，少有大喜大悲，而在元丰五年（1082）的中秋佳节，黄州的夜空万里无云，作者登高望月，面对广阔的天空和皎洁的月亮，引起了无限的幻想，联想到现实社会的丑恶及自己的不平坎坷，向往那虚无缥缈、清静自由的生活。这正是作者在苦闷时寻求解脱、自我宽慰的无可奈何的举动，表现出对自由生活、美好现实的追求。这种追求就蕴含在文章华美的文字里，具体到诗歌的内容而言，上片作者由凭高远眺写到中秋月夜的明净澄澈。发端三句先写观察的实景："凭高眺远，见长空万里，云无留迹。"凭着楼台栏杆远望夜空，只见广袤的天空中万里无云。可见当夜夜色是多么明朗，观月是多么合适。紧接两句词人果然转写月色，"桂魄飞来，光射处，冷浸一天秋碧。"月亮横空飞现，月光照下来，让秋夜里的一切都蒙上了一层冷清。这里写月亮却不说月亮而称桂魄，使这首词笼罩上一层神话色彩，为接下来词人发挥想象续写仙境做了铺垫。"玉宇琼楼，乘鸾来去，人在清凉国。"在那月宫精美的神仙楼台之中，仙人是乘着仙鸟飞来飞去的。关于月亮的神话和传说从古至今不知道流传了多少，大词人苏轼也必定对这些了如指掌，如此美好的中秋夜，词人当然会集合起印象当中的佳话，展开联想，这样写月宫的华美和乘鸾的仙人，虚境实写，为上片收尾处的赞叹自然过渡，引出了"江山如画，望中烟树历历"的赞叹。月宫中的景色像画出来的一样美好，细看处，还能发现月亮上有树影历历在目。这样的想象赞美了月宫山川的壮美，大胆而富有艺术特色。

从下片开始，作者引出自己，通过写自己欢醉狂歌，将词的视角从天宫拉回地上。“我醉拍手狂歌，举杯邀月，对影成三客。”我饮酒到大醉，于是拍着手在月下狂歌起来，高举酒杯邀请月亮和我同饮，加上地上的影子就凑上了三人饮酒。这里词人巧用李白《月下独酌》的名句，写出了自己当时的兴致勃然，非常欢快，但是这样的欢快也只能属于词人一人，陪客只有月亮和影子，不免让人觉得这种场面有些寂寥。但词人不顾这些，但求尽兴，于是他接着写道：“起舞徘徊风露下，今夕不知何夕？”我在清风夜露中翩然起舞，步子来来回回，今天这个日子，在天空中又是什么日子呢？这里词人对天发问，又把描写重点从地上转移回到了天上。此时此刻，词人对天宫的向往更为强烈了，终于在这里说出了心中渴望飞升的心情：“便欲乘风，翻然归去，何用骑鹏翼！”就是要乘风而起飞升上天，也不需要借助大鹏的翅膀啊！这一句凸显出词人潇洒超脱的性格，人欲上天，传说中御风而行或是扶摇直上都要借助外力，而这里词人却对神秘的外力不屑一顾，相信个人的力量，是自信和张扬，更是他不愿攀附权贵，坚信凭借自己满腹的才华终能成人臣之志的豪情。借着这份豪迈，结尾处词人在想象中收笔，但写的仍是真实的心愿，“水晶宫里，一声吹断横笛。”等我登上月亮里的水晶宫，我愿意用横笛吹奏起响彻穹宇的绝响。水晶宫中玉兔吹笛，词人借用传说中的意象，委婉地表达了自己希望一鸣惊人、留名留芳的心愿。纵观全词，成功之处在于大胆创造，天上地下大范围的视角转化和感情思想上的调动极富浪漫主义想象，唤起了读者无限的联想，营造出丰富的美感和无穷的诗意。

南　乡　子

重九涵辉楼呈徐君猷①

霜降水痕收②，浅碧鳞鳞露远洲。
酒力渐消风力软，飕飕，破帽多情却恋头③。

佳节若为酬④，但把清尊断送秋。
万事到头都是梦，休休，明日黄花蝶也愁⑤。

注　释

① 涵辉楼：即黄州栖霞楼。徐君猷：注见《浣溪沙（覆块青青麦未苏）》。

② 水痕收：这里指秋后水势下落。

③《晋书·孟嘉传》记载：孟嘉为征西将军、桓温参军时，一日桓温在龙山设宴，孟嘉赴龙山时“有风至，吹嘉帽堕落，嘉不之觉”。于是桓温让手下人作文调侃孟嘉的轶事，而孟嘉回复一篇优美的文章，以风吹走帽子而自己不知道为潇洒风流，震惊在座诸人。破帽恋头：暗示自己已经没有了当年的风流。

④ 若为：如何。

⑤ 苏轼自己有一诗《九日次韵王巩》，末尾两句：“相逢不用忙归去，明日黄花蝶也愁。”这里苏轼借自己的词意在劝慰朋友借酒浇愁。

题 解

这首词是宋神宗元丰五年（1082）重阳日，苏轼贬谪黄州期间在郡中涵辉楼宴席上为黄州知州徐君猷而作。据史料记载，当时在座，苏轼望朋友徐君猷面色“凄然”，于是作下这首词，把自己的失落情景和朋友的伤感融为一体，在此基础上抒发出以顺处逆、旷达乐观却又略带惆怅的矛盾心理，于情景交融中抒写了自己的胸襟怀抱。

赏 析

苏轼于黄州无亲无故，徐君猷可以算是他落魄之后的一个大贵人了，两人相交甚欢，彼此可以说是心心相印。宴席间看到徐君猷面有愁容，这样的情绪也影响了词人自己，于是词人借这首词，表达了与朋友相同的伤感。词的上片写楼中远眺的情景。首句“霜降水痕收，浅碧鳞鳞露远洲”，描绘大江两岸清秋景象。重阳节到，秋霜落下，江河中水位也降下去了，远去波光粼粼的浅水中露出了一块沙洲。江上水浅，是深秋霜降季节之现象，词人以“水痕收”表达，足见观察的细腻独到。而“浅碧”承上句江水，“鳞鳞”写出水泛微波的样子，好似鱼鳞；“露远洲”是水位下降的结果，“远”字体现的是登楼遥望才能看到的长江。两句是此时此地即目之景，勾勒出天高气清、明丽雄阔的秋景。接下来三句，描写的笔触从外物到自我，“酒力渐消风力软，飕飕，破帽多情却恋头。”写的是酒后感受。酒劲已经过去了，这时楼上的风也小了，飕飕吹过的秋风撩拨着我的帽子，而帽子眷恋脑袋，不忍随风飞走。“酒力渐消”的时候人也变得敏感了，所以才能察觉到“风力”变小了。而风本来就很微弱，所以才说风“力软”。风力虽“软”，仍觉有“飕飕”的凉意。晋时孟嘉落帽于龙山，是唐宋诗词常用的典故。苏轼对这一典故加以反用，说无力的秋风吹动着词人的帽子，而风吹落帽子人却不知才是孟嘉所言的潇洒风流，现在连风儿都无力吹动头上的帽子，“恋头”其实是词人委婉地表达自己心志已老，没有了过去的风流。这样淡淡的描述用自己的垂老和陈迹来反说朋友的心情不佳，意在对朋友表示同情。

但到了下片，词人开始就涵辉楼上宴席抒发感慨，给出了排解这种忧愁的方法。“佳节若为酬，但把清尊断送秋”两句，化用杜牧《九日齐山登高》诗“但将酩酊酬佳节，不用登临恨落晖”句意。如果是不开心的，那重阳佳节聚会的意义何在？我们倒不如拿起盛着清酒的酒杯畅饮，度过清冷的秋天时光。这里“断送”一词是打发走的意思。政治上所受重大打击的苏轼，对待世事的态度有所变化，大难不死，对人生有了新认识，自然面对一切都达观了许多，好的际遇、不好的遭遇总会过去，人生良辰难逢，借酒作乐，愁心事就能随着清秋自然过去了。下面三句词人讲出了他这套开解方法的原因。“万事到头都是梦”是化用宋初潘阆“须信百年都似梦，莫嗟万事不如人”句意，而“明日黄花蝶也愁”也是引自苏轼自己所做的《九日次韵王巩》末尾两句：“相逢不用忙归去，明月黄花蝶也愁。”万事到头来都如迷梦般会消散不见，如果今日相逢不开怀作乐，那以后分别开秋风更劲，明日菊花也已非今日之菊，连迷恋菊花的蝴蝶，也会叹惋伤悲。这里词人以蝶愁喻良辰易逝，好花难久，正因为如此，今日面对盛开之菊，更应开怀畅饮，尽情赏玩。

“万事到头都是梦，休休，明日黄花蝶也愁。”这与苏轼在别的词中所发出的“人间如梦”等思想如出一辙，表现了苏轼后半生的生活态度。在他看来，世间万事都是虚妄的，一切转眼成空。这样看来，荣辱得失、富贵贫贱，都是过眼云烟，不必耿耿于怀。如果命运不允许自己有为，就把酒聚友，及时行乐；如有机会一展抱负，就努力为之。这种进取与退隐、积极与消极的矛盾的双生，在这首词中得到了集中体现。

临　江　仙

夜归临皋①

夜饮东坡醒复醉②，归来仿佛三更。
家童鼻息已雷鸣③。
敲门都不应，倚杖听江声。

长恨此身非我有④，何时忘却营营⑤？
夜阑风静縠纹平⑥。
小舟从此逝，江海寄余生。

注　释

① 临皋：在黄冈市南长江边，苏轼曾经寓居于这里。

② 东坡：黄州城外东南苏轼躬耕的田地。

③ 鼻息已雷鸣：这里指已经熟睡了。韩愈《石鼎联句序》中记载：道士轩辕弥明为进士作完一首诗后，即刻倚墙而睡，“鼻息如雷鸣”。

④ 这里指身不由自主，是道家对人生虚无主义的看法。《庄子·知北游》有一段转自和舜的对话，舜说：“吾身非吾有也，孰有之哉？”庄子回答道：“是天地之委形也。”

⑤ 营营：这里指为功名利禄而奔走劳神。《庄子·庚桑楚》中有：“无使汝思虑营营。”

⑥ 縠（hú）纹：比喻细微的波浪。縠：有皱纹的纱。

题　解

苏轼初到黄州之后，曾居住在临皋，宋神宗元丰五年（1082）在东坡造了五间房子组成的“东坡雪堂”，作为游憩之所。随后他便不断往来于雪堂和临皋之间，本篇是雪堂夜饮之后回到临皋时所留下的词作。此词以夜饮醉归这件生活小事为由，即兴抒怀，展现了作者谪居黄州时期旷达而又伤感的心境。

赏　析

这首词作于宋神宗元丰五年（1082），即东坡黄州之贬的第三年。这首词的风格开阔潇洒，记述了作者深秋之夜在东坡雪堂开怀畅饮，醉后返归临皋住所的情景，表现了词人退避社会、厌弃世间的人生理想、生活态度和要求彻底解脱的出世意念，展现了作者旷达而又伤感的心境。相传在饮酒当日，苏轼见“江面际天，风露浩然”，于是有感而发写下这首词，又将这首词大唱几段之后和友人各自散去，可是不料第二天竟然满城哄传苏轼挂冠服于江边，乘舟逃走。太守徐君猷连忙赶赴苏轼寓所处查看，苏轼却“鼻鼾如雷”，睡意正浓。这件事后来传到汴京，甚至引起了宋神宗的怀疑。这说明苏轼以罪人身份被安置在黄州，其行动处处引人注意。这也说明他文名很盛，所作诗词被广为传颂。

上片首句“夜饮东坡醒复醉，归来仿佛三更”，昨夜在东坡和朋友饮酒不停，亦醉亦醒，回到住处时可能是三更吧。全词起首就点明了夜饮的地点和醉酒的程度。醉而复醒，醒而复醉，从东坡回到临皋寓所就很晚了。“归来仿佛三更”，“仿佛”二字，传神地画出了词人醉眼惺忪的情态。这开头两句，先一个“醒复醉”，再一个“仿佛”，就把他纵饮的豪兴淋漓尽致地表现出来了。接着，下面三句“家童鼻息已雷鸣。敲门都不应，倚杖听江声”，写词人已到寓所，在家门口停留下来的情景，到了家门口连看门家童都已经熟睡鼾声如雷了，怎么敲门他都不来开，只好拄着拐杖在门口听长江的声音了。走笔至此，一个风神潇洒的人物形象，这位襟怀旷达、遗世独立的“道家做派”的苏东坡就要登场了。纵观上片文字，作者以动衬静，以有声衬无声，通过写家童鼻息如雷和作者谛听江声，衬托出夜静人寂的境界，从而烘托出历尽宦海浮沉的词人酒酣之

小舟从此逝

后的内心感情与独白，从而为下片当中作者的人生反思做好了铺垫。下片一开始，词人便慨然长叹道："长恨此身非我有，何时忘却营营？"这突兀而出的一句深沉的感慨，既直抒胸臆又充满哲理意味，是全词点睛之笔。道家常说人的身体并不是属于人本身的，既然这样我又什么时候可以摆脱、忘记这种为功名奔忙的日子呢？这两句精粹议论，化用庄子"汝身非汝有也""全汝形，抱汝生，无使汝思虑营营"的对白，以一种透彻领悟的哲理思辨，发出了对人的存在、宇宙和社会的质疑和无处所依的悲叹。在这样的夜晚经过对人生的思索，苏轼觉得既然自己无法掌握命运，就应当洒脱不羁的度过余生。看到眼前江上风景，"夜阑风静縠纹平"，这是一幅夜深之后江风缓和波浪不惊，涟漪微微的画面。这句词看似只是一般写景的句子，其实不是纯粹写景，而是词人主观世界和客观世界相契合的产物。它引发出作者心灵痛苦的解脱和心理矛盾的超越，象征着词人追求的宁静安谧的理想境界。所以，在这样的画面里，苏轼心与景会，神与物游，于是他情不自禁地产生脱离现实社会的道家浪漫主义的遐想，唱道："小舟从此逝，江海寄余生。"趁此良辰美景，我要驾一叶扁舟，随波流逝，任意东西，在浩瀚的江海中度过我微薄的余生。他要将自己的有限生命融化在无限的大自然之中。这余韵深长的结句，表达出词人潇洒如仙的旷达襟怀，是他不满世俗、向往自由的心声。苏东坡政治上受到沉重打击之后，思想几度变化，由入世转向出世，追求一种精神自由、合乎自然的人生理想，其中包含了儒家、佛家、道家的各种思想。在他复杂的人生观中，老庄思想在他的创作后期起到了很大的作用，因而使苏轼在痛苦的逆境中形成了旷达不羁的性格。

满 庭 芳

有王长官者，弃官黄州三十三年，黄人谓之王先生，因送陈慥来过余，因为赋此[1]。

三十三年，今谁存者？算只君与长江。
凛然苍桧，霜干苦难双[2]。
闻道司州古县[3]，云溪上、竹坞松窗[4]。
江南岸，不因送子，宁肯过吾邦[5]？

摐摐[6]，疏雨过，风林舞破，烟盖云幢[7]。
愿持此邀君，一饮空缸[8]。
居士先生老矣，真梦里，相对残釭[9]。
歌声断，行人未起，船鼓已逢逢[10]。

注　释

① 陈慥：字季常，号方山子，四川眉山人，苏轼的同乡。隐居不出，与苏轼交游密切，苏轼曾为他写下《方山子传》。

② 这两句以苍桧的傲霜枝干比喻王氏傲岸不屈的性格。

③ 司州古县：指湖北黄陂区，这是王氏所居的地方，唐朝时被称作过南司州。

④ 竹坞松窗：用竹子搭的屋棚，用松枝编成的窗户。

⑤ 这三句说王氏如果不是为了送陈季常去江南，是没有机会前来黄冈的。

⑥ 摐摐（chuāng）：形容阵雨声。

⑦ 这三句写王氏于风雨之后，翩然乘车而至。盖：车盖。幢：车帘。这里指车盖车帘都带着山林的烟霞。

⑧ 空缸：把酒喝光。缸：陶制容器，这里指盛酒器。

⑨ 居士：苏轼自称。残釭：残灯。

⑩ 逄逄：鼓声，开船的信号。

题 解

宋神宗元丰六年（1083）五月，陈季常和王长官过访苏轼时，苏轼写下这首词作为送别。这首词深切地表达了作者对王氏先生真挚的钦慕之情，语言铿锵有力却少有雕琢的痕迹，文风雄劲，被郑文焯评为“健句入词”。

赏 析

谪居黄州，词人苏东坡对人生的际遇和本质有了深邃系统的了解。词人以佛家思想来笑面人生荣辱，以儒家思想保持积极向上的入世心志，同时也以老庄的哲学排解内心的烦闷，生发无限喟叹。这首词是送给送陈季常过黄州的王长官王氏的，王氏辞官隐居已经多年，和苏轼交好。苏轼羡慕道家隐士的超脱自在，在这首词中深情地赞颂了王氏的品格和风骨。

上片部分词人先颂扬王氏为人的刚健孤傲。“三十三年，今谁存者？算只君与长江。”三十三年来，直到现在还英气长存的还有谁呢？算起来只有你与长江了。王氏辞官归隐三十三年，依旧悠然自得，这样的状态让词人产生了无限的钦佩。在古代，三十三年不是短暂的时间，这过往间的沧桑，只有经历过的人会懂得其中滋味，能保持真我的更是难能可贵。所以在这里，词人把王氏的品格和浩瀚的长江归为一类，笔调雄阔。接下来词人分说王氏的性格，“凛然苍桧，霜干苦难双。”你就像苍桧一样凛然不屈，在霜冻中承受着加倍的苦难。这是对王氏傲岸人格的写照，这里苍桧的意象犹如寒冬蜡梅、雪山劲松、山中石灰一般，横空而出，无可非议，尽显清高大气。这样的清高，需要一个能衬托和孕育它的环境，于是词人开始描述王氏的住所：“闻道司州古县，云溪上、竹坞松窗。”从司州古县能听到对你的谈论，说你就住在那云间溪水之上用竹子搭建的屋棚内，屋棚的窗子是竹子编成的。这里用“司州古县”代替王氏所居的地域是为了突出“三十三年”坚守的不易和长久，而后面对王氏居所的描写更突显了隐居的神秘色彩，表现出了居住环境的简素高雅。在对王氏品行和居所做了交代之后，上片结句词人生发议论，点名了词题：“江南岸，不因送子，宁肯过吾邦？”在黄州这江南一隅，如果你不是因为送客，怎么可能愿意经过我的居所呢？这一句照应了题名，说出了王氏来访的事件，但同时仍然包含对王氏的钦佩，这里词人自贬，认为自己的品行不值得让王氏来专程到访，其实王氏与苏东坡私交甚好，这样的自贬夸张也突显了词人对王氏的尊重。到这里，上片阐述了词人对王氏的高度赞扬，也切题地说出了王氏来访一事。转至下片，词人开始写自己与王氏对饮以及王氏匆匆离去的情景。“摐摐，疏雨过，风林舞破，烟盖云幢。”阵雨很大，哗哗落下，大雨过后，风吹开摇曳的树林，你的车盖携着烟雨从远处翩然而至。这几句是写王氏到来时的情景，通过大雨和烟雨过后的对比，表现出王氏的卓然不群，又从“烟盖云幢”的形容中，显示出长年归隐的王氏的优雅风度。这样的风度不禁让词人发出喟叹：“愿持此邀君，一饮空缸。”愿意把酒邀请你来对饮，我们可以一次就把一缸酒喝干。“酒逢知己千杯少”，这样的“一饮空缸”足以见得词人对王氏的钦佩和仰慕，同时也表现出词人自己豪爽洒脱的一面。在这样的豪放情绪下，词人却又一转笔调说道：“居士先生老矣，真梦里，相对残釭。”我这位东坡居士已经老了，只能在和真实一般的梦中，和你对饮到灯火阑珊时。这里虽然带着词人对流年的点点悲哀，但是在梦中依然想着通宵和知己饮酒，这也足以见得词人积极乐观的生活态度了。最后，词人借着这似梦似真的场景，虚实结合地描写了饮酒达旦，王氏就要匆匆作别的场景：“歌声断，行人未起，船鼓已逢逢。”天亮之后，我们对饮唱歌的歌声已经消歇了，但是你们还没有起身，此时离去的渡船已经响起了开船的鼓声。这里的场景，清幽静谧，“歌声断，行人未起”这是黎明之前的场景，此时的世界是一片安静的世界，悄无声息，然而收韵一句“船鼓已逢逢”，咚咚作响的船鼓打破这破晓前的一切，看似是和这样的静谧相互矛盾，但就是在这样的一静一鸣之中，结尾所要营造的安然气氛才得以完美，这也同时映照了词人此时的安然心境。与王氏对饮一夜，一定深得王氏风骨的所在，在这样的黎明前夕，词人已经又到达了一种新的安然自得的状态。纵观全词，字里行间充斥着词人对王氏真挚的钦佩之情，语言铿锵有力但简洁自然，让人印象深刻。

水调歌头

黄州快哉亭赠张偓佺[1]

落日绣帘卷，亭下水连空[2]。
知君为我新作，窗户湿青红[3]。
长记平山堂上，
欹枕江南烟雨，渺渺没孤鸿[4]。
认得醉翁语，山色有无中[5]。

一千顷，都镜净[6]，倒碧峰。
忽然浪起，掀舞一叶白头翁[7]。
堪笑兰台公子，
未解庄生天籁，刚道有雌雄[8]。
一点浩然气[9]，千里快哉风。

注　释

① 快哉亭的建造者是张偓佺，张偓佺名张怀民，字梦得，又字偓佺，在黄州与苏轼交游。

② 水连空：水天相连。快哉亭在城南，下临长江。

③ 湿青红：涂上青油红漆。

④ 平山堂：注见《西江月（三过平山堂下）》。平山堂是苏轼老师欧阳修所筑，这里拿来作对比。

⑤ 醉翁：欧阳修的号。欧阳修《朝中措》词中有“平山阑槛倚晴空，山色有无中”的词句。这里应该是苏轼的化用。

⑥ 指水面明洁如镜。

⑦ 白头翁：鸟名。这里借指老船夫。

⑧ 兰台公子：指的是宋玉，因为宋玉曾陪同楚襄王游览兰台之宫。庄生天籁：《庄子·齐物论》：“（颜成）子游曰：‘地籁则众窍是已，人籁则比竹是已，敢问天籁。’（南郭）子綦曰：‘夫吹万不同，而使其自已也。咸其自取，怒者其谁邪？’”庄子认为天籁是发于自然的声响，这里借指风。宋玉随侍楚王游兰台之宫时，将风分为“大王之雄风”及“庶人之雌风”。

⑨ 浩然气：指人所怀有的一种浩然坦荡的正气。《孟子·公孙丑上》论述一种“浩然之气”，“至大至刚”“塞于天地之间”。

题　解

宋神宗元丰六年（1083）六月，苏轼的朋友张偓佺谪居黄州，在长江边上建造了新居所，并且在自己新建住宅的西南处造起一间亭子，苏轼为这座亭子命名为“快哉亭”。这首词就是在新亭造好时所作的。这首词紧扣快哉亭及其周围景物来写，将理性思辨寓于鲜明的形象和生动的叙述之中，显得既蕴藉超逸而又豪放刚健。

赏　析

苏轼在黄州生活趋于平静之后，所写的文词大部分是由物而生但超然物外的人生体会。友人谪居，共处黄州，建新亭来聊以自慰，这件事让苏轼感怀很多，所以写下这首词。上片词人用虚实结合的笔法，描写快哉亭下及其远处的胜景。开头四句“落日绣帘卷，亭下水连空。知君为我新作，窗户湿青红”。夕阳西下，亭子上绣花的挂帘被卷了起来，而亭下的江水此刻也仿佛和天空连在了一起。知道这姣好的亭子是你专门为我所建，窗户上的青油和红漆还都没有干。前两句词先用实笔，描绘亭下江水与碧空相接，远处夕阳与亭台相映的优美图景，展现出一片空阔无际的境界，充满了苍茫阔远的情致。“知君为我新作”两句，交代新亭的创建，点明亭主和自己的密切关系，反客为主、诙谐风趣地把张偓佺所建的快哉亭说成特意为自己而造，人人都知道苏轼被贬黄州的落魄，这里词人巧借亭子为自己而建也是在转移朋友被贬的消极情绪，可谓用心良苦。“长记平山堂上，欹枕江南烟雨，渺渺没孤鸿。认得醉翁语，山色有无中”五句，是记忆中的情景，又是对眼前景象的一种以虚托实的想象式侧面描写。总记得平山堂下的美景，它就斜靠在江南烟雨景色之中，袅袅云烟慢慢地盖住了远天单飞的大雁，就像醉翁欧阳修说过的一样，这样的景色可谓是山景时隐时现、若有如无。第一句作者用“长记”二字，唤起他曾在扬州平山堂所领略的“江南烟雨”“渺渺没孤鸿”那种若隐若现、若有若无、高远空蒙的江南山色的美好回忆。远去不见的“孤鸿”象征着词人自己伶仃谪居的身世，也映射了友人被贬离开故地的事件，清幽曼妙之中带有一丝感伤，让这首词读起来更显真情，更有味道。后几句词人马上将视角转回快哉亭中，将“快哉亭”与“平山堂”融为一体，构成一种优美独特的意境，这种以忆景写景的笔法，不但平添了曲折蕴藉的情致，而且加强了词境的空灵飞动。加上上片结束的两句借欧阳修的名句比喻眼前景色，不但为快哉亭提高了格调，更将“醉翁”寄情山水与民同乐的自在心态引入词中，这是对自己和朋友共同的劝慰，传达出今日快哉亭前览胜的欣喜之情。

下片换头五句，又用高超的艺术手法展现亭前广阔江面倏忽变化、涛澜汹涌、风云开阖、动心骇目的壮观场面。“一千顷，都镜净，倒碧峰。忽然浪起，掀舞一叶白头翁。”亭下江水千顷像镜子一样明净，碧绿色的山峰就倒映在水中。这时水面上忽然翻起浪花，浪花中白发渔夫驾着一叶扁舟像跳舞一样穿行其中。“一千顷，都镜净，倒碧峰”三句，写眼前广阔明净的江面清澈见底，碧绿的山峰倒映在江水中，形成了一幅优美动人的平静的山水画卷，这是对水色山光的静态描写。“忽然”两句，写一阵巨风，江面倏忽变化，涛澜汹涌，风云开阖，一个渔翁驾着一叶小舟，在狂风巨浪中掀舞。而这位白发老翁就是这首词的中心所在。这位白头翁的形象，其实是苏东坡自身的一种象征。词人在这里想通过这位“白头翁”的意象与朋友共勉，一齐走出困境。于是以下几句，作者由风波浪尖上弄舟的老人，引出他对战国时楚国兰台令宋玉所作《风赋》的议论：“堪笑兰台公子，未解庄生天籁，刚道有雌雄。一点浩然气，千里快哉风。”兰台公子宋玉对风的解释真是可笑，他不懂得庄子谈到风发乎于自然的说法就论风的“雌雄”，寰宇间只需要一点浩然正气，就能生得令人快活的千里长风。词人末五句的议论大气不凡，推陈出新，在作者看来，宋玉将风分为“大王之雄风”和“庶人之雌风”是十分可笑的，因为上句提到的白头翁搏击风浪的场景就是最好的证明。其实，庄子所说的天籁本身并没有贵贱之分，关键在于人的精神境界的高下。他以“一点浩然气，千里快哉风”这一豪气干云的惊世骇俗之语昭告世人：一个人只要具备了至大至刚的浩然之气，就能刚直脱俗、坦然自适，享受使人感到无穷快意的千里雄风。这种在逆境中养成的浩然之气和坦荡的人生态度是词人经历沧桑后在黄州的四年反思中所得的人生真谛，词人以这样的谈论引导失意的朋友，定能消除对方的消极心思，让朋友重新对自己定位，积极生活。

西　江　月

重阳栖霞楼作①

点点楼头细雨，
重重江外平湖。
当年戏马会东徐②，今日凄凉南浦③。

莫恨黄花未吐，
且教红粉相扶④。
酒阑不必看茱萸⑤，俯仰人间今古。

注　释

① 词题除了本题以外，在其他苏词批注上也有写作“重阳”的。

② 戏马：这里指徐州戏马台。注解请参见《浣溪沙（缥缈红妆照浅溪）》。

③ 南浦：注见《浣溪沙（一别姑苏已四年）》，南浦后多用于指代送别朋友的渡口。

④ 红粉：指官妓。唐宋时，太守赴任离任都会有官妓或迎或送。

⑤ 茱萸：植物名，香味浓烈，可以入药。古时候重阳节有佩带茱萸香囊登高的习俗。《西京杂记》中记载：“九月九日，佩茱萸，食蓬饵，饮菊花酒，令人长寿。”

题　解

历史上对苏轼作这首词的具体时间争论不一，有人认为这是作于宋神宗元丰六年（1083）重阳节上，也有人认为这首词作于重阳节前。虽然对这首词的创作时间还尚无定论，但是大多数学者都认为这首词应该是送别徐君猷时写下的赠别词。这首词旷达自由，同时又情意悠长，表现出词人送别朋友时的复杂和矛盾的心理。

赏　析

徐君猷不仅仅是苏轼的朋友，在黄州期间，徐君猷的所作所为可以称得上是有大恩于苏东坡的，但是天下没有不散的筵席，徐君猷与苏轼在黄州也终有一别。这首词就是描述这样一幕离别场面到来时，在重阳佳节的季候里，词人观察到的世界和心中的思情。上片写别情，开头两句写景由近及远："点点楼头细雨，重重江外平湖。"站在高楼上细雨点点，远望大江只见平静的湖水一片片地漫延向远方。这两句如同视线般自然地由近及远，将观察者自己与雨中层楼、江外平湖融合到了一起，除此之外，这两句词行文结构上的整齐对仗也为这首词的意境铺开增加了无限的美感。然而，空间上的开阔却和时间上的收缩不同，后两句词人开始交代事件："当年戏马会东徐，今日凄凉南浦。"当年和你在徐州戏马台上相会相识，今天却要在这凄凉的光景里在南浦送你离开了。这两句应题说明了送别一事，通过时间上由远及近的对比，借"当年"徐州聚会的热闹气氛与"今日"送别友人的凄清情景作比较，更表现出作者当时的寂寞和失落的悲凉心情。上片营造出的词人送别友人时的矛盾心理，很好地暗示了他与徐君猷的感情之深，于是下片起韵先说道："莫恨黄花未吐，且教红粉相扶。"不要因为还没看到菊花开放而遗憾难过，就让美丽的官妓搀扶你离去吧。这两句词人站在朋友的角度言语，他深知朋友还不想离去，重阳节后菊花就快开放了，但是由于离别两人无法共赏秋菊，这便是"恨"的由来。此时的词人已经不似过去那样对离别伤感断肠，历经人世风霜和厄运的苏东坡此时已经可以笑对人世间的悲欢离合和仕途上的沉浮进退。人的一生就在俯仰之间，醉酒当歌，及时行乐，这才是把握与朋友短暂相聚的最好办法。所以词人一个“莫恨”便打消了“凄凉南浦”的婉约惆怅，“黄花未吐”“红粉相扶”两处相应的意象，在字面上也通过饱满的暖色色彩渲染了全词的温热的氛围。结尾两句词人点出心意：“酒阑不必看茱萸，俯仰人间今古。”等酒喝得差不多了就不用再上山看茱萸了，人生就是转瞬间古今变换了。重阳节本来应该赏菊，还应该遵循旧习俗佩带茱萸香袋以辟邪气、求长寿。此时词人却认为这一切都不必要，人间一切都在俯仰之间，相聚总是短暂的，别离是令人悲伤的，为何还要拘泥于这些风俗呢？干脆纵情畅饮一番，直到尽兴酒阑。这种略带凄凉意味的超旷情怀与苏东坡早先写下的众多送别词都不同，这样的情怀也正是词人身处人生最低谷时的真实内心独白。看惯看穿了身边发生的一切，词人以空间上极广、时间上极长、内心极开阔的心理去面对喜乐，面对顺逆，面对一切。虽然读罢这首词心中仍会有一丝不舍和感伤，但是更多的是从这首词中得到的人生启迪，把握当下，放眼一切，这样才能以不变的心态应对万变。

鹧　鸪　天

林断山明竹隐墙，
乱蝉衰草小池塘。
翻空白鸟时时见，照水红蕖细细香①。

村舍外，古城旁，
杖藜徐步转斜阳②。
殷勤昨夜三更雨③，又得浮生一日凉④。

注　释

① 红蕖：红色的荷花。蕖：芙蕖，荷花的别称。
② 杜甫《绝句漫兴九首》其中第四首有“杖藜徐步立芳洲”的句子，这里是词人的化用。
③ 殷勤：这里指的是雨下得及时，正合人意。
④ 浮生：旧时认为人生飘忽不定，所以说是浮生。

题　解

这首词写的是初夏景致，抓住了初夏雨后农村的景物，抒发了信步村外时词人内心引发的感受。开头两句里便包括了林、山、竹、墙、蝉、草、池塘等七种景物，各具特色，体现了作者高度的艺术概括力。苏轼于宋神宗元丰七年（1084）四月离开黄州，因为词中是六月景色，所以这首词应该成文于元丰六年（1083）。

赏　析

这首词是苏轼被贬黄州期间最后一个夏天所作的词，描写了他平淡的幽居生活和内心的情感。上片状物写景，下片将自己的形象引入诗文中，阐释了词人对个人一生的感想。开头两句“林断山明竹隐墙，乱蝉衰草小池塘”，作者以广阔的视角，由远而近描绘自己眼前所见的景物，以及自己幽居的环境：放眼望去，郁郁葱葱的树林向远处蔓延，突然在山脚下被高山截断，山色清晰，棱角分明；再看附近，丛生的绿竹生长得非常稠密，遮盖了在房子外的墙院。这所墙院正是词人的居所。靠近院落，有一池塘，可能是因为天旱缺水，池塘边的草都枯萎了。这时蝉声四起，杂乱的蝉鸣充斥着院子的空间。在这短短两句词中，词人竟然描写出林、山、竹、墙、蝉、草、池塘七种事物，如此之多的意象，在古代诗词里是不多见的。这里呈现的景象，跟词人于宋神宗熙宁十年（1077）任徐州知州时所描写的景象迥然不同。那时作者写下的词句是：“软草平莎过雨新，轻沙走马路无尘。”“麻叶层层苘叶光，谁家煮茧一村香。”那时词人笔下描写的是一种蒸蒸日上、驾轻就熟的景象，而“林断山明竹隐墙，乱蝉衰草小池塘”，则完全是一种杂乱、衰萎的景象，显得苟延残喘，缺乏生机。词人为何会描写出此等景象呢？这其中的原因是复杂的，可能是因为词人在徐州任知州时，政绩卓著，深得民心，所以他当时写的词作，充满着积极奋发的精神。后来，他受到打击，被贬到黄州，充任团练副使，处境十分艰难，才能无从施展，被迫过着隐退生活，所以心情苦闷，精神不振。虽然他从佛家道家中汲取了很多从消极转向积极的开解思想，但他的词章仍然显得凄清苍凉。接下来词人具体描写两个事物：“翻空白鸟时时见，照水红蕖细细香。”在广阔的天空里，不时的都会有白鸟上下翻飞，自由翱翔，满池荷花，映照绿水，散发出沁人的芳香。这两句词营造出如此清新淡雅的意境，颇有些诗情画意。“红蕖”，是荷花的别名。“细细香”，是说荷花散发出的香味不是扑鼻的浓烈香气，而是宜人的淡淡芳香，这也非常符合荷香的特点。要是没有“乌台诗案”的劫难，这样的环境的确是修身养性的好地方。然而，对于词人来说，他并非安于现状，有心流连这里的景致。他虽然描绘出白鸟翻空、红荷照水的画面，但此时词人并不是安然地欣赏美景的。透过这样一幅画面，读者能够隐隐约约看到词人那种百无聊赖、自寻安慰、无可奈何的心境。翻空的白鸟有如在官场上人生中沉浮的士人，而芳香的红蕖也就和词人现在一样，只能孤守着自己内心那剩余的心志，细细留香了。这两句词，其实是以一种乐景写悲情。在这样的情绪下，词人于下片描写自己的形象，这在苏轼的文章中并不多见，虽然词人也常以自己的视角写景抒情，但是这样以第三人称视角写自己的例子还是鲜有。“村舍外，古城旁，杖藜徐步转斜阳。”下片前三句，是写太阳在即将落山的时候，词人拄着藜杖在村边小道上徐徐漫步。孤寂的词人既不属于安闲的村舍，也不愿留在古城之中，这种个人与大群落的对比显示出词人的孤独寂寥，也为自己的踽踽独行营造了环境。后一句中夕阳是江河日下的象征，词人倚杖独行，在夕阳的余晖中渐行渐远，这是多么孤老无倚的形象。但是，夕阳同时也象征着继续的力量，等长夜过去之后，还是会继续爆发，这也是词人在夕阳中积攒力量的积极体现。到最后“殷勤昨夜三更雨，又得浮生一日凉”两句，词眼即出。词句意思是说：老天殷勤周到，在这燥热的天气里，在昨天夜里三更，降下一场好雨，又使得词人度过了一天凉爽的日子。“殷勤”二字，含义更多，词人沦落黄州，除了老天为他着想外，还有谁能想到几经贬谪的他呢？从这里可见“殷勤”两字中隐藏的词人的无限感慨。“又得浮生一日凉”，是词中最显露的一句。“浮生”，是说人生飘忽不定，是一种消极的人生哲学。《庄子·刻意》说：“其生若浮，其死若休。”苏轼的这种思想，就是受庄子思想的影响。“又得浮生一日凉”一句中的情绪非常复杂纠结，大多数人都希望自己的一生是红红火火的，这里的“凉”足显词人一生的辛苦，而“又”字更将这种辛苦变为词人这一生见怪不怪的组成部分了。人生既然就是如此，那偶尔的白鸟纷飞、红蕖松香不是也可以作为消遣的好寄托吗？绝处逢生，是词人一生的写照；极消极处积极看，是词人人生哲学的核心，发人深思。

满 庭 芳

元丰七年四月一日，余将去黄移汝，留别雪堂邻里二三君子，会李仲览自江东来别，遂书以遗之①。

归去来兮，吾归何处？
万里家在岷峨。
百年强半，来日苦无多②。
坐见黄州再闰③，儿童尽楚语吴歌④。
山中友，鸡豚社酒⑤，相劝老东坡⑥。

云何⑦，当此去，
人生底事，来往如梭⑧。
待闲看秋风，洛水清波⑨。
好在堂前细柳，应念我，莫剪柔柯⑩。
仍传语，江南父老，时与晒渔蓑⑪。

注　释

① 雪堂：见前《江城子（梦中了了醉中醒）》注解。李仲览：王质《东坡先生祠堂记》："先生以元丰七年别黄，杨元素起为富川，闻先生自黄移汝，欲顺大江逆西江，适筠见子由，令富川弟子员李翔要先生道富川。"所以说是"会李仲览自江东来别"。

② 这句词是说一生已过去大半，未来的日子怕不多了。本年作者四十八岁。韩愈《除官赴阙至江州寄鄂岳李大夫》诗有"年皆过半百，来日苦无多"之句。

③ 苏轼于宋神宗元丰三年（1080）二月到黄州，到本年四月离开，共在黄州四年零两个月。元丰三年闰九月，六年闰六月，所以这里说"再闰"。坐见：适见，恰恰遇见。

④ 黄州一带过去属于战国楚地，也是三国时期的吴地，所以说儿童的语音都是吴楚之音。

⑤ 这里指朋友聚会宴饮。社酒：社日饮酒。古代农村风俗，春秋社神的节日，邻里聚会饮酒。

⑥ 这里指友人劝自己终老东坡。

⑦ 云何：说什么呢。

⑧ 这里指人生为什么要到处奔忙。底事：何事。

⑨ 洛水：源于陕西，流经河南，至巩县入黄河。苏轼将移贬河南汝州，所以这里如是说。

⑩ 细柳：苏轼曾在东坡雪堂前种柳树。莫剪柔柯：不要砍伐它柔嫩的枝条。

⑪ 黄冈在长江北岸，与武昌（今鄂州市）隔江相对，苏轼在黄州时常到江南岸去，与当地父老往来。

题解

宋神宗元丰七年（1084）三月，苏轼在黄州接到特授检校尚书水部员外郎汝州（今河南汝州市）团练副使本州安置不得签书公事的诰命，本篇就是苏轼告别黄州前所作的。赵翼《瓯北诗话》说："东坡才名，珍宝一世。故所至倾动，士大夫即在谪籍中，犹皆慕与之交，而不敢相轻。"因此，苏轼在黄州与地方官吏、士大夫、贫寒书生和当地父老都有广泛的交往，离开黄州时邻里交游纷纷相送，恋恋难舍。这首词就表现了苏轼与当地父老的深情厚谊。

赏析

宋神宗元丰七年（1084），因"乌台诗案"而谪居黄州达五年之久的苏轼，接到了量移汝州（今河南汝州市）安置的命令。所谓量移，指的是被贬谪远方的臣子，遇赦酌情移近安置，并非平反复官。对于苏轼来说，这次虽是从遥远的黄州调到离京城较近的汝州，但五年前加给他的罪名并未撤销，官职也仍然是一个"不得签书公事"的州团练副使，政治处境和实际地位都没有任何改善。这一年他已四十八岁，在二十多年的宦海生涯中，由于政治上的风云变幻，他不断地西去东来，南迁北徙，尝尽了人生的苦味。当他再一次迁徙之际，政治牢骚与思乡之情交织在他胸中，使他思绪万千，心潮难平。不过苏轼毕竟是豪放旷达之士，他不愿也决不会在牢骚与哀愁中沉沦下去，他很快地恢复了自我感觉的平衡，转而用亲切平和的笔调，向黄州父老娓娓动听地倾诉起依依难舍的别情来。以这样的人与人之间的真情来驱散迁客的苦情，以旷达之怀来取代人生失意的哀愁，这才是本篇词章的核心。

"归去来兮，吾归何处？万里家在岷峨。"作者于离黄移汝之际，思绪纷繁，这开头三句，表现了词人当归蜀州故里，但自己是待罪移汝，不能如愿归去的惆怅心理。让我回乡吧，但是我又能回去哪里呢？家就在万里之外的重山之上。"归去来兮"，搬用了陶渊明《归去来辞》首句，非常贴切地表达了自己思归西蜀故里的强烈愿望。当年陶渊明高唱"归去来兮"，是归隐的理想已经得以实现之时的欢畅得意之辞，而东坡虽然一心想效法渊明，无奈去黄移汝的诰命又来，而且此时词人仍在“待罪”之中，不能自由归去，因此自己吟唱“归去来兮”仅仅是表示欲归不得的愁情而已。接下来“百年强半，来日苦无多”二句，发出时光易逝的感叹：人生过去大半，未来的日子怕是不多了。这样的思情加重了词人失意的感情氛围。上片的后半，笔锋一转，撇开满腔愁思，抒发因在黄州居住五年所产生的对这里的山川人物的深厚情谊。“坐见黄州再闰，儿童尽楚语吴歌。山中友，鸡豚社酒，相劝老东坡。”在黄州经历两次闰年，这里的儿童都操着吴楚语音歌唱，山中的交游之友，摆上有鸡有猪的酒宴，劝我在东坡终老。黄州的语言风俗，黄州的父老乡亲对东坡先生的敬爱，以及东坡临别依依的情怀，都在这一段真切细致的描写中展露出来了。

词的下片，苏轼进一步在宦途失意之怀与留恋黄州之意的对比中，抒发胸臆，表达了自己豪爽达观的性格。“云何，当此去，人生底事，来往如梭。”让我说什么呢？我本该离去，人生种种遭遇，让人来来去去穿梭在各地之间。这里词人直抒了人生无定的感情，向父老申说自己不得不去汝州，表明自己失意坎坷，无法掌握命运的痛苦之情。“待闲看秋风，洛水清波”二句，却一笔宕开，瞻望自己即将到达之地，随缘自适的思想顿然取代了愁苦之情：等我汝州闲暇下来对着秋风赏景，洛水清波荡漾。一个“闲看”，将上句的哀思愁怀化开，抒情气氛从此变得开朗明澈。接下来词人又将想象带回黄州：“好在堂前细柳，应念我，莫剪柔柯。”这里词人借柳喻人，说明黄州父老对自己的怀念：我走之后，好在雪堂前的柳树还会挂念我，不要把它的嫩条折断啊。这里的惜别之情更为细腻，读来动人，柳树本来就是怀人的象征，这里词人的处理将这样的思情淡化，但是更显真挚动人。“仍传语，江南父老，时与晒渔蓑。”这里的抒情更近了一步，直接对父老而言：长江南岸的父老们还要记着我的话，常常把渔网拿出来晒一晒啊。这里词人恳请父老时时晒渔蓑，言外之意是：自己有朝一日还要重返故地，再温习一下这段难忘的生活。措辞非常含蓄，不明说留恋黄州，而留恋之情早已充溢字里行间，尽显古代文人的“温柔敦厚”。全篇看来，词章抒发的离情，是发自东坡内心的高度真实之情。本篇的优良，就在情真意切这四个字上。尤其是上下两片的后半，不但情致温厚，清新雅致，而且意象鲜明，宛转含蓄，构成了动人心扉的感人画面。

满 江 红

寄鄂州朱使君寿昌[1]

江汉西来，高楼下、蒲萄深碧[2]。
犹自带，岷峨雪浪，锦江春色[3]。
君是南山遗爱守[4]，我为剑外思归客[5]。
对此间、风物岂无情，殷勤说。

《江表传》[6]，君休读；
狂处士[7]，真堪惜。
空洲对鹦鹉[8]，苇花萧瑟。
独笑书生争底事[9]，曹公黄祖俱飘忽[10]。
愿使君、还赋谪仙诗，追黄鹤[11]。

注　释

① 朱使君寿昌：见《江城子（黄昏犹是雨纤纤）》词注。

② 高楼：这里指黄鹤楼。武昌西有黄鹤矶，旧有黄鹤楼（故址在今武汉长江大桥武昌桥头）。蒲萄深碧：指江水呈现出一片如葡萄酒般深绿的颜色。

③ 这三句写武汉江水带有自己故乡的某些特色。四川岷山、峨眉山积雪融化后，流入长江，四川的锦江也与长江相通。此处也暗用李白“江带峨眉雪”（《经乱离后天恩流夜郎忆旧游书怀赠江夏韦太守良宰》）和杜甫《登楼》中“锦江春色来天地”的诗句。

④ 朱寿昌做过陕州通判，通判也叫作通守，陕州有终南山，所以称为南山守。遗爱：留下恩泽。《晋书·乐广传》记载，乐广任地方官，有德政，“每去职，遗爱为人所思”。

⑤ 剑外：剑门山以南的地方，指四川。

⑥ 《江表传》：书名，主要记载三国时孙吴历史，裴松之注《三国志》多引此书，今已不传。

⑦ 狂处士：指祢衡。衡字正平，平原郡（今山东临沂东北）人。有才辩，性刚傲，因触怒曹操，被遣送给刘表，又不合，被遣送给江夏太守黄祖，最后由于出言不逊被黄祖杀死。

⑧ 空洲对鹦鹉：即空对鹦鹉洲，祢衡曾写过著名的《鹦鹉赋》，他死后埋于汉阳江边沙洲上，人称“鹦鹉洲”。

⑨ 争底事：争何事，为何事而争。

⑩ 这里指迫害祢衡的曹操、黄祖也很快离开人世了。

⑪ 谪仙：指李白，唐人称李白为谪仙。黄鹤：指唐代诗人崔颢的《黄鹤楼》诗。

题　解

这首词是作者贬居黄州期间寄给时任鄂州太守的友人朱寿昌的，大约作于宋神宗元丰四年（1081）。作者用直抒胸臆的方式表情达意，既表现出朋友间的深厚情谊，又在发自肺腑的议论中表现自己的内心世界。词中寓情于景，寓情于事，又委婉曲折，表达出苍凉悲慨、忧郁难平的心情。

赏　析

作这首词时，苏轼已经被贬黄州，任黄州团练副使，不得签书公事，官位有名无实，成为了真正的“散材”、闲人。不过，也恰恰是因为“乌台诗案”导致的这一番厄运，让苏轼终有余暇反思人生，与功利思想保持了一段距离，身心置于物外之后，他才能以超功利的审美静观态度，审视这沉浮离合的大千世界，在艺术创作的净化中走向自我精神的超越。黄州时期是苏轼艺术创作日臻成熟、异彩纷呈的时期，这首词正反映了他思想上的变化。

词首小标题谓“寄鄂州朱使君寿昌”，朱寿昌，苏轼交谊较深的友人。鄂州即今湖北武昌，地处长江、汉水交汇处，距黄州较近。朋友之间诗词酬答，无所忌讳，苏轼在词中敞开心扉，表明心胸，即景怀古，尽情抒写了此时的感受。词的上片即景抒怀，苏轼抓住鄂州的地理特征，指点江山：“江汉西来，高楼下、蒲萄深碧。”浩瀚的长江由西边而来，我站在黄鹤高楼之上，望着楼下江水如葡萄一般的青色。词人上片写“高楼”上的景致，这“高楼”应指位于武昌濒临长江的蛇山黄鹤矶上的名楼——黄鹤楼。楼下，长江、汉水从西南、西北奔流而来，江水如葡萄般碧绿澄澈。此句化用李白诗句“遥看汉水鸭头绿，恰似葡萄初酦醅”，极言江水之美。词人站在黄鹤楼上，直接状写当下景色，可谓“即地”。紧接上句，词人开始写景，“犹自带，岷峨雪浪，锦江春色”：这长江水中还带有峨眉山上的雪水，因为与锦江相通，长江水也曾倒映着锦江两岸的春色。长江经由四川流来，江水中融入了岷山、峨眉山的积雪，长江与岷江、锦江相通，面对长江不由引发了苏轼怀乡之念。借着由江水而来的思乡之情，词人开始表达情感，“君是南山遗爱守，我为剑外思归客。对此间、风物岂无情，殷勤说。”你是陕州为民称颂的好官，我是一心想回剑门关外四川老家的游子，面对着眼前这一派景色，怎么能不引发心中情愁，想要一吐为快呢？“南山”，终南山，位于陕州（今西安）以西，此代指陕州。朱寿昌曾任陕州通守。“遗爱守”，指留有爱民美誉的地方长官。“剑外”，剑门关以南的四川。这两句，既赞美了朱寿昌为人颂扬的政绩，又表达了自己眼前寂寞的处境，以及浓郁的“思归”怀乡的情绪。面对这里的风土人物，触发了苏轼复杂的思绪，“殷勤说”表现了词人要仔细恳切地向朋友诉说心情，起到了承上启下的作用。

下片开头就写诉说的内容：“《江表传》，君休读；狂处士，真堪惜。”记载三国故事的《江表传》，你还是不要读了；光看看祢衡的悲剧，就够让人怜惜的了。鄂州一带是三国逐鹿的古战场，在黄州时期，苏轼经常忆及当年风云变幻的政治争斗。《江表传》是记述三国时东吴人物事迹的史书。他劝告朱寿昌不要再读这部书了，借此引出自己对历史的审视和反思。“狂处士”，指三国名士祢衡。祢衡才辩过人而孤傲不羁，曾当众嘲骂曹操，曹操假借刘表属将黄祖之手将其杀害，葬于武昌长江段的鹦鹉洲。“真堪惜”，真是令人同情，深感痛惜。这种可惜不仅仅是“怀古”，下面词人马上就开始“伤今”了：“空洲对鹦鹉，苇花萧瑟。独笑书生争底事，曹公黄祖俱飘忽。”如今我们只能面对着埋葬贤士的鹦鹉洲，芦苇开花在风中萧瑟地摇动。想起当年的祢衡究竟为什么事情总是争辩呢，曹操和黄祖不也是紧随他而去了吗？词人面对鹦鹉洲，想到三国旧事，不禁发问：今天贤士何在？空对沙洲，苇花萧瑟，只遗下一片凋零凄凉的景象。苏轼站在更高的视角审视历史，此时看来，祢衡的孤傲、曹操的专横、黄祖的鲁莽，都显得非常可笑。言语间，反映出苏轼淡泊功利，超越历史，摆脱现实限制的观念。最后词人点名用意，对友人说：“愿使君、还赋谪仙诗，追黄鹤。”但愿使君您能像李白一样潜心做诗，秉承崔颢《黄鹤楼》名作，写出好诗文。词人最后借着对友人的劝勉，表现了自己谪居黄州期间的心愿。

这首词即景抒怀，指点江山，直抒胸臆，词人借当地的历史遗迹来评人说事，能使眼中景、心中事、胸中情相互契合，又选用内涵丰富的历史典故来写自己的情怀，读来耐人寻味。读者不难从词中感受到一种苍凉愤慨、郁郁不平的激情在字里行间涌动，其顿挫跌宕的格调，同苏轼贬斥黄州时候的复杂矛盾的内心世界是一致的。

浣 溪 沙

玄真子《渔父》词极清丽，恨其曲度不传，故加数语，令以《浣溪沙》歌之①。

西塞山边白鹭飞，散花洲外片帆微，
桃花流水鳜鱼肥②。

自庇一身青箬笠③，相随到处绿蓑衣，
斜风细雨不须归。

注　释

① 《全宋词》题作“渔父”，并案云：“此首别误入黄庭坚《豫章黄先生词》。”张志和《渔歌子》全文如下：“西塞山前白鹭飞，桃花流水鳜鱼肥。青箬笠，绿蓑衣，斜风细雨不须归。”

② 鳜（guì）鱼：一种青色带黑斑的大口细鳞鱼，是名贵的淡水食用鱼之一，也叫作“桂鱼”。

③ 箬（ruò）笠：用竹篾编织成的笠帽。

题　解

这首词是据张志和《渔歌子》改编而成的。词中“西塞山”“散花洲”等语让人推断这首词是在黄州时所作的。西塞山本来有两处，一处在浙江吴兴，另一处在湖北大冶市东，因为张志和常来往于浙西一带，所以《渔歌子》中的“西塞山”应该是指浙江一处。而因为散花洲在武昌（今湖北鄂州），所以推断这首词写的是黄州风景。

赏　析

这首词上片写景，下片写人，词人在秀丽的水乡风光和理想化的渔人生活中，寄托了自己热爱自由、热爱大自然的情怀。“西塞山边白鹭飞，散花洲外片帆微，桃花流水鳜鱼肥。”上片三句取景不同但内在联系十分密切，构成了一幅绝美艳丽的山水画卷：远处西塞山边有点点白鹭翩翩飞舞，再看山下江水中的散花洲，因为距离遥远水中的一片风帆看起来很精致微小，春末桃花飘落在江水中，水下的鳜鱼这个季节也肥美起来。这三句词从远山，到江洲，再到流水，写出了春夏之交的黄州江景风格。但词人并不是直接状写、渲染大规模的意象，反之他写山并不说山色，而是通过山前纷飞的白鹭给出一个模糊的印象供读者联想；同样的，写到江洲，词人不言散花洲上的风貌，反而通过一叶微帆衬托洲上的春景；最后一句写春水更是妙，连用水上桃花和水中鳜鱼营造出江水的温润柔美。这三句词，句句回环，字字曲折，深得美感。山水画卷中人的身影通常是点染之笔，于是下片词人开始写人，“自庇一身青箬笠，相随到处绿蓑衣，斜风细雨不须归。”我带上青色的斗笠遮风挡雨，身边到处都是穿着绿蓑衣的渔夫，斜风吹拂细雨绵绵，这种天气不需要那么早回家。下片词人先写人，收尾之处将人与景交融在一起，用蒙蒙细雨柔化了这一整幅画卷，从而前两句词中描写的人物形象也就更突出了。蒙蒙雨中，一片点点青绿，这是一幅多么和谐美好的场面！而那个带箬笠的人，究竟是谁？是融于词中的苏东坡，还是词人借来的一个视角？这处处的朦胧将这首小词的清丽上升到很高的高度。在这首词中，作者为他所描写的人和事物涂抹上了各种各样的色彩，连水中的鱼儿也带着斑驳的花纹，从空间上来看，有空中的，有地上的，有水里的，所有这些色彩，都笼罩在斜风细雨之中，增添了这首词飘逸、迷蒙的意境。但是词中更吸引我们的不是一蓑风雨、从容自适的渔父，而是江乡二月桃花汛期间春江水涨、烟雨迷蒙的图景。雨中青山，江上渔舟，天空白鹭，两岸红桃，色泽鲜明但又显得柔和，气氛宁静但又充满活力。而这既体现了作者的艺术匠心，也反映了他高远、冲澹、悠然脱俗的意趣。这首词吟成后，不仅一时唱和者甚众，而且还流播海外，对日本文坛也产生了深远的影响。

渔　家　傲

金陵赏心亭送王胜之龙图。王守金陵，视事一日，移南郡①。

千古龙蟠并虎踞②，从公一吊兴亡处③。
渺渺斜风吹细雨。
芳草渡，江南父老留公住。

公驾风车凌彩雾，红鸾骖乘青鸾驭④。
却讶此洲名白鹭⑤。
非吾侣，翩然欲下还飞去。

注　释

① 赏心亭：在南京城西下水门城上，下临秦淮河，是当时南京的饯别之地。王胜之：王益柔，字胜之，河南人。曾官拜龙图阁直学士，故称龙图。王胜之时知江宁府，到任仅一日，就改移南郡（今河南商丘）。

② 龙蟠并虎踞：《太平御览》卷一五六引《吴录》记载诸葛亮论金陵形势云："钟山龙盘，石头虎踞。"以此来说明金陵的雄伟险要。

③ 兴亡处：汉末以来，金陵为六朝建都的旧地，到了北宋时也已经历经数次沧桑，所以这么说。

④ 鸾：传说中的凤凰一类的鸟。骖乘：在车子右边陪乘的人，这里指的是红鸾相陪。这两句以乘风驾鸾的神话故事，比喻王胜之将要离开金陵而去。

⑤ 白鹭：白鹭洲，在南京西南长江中。

题解

宋神宗元丰七年（1084）秋，苏轼在迁往汝州途中到达金陵（今江苏南京），本篇是在金陵送别友人王胜之时所作的。金陵是古都，到了这里很容易让人引发对历史兴亡的慨叹，朋友到任江宁府仅仅一天就又被调任去南郡，这样的环境，这样的事件，引发了词人无限的怀想，于是写下这首词，赠别朋友。

赏析

关于南京的故事轶事，数不胜数，这里流传下来的或是惊心动魄的朝代更替时的战事，或是百转千回、柔肠寸断的传说，一切都荡涤在秦淮河的碧波中。此时的词人与友人匆匆饯别，感慨万千，心中的情丝由这四处的风景而起，都付与了这首词中。词人在上片开头就写了与友人评点历史陈迹的事，点明送别的地点。“千古龙蟠并虎踞，从公一吊兴亡处。”金陵自古是号称有龙虎之势的帝王之城，今天朋友你临行，我就随你凭吊着城中的处处遗迹。虎踞龙盘本来是兴盛的象征，然词人偏偏在头两句中拿金陵的风水优势和“兴亡处”作对比，暗含了当年刘禹锡《金陵怀古》中“兴废由人事，山川空地形”的历史教训。结合自己与王胜之的遭遇，这两句词也暗含了人生的兴废不在天命而在人事经营，轻轻地点出了对自己命途沉浮的无奈。接着，词人马上转写主角王胜之临行前的环境和人情，“渺渺斜风吹细雨。芳草渡，江南父老留公住。”轻轻的微风吹斜细细的雨丝，芳草丛生的渡口，江南父老都来送别你，想让你留下来。这里写出了江南父老对王公的挽留。历史记载王胜之刚直尚气，喜论天下大事，是一位好官吏。然而，王公到金陵任职仅一天就被调离，江南父老怎么能不以此为遗憾呢？这里写江南父老，同时也是借江南父老送王胜之写出自己的离情别绪。

上片词人叙述了王胜之离开金陵城前的所作所为，以及金陵人挽留王公于细雨渡口的场景。下片词人转笔抛开对眼前情景的直接记述，运用了浪漫主义的手法写王公去留金陵一事，增添了神话的色彩：“公驾风车凌彩雾，红鸾骖乘青鸾驭。”朋友你此行定会乘着在风中向前的车子，在彩色的云雾中穿行而去；

有红色的仙鸟陪乘，青色仙鸟为你驾车。这两句词的想象非常大胆，颇具豪气，既是对王胜之离去的美好祝愿，但愿朋友能真的像驾仙车而去一样前程似锦，这样宏大的场景也显示出对王胜之气宇不凡的称赞。但是祝愿归祝愿，词人依然不忘对朋友的留别，于是在下片最后三句，也是这首词最精彩的部分，词人借友人的身份，婉述自己的留别之意。“却讶此洲名白鹭。非吾侣，翩然欲下还飞去。”正在天空中行进的你往地上看去惊讶地发现身下就是白鹭洲，没有我的陪伴，你乘车飘飘然想下来找我，但是最后还是飞走了。这里词人巧妙地让一个惜别的情节突兀而出，原本词人在说王公此行的宏图，然后却用金陵的一个地名“白鹭”将遐想的笔触和现实中送别朋友的自己联系起来，构思巧妙地写出了词人此时对朋友的依依不舍，和朋友对金陵以及词人自己的留恋之情。在这幅幻想的图画中，词人既描绘了王胜之的卓异不凡，也表现了自己对友人的慰勉以及所寄予的厚望，虽然下片里处处幻想，但是这其中的真情还是尤为动人的。上片实写和下片虚写相映成趣，在金陵这个传奇丰富的环境下，也不免词人随想不羁地游走，为后人留下一首名篇。

浣　溪　沙

元丰七年十二月二十四日，从泗州刘倩叔游南山①。

细雨斜风作小寒，淡烟疏柳媚晴滩②。
入淮清洛渐漫漫③。

雪沫乳花浮午盏④，蓼茸蒿笋试春盘⑤。
人间有味是清欢⑥。

注　释

① 南山：即都梁山，是泗州南郊的风景区。刘倩叔：其人不详。与苏轼游南山者先后有泗州太守刘士彦、眉山故旧刘仲达，不知刘倩叔与他们是否同人。

② 晴滩：南山附近的十里滩。雨过天晴，故名晴滩。

③ 这里指清澈的洛涧流入淮水，一派浩渺。洛：洛涧，由安徽合肥北流，至怀远入淮河。漫漫：水势浩大无际的样子。

④ 雪沫乳花：煎茶时水面浮现的泡沫。浮午盏：在午茶的杯盘中漂浮。

⑤ 蓼(liǎo)茸：野菜的嫩芽。蒿笋：莴苣。试春盘：开始放进菜盘，让人尝鲜。

⑥ 这里指清新欢愉的生活，是人生中最有意味的。

题 解

宋神宗元丰七年（1084）十二月二十四日，苏轼在赴汝州任职的时候，途中到达了泗州（州治在临淮，现在的江苏泗洪东南，盱（xū）眙（yí）对岸，旧城在清朝康熙年间坠入洪泽湖中），这首词是在泗州游南山时所作的。

赏 析

这首纪游词系苏轼赴汝州（今河南汝州市）任团练使途中，路经泗州，与泗州刘倩叔同游南山时所作。词的上片写早春景象，下片写作者与同游者游山时食以清茶野餐的风味。作品充满春天的气息，洋溢着生命的活力，反映了作者虽然身处逆境，但是对现实生活中的美好事物仍然保持着无限的热爱。

词的上片写沿途景观。第一句写清晨，“细雨斜风作小寒，淡烟疏柳媚晴滩。”微风将细细的冬雨吹斜，带来微微的寒意，雨过之后十里滩上轻烟蒙蒙，稀疏的柳树为这滩景增添了几分美好。风斜雨细，瑟瑟寒侵，这残冬腊月是很难耐的，可是东坡却只以“作小寒”三字出之，表现了一种不大在乎的态度。而第二句写中午雨停后的景物：雨脚渐收，烟云淡荡，河滩疏柳，尽沐晴晖。一个“媚”字，极富动感地传出作者喜悦的心声，同时也将烟、柳、滩三个片景连成了一幅优美的图画，生动传神。作者通过那些淡云晴日中的疏柳，觉察到萌发中的春潮。于残冬岁暮之中把握住物象的新机，这正是东坡超逸浩气的表现。上片收尾“入淮清洛渐漫漫”意味深远。清澈的洛涧流入淮水，渐渐扩展得浩渺无际。句中的“清洛”即洛涧，发源于合肥，北流至怀远合于淮水，地距泗州（宋朝州治临淮）不近，是肉眼看不到的。词中提到清洛，是以虚摹的笔法，从眼前的淮水联想到上游的清碧的洛涧，当它汇入浑浊的淮河之后，就会变得混混沌沌一片浩茫了，这同时也是在暗示春水渐长所预示的春天即将来到。

下片转写作者游览南山时野外午餐，饮清茶、吃鲜菜时的欢快心情。作者抓住了两件有特征性的事物来描写，“雪沫乳花浮午盏，蓼茸蒿笋试春盘。”冲茶时的乳白色泡沫漂浮在盛午茶的杯子上，野菜的嫩芽和新熟的莴笋被当作新菜放进餐盘。这里乳白色的香茶一盏和翡翠般的春蔬一盘，两相映托，浓郁的春日气氛油然而生。“雪沫乳花”，状煎茶时上浮的白泡。午盏，指午茶。“蓼茸蒿笋”，即蓼芽与蒿茎，这是立春的应时节物。旧俗立春时馈送亲友以鲜嫩春菜和水果、饼饵等，称“春盘”。这两句绘声绘色、活灵活现地写出了茶叶和鲜菜的鲜美色泽，使读者从中体味到词人品茗尝鲜时的喜悦和畅适。这种将生活形象铸成艺术形象的手法，显示出词人高雅的审美意趣和旷达的人生态度。最后结句“人间有味是清欢”点出了这首词的中心所在，同时也是一个在哲理性的思考之后得出的人生答案，人间生活有百般滋味，然而最后有滋味的，还是这茫茫人生中的几点清欢。这样的思考用词的结尾，自然浑成，有照彻全篇之妙趣，为全篇增添了欢乐情调和诗味。

定风波

王定国歌儿曰柔奴，姓宇文氏，眉目娟丽，善应对，家世住京师。定国南迁归，余问柔："广南风土应是不好？"柔对曰："此心安处，便是吾乡。"因为缀词云①

常羡人间琢玉郎，天应乞与点酥娘②。
自作清歌传皓齿，风起，雪飞炎海变清凉③。

万里归来年愈少，微笑，笑时犹带岭梅香④。
试问岭南应不好，却道，此心安处是吾乡⑤。

注　释

① 王定国：王巩，字定国，自号清虚先生，大名莘县（今属山东）人。宋神宗元丰二年（1079），因苏轼"乌台诗案"牵连，王巩被贬为监宾州（今广西宾县）盐酒税，五年后放归。

② 琢玉郎：指王定国。琢玉：形容姿容美好如玉。点酥娘：指柔奴。点酥：言其肌肤白皙细腻如凝苏。酥：用牛羊乳制成的食品。

③ 这三句形容柔奴清凉的歌声犹如雪片飞过热海，具有无穷的魅力。

④《续资治通鉴长编》记载说王定国从岭南归来时"归来颜色和豫，气益刚实，此其过人甚远"。岭梅：指大庾岭的梅花，宾州在五岭之南。

⑤ 白居易《初出城留别》诗中有："我生本无乡，心安是归处。"他的《种桃杏》中也有"无论海角与天涯，大抵心安即是家"的诗句。这里是词人结合柔奴答话借引经典的化用。

题 解

这首词作于宋神宗元丰七年(1084)。元丰二年(1079)，苏轼的好友王巩(字定国)因为受到使苏轼几遭杀身之祸的“乌台诗案”牵连，被贬谪到地处岭南荒僻之地的宾州。五年之后被放归。王定国受贬时，他的歌姬柔奴毅然随行到岭南。元丰六年(1083)王巩北归，见到苏轼之后让柔奴(别名寓娘)为苏轼唱歌劝酒。苏轼问及广南风土，柔奴答以“此心安处，便是吾乡”。苏轼听后，大受感动，写下这首词赞美柔奴的一片衷心。

赏 析

这首词的语言明洁流畅，简练而又传神地刻画出王巩歌姬柔奴的美好品性。一方面赞颂了柔奴身处逆境而安之若素的可贵品格，另一方面也表达了作者自己在政治逆境中随遇而安、无往不快的旷达襟怀。

这首词上片总写人物的外在美，开篇“常羡人间琢玉郎，天应乞与点酥娘”，总是很艳羡人间难有的像你一样的玉面郎君，所以老天爷吩咐美丽的柔奴来做你的侍女。这两句词描绘了王定国的丰神俊朗和柔奴的天生丽质、晶莹俊秀。该句使读者对她的外貌有了一个比较完整、真切而又富于质感的印象。第三句词人开始称赞柔奴有“才”，“自作清歌传皓齿，风起，雪飞炎海变清凉。”这句的意思是：柔奴张口就能自己吟唱出歌曲，清亮悦耳的歌声从她芳洁的口中传出，令人感到如同大风吹起飞雪，掠过一片炎暑之地而将它变为了清凉之乡。古代歌词几乎都是诗词，是读书人才能谱写的高雅艺术，然而柔奴能信口唱歌，这就委婉地赞美了她的才华。对她歌声优美的同感描写，一方面让读者体会到她的技艺之高，同时在词人看来，听了柔奴的歌还有将自己政治的失意转变为超然旷放、恬静安详的功效。苏词横放杰出，往往驰骋想象，构成奇美的境界，这里对“清歌”的夸张描写，表现了柔奴歌声独特的艺术效果。

转入下片，词人承上启下通过写柔奴的北归，刻画其内在美。先勾勒她的神态容貌：“万里归来年愈少，微笑，笑时犹带岭梅香。”从远隔万里的岭南归来，柔奴竟然更显年轻，微笑之时，那笑涡里还带有岭南的梅花香味。这里词人把形容王巩容光焕发的词令嫁接在了柔奴身上，面对岭南的艰苦生活，她竟然也能处之泰然，归来后容光焕发，更显年轻。“年愈少”多少带有夸张的成分，洋溢着词人对柔奴的赞美。“微笑”二字，写出了柔奴在归来后的欢欣中透露出的度过艰难岁月的自豪感。“岭梅”，指大庾岭上的梅花；“笑时犹带岭梅香”，表现出浓郁的诗情，既写出了她北归时经过大庾岭这一沟通岭南岭北咽喉要道的情况，又以斗霜傲雪的岭梅喻人，赞美柔奴克服困难的坚强意志，为下边她的答话做了铺垫。最后写到词人和她的问答。先以否定语气提问：“试问岭南应不好，却道，此心安处是吾乡。”这样的问答铿锵有力，一个弱问，一个坚定的回答。想问一问柔奴在岭南过得不好吧？她却回答：“让我的心能安定的地方就是我的家乡。”这让词人自然联想到白居易《初出城留别》中“我生本无乡，心安是归处”，《种桃杏》中“无论海角与天涯，大抵心安即是家”等语。结合着古人的思乡和柔奴的情操，词人生发出了自己的警语。这首词最后一句歌颂了柔奴随缘自适的旷达与乐观，同时也寄寓着作者自己的人生态度和处世哲学。

菩 萨 蛮

买田阳羡吾将老，从来不为溪山好①。
来往一虚舟，聊从造物游②。

有书仍懒著，且漫歌归去③。
筋力不辞诗④，要须风雨时⑤。

注 释

① 阳羡：常州宜兴的古名，宋朝时被改称为宜兴。老：致仕，宜兴有荆溪、西山等游赏之地，这里的老可以理解为“不为”。

② 虚舟：空舟。《庄子·列御寇》：“泛若不系之舟，虚而遨游者也。”

③ 宋神宗熙宁十年（1077），苏轼被派知徐州，弟弟苏辙随同前往，在徐州相聚多日。分手时苏辙作《水调歌头》词告别，苏轼亦作同调词安慰对方。苏轼在那首词的序中说：“余以其语过悲，乃为和之，其意以不早退为戒，以退而相从之乐为慰云耳。”

④ 这里是说词人自己身体尚健，还没有到不能写诗的程度。

⑤ 风雨时：指宋仁宗嘉祐六年（1061）与苏辙的夜雨联床之约。详见《醉落魄（分携如昨）》注。

题 解

宋神宗元丰八年（1085），苏轼受命前往泗州做官，达到常州的时候，朝廷又下令允许他在常州久居，于是苏轼就此归退，这首词就写于苏东坡五月归退宜兴的时候。宜兴山水很美，人民也朴实易处，在这里词人可以暂时摆脱世俗事务的羁绊，好好休养身心一段时间。

赏 析

宋神宗元丰八年（1085）是宋神宗在位的最后一年，这一年苏轼也是多次接到调令，可谓是颠沛流离。在常州"归退"宜兴时，苏轼本认为这就是他政治生命的终结了，在这里安度了一个月之后，苏轼又接到新的调令。这一年里，苏轼的去留问题可以说是一波三折，情绪上肯定也受这些事影响颇多，但是唯独在宜兴的一个月，苏轼身心安定，这里的山水风物颇可人意，没有了食宿事务的羁绊，苏轼一定会有不同的感受。这些感受在这首小词中就有表现。词的上片写出了词人此时的境遇和生活状态，全是悠然闲逸的语调。"买田阳羡吾将老，从来不为溪山好。"在宜兴阳羡购置田地，我就要从此告老不问世事了，选这里终老的原因不只是因为宜兴溪山的风景独好。这两句词交代了词人现在为归退生活所做的筹备事宜，并且讲出了自己选择在宜兴养老的原因。谪居黄州之后，苏轼慢慢接受了陶渊明的思想，一直羡慕他"种豆南山下"的生活，苏轼受命长居常州，恰好在这里有多处景色宜人的山水，虽然不比陶渊明归园田居的庐山，但是在这样的环境下"将老"，词人开始足以自慰了。这其中也显现出词人此时的释然，有田地养身，有"溪山"养心，在这里安度晚年，词人已经欣然接受了这样的命运。"来往一虚舟，聊从造物游。"人可以在溪水中乘一只空舟来往，心可以超然物外逍遥遨游。这两句既是写溪山泛舟的实景，又是泛若不系之舟的理想之景。"虚舟"一词出于《庄子》，是一种超然世俗之外的自得，也是紧承上句，对自己未来溪山生活的规划，乘舟游览美景，为自己留守一片自由的心境，让自己这颗如"不系之舟"一般的心灵随水航行，这是现实的有限和心灵的无限的契合，也是苏轼后半生追求的精神生活的状态。写到这里，这样的生活于道家隐士来讲已经足够了，但是苏轼心中仍有牵挂，对自己归退之后的生活，仍然有不满足，因为此时的词人，心里面最大的念想，就是分散多年的弟弟苏辙了。“有书仍懒著，且漫歌归去。”虽然这样的生活很安闲，但是我还是懒得著书立说，因为心中常想着和弟弟以《水调歌头》在徐州分别时的情景不能释怀。苏轼与弟弟苏辙的关系非常密切，从进京开始他们就是有名的才子兄弟，然而造化多弄人，两人仕途都不很顺利，兄弟二人常常南辕北辙，在徐州相聚告别的时候，词人安慰弟弟，说好有朝一日和弟弟一起归退，共叙兄弟之乐，他盼望着能与弟弟见面，盼望着苏辙能来宜兴和他团聚，到那个时候，他们兄弟二人如果能一起“聊从造物游”，那苏轼的愿望才算是圆满。想着与弟弟团聚，词人不禁发出迫切见到弟弟的感叹：“筋力不辞诗，要须风雨时。”字面上实说自己现在不写诗文，不是因为年老无力写不出文章，而是需要见到弟弟，如同那年和弟弟雨夜“联床之约”时的情景才能有心情动笔。收尾处，词人委婉地说明了自己现在不写诗文的原因是因为弟弟不在，同时也表现了如果弟弟能来他将会高兴地写诗祝贺的想法。苏轼现在的生活可谓“万事俱备只欠东风”，而这“东风”便是和弟弟的再聚首。苏轼才高八斗，不可能写不出诗文，词中情况的出现全在一个“懒”字，没有弟弟在，再好的生活环境都是百无聊赖的，这是委婉地表达出了自己对弟弟深深的思念。

纵观全词，苏轼描写了现实生活的情景和对往日生活的回忆，同时还给予了对未来生活的憧憬，这样穿插对比地进行描写，使这首词的内容更加丰富，感情更加细腻。

贺 新 郎

乳燕飞华屋，悄无人、
桐阴转午①，晚凉新浴。
手弄生绡白团扇②，扇手一时似玉③。
渐困倚、孤眠清熟。
帘外谁来推绣户？枉教人梦断瑶台曲④。
又却是、风敲竹。

石榴半吐红巾蹙⑤，
待浮花浪蕊都尽⑥，伴君幽独。
秾艳一枝细看取，芳心千重似束⑦。
又恐被、秋风惊绿⑧。
若待得君来向此，花前对酒不忍触。
共粉泪、两簌簌。

注 释

① 桐阴转午：桐树的阴影已经转移，时间已经到了午后。

② 生绡：生丝织成的纱。白团扇：相传汉成帝妃班婕妤美而能文，后来被赵飞燕妒忌陷害，失宠退居长信宫，曾“作赋及纨扇诗以自伤悼”，将自己比作齐纨素制成的团扇。这里苏轼就暗用了这个典故。

③ 这里是说扇子和执扇子的手都洁白如玉。《世说新语·容止》：王夷甫容貌整丽，“恒捉白玉柄麈(zhǔ)尾，与手都无分别”。

④ 瑶台曲：瑶台的幽深之处，指代仙境。

⑤ 这里是说石榴花半开时像有褶皱的红巾一样。白居易《题孤山寺山石榴花示诸僧众》诗中有“山榴花似结红巾”的句子。

⑥ 浮花浪蕊：指轻浮斗妍的花卉，如桃杏之类。韩愈《杏花》诗中有“浮花浪蕊镇长有，才开还落瘴雾中”的句子。

⑦ 以上两句从石榴花的形象，仿佛看到了她的心事沉重，精神蹙束。

⑧ 这两句意思是娇嫩的石榴花担心被秋风惊落后，只剩下满枝的绿叶。

题 解

这首词的编年不详，但是根据古人词考得知这首词与杭州有关。但是苏轼只在早年任职杭州两次，而且在杭州任职时，所写的长调极少，且身世之感还不很浓重。但是从词的内容上看，还是和苏轼刚被排挤出京知任杭州时期的感情有很多相同之处，所以姑且将这首词认定为宋哲宗元祐五年（1090）之后，在杭州任知州时所作。

赏 析

关于这首词的写作意图，词家众说纷纭：《古今词话》中说，苏轼任杭州太守时，一次在西湖宴会上，因官妓秀兰迟到，引起了府僚发怒，于是苏轼作这首词为秀兰解围。又有《艇斋诗话》说杭州万顷寺中有石榴花树，“又是日有歌者昼寝”，于是苏轼写下这首词。其他说法，还有很多，但绝大多数都是附会穿凿的解释。其实，这首词是借比兴寄托表达苏轼政治失意之感的作品，上片着力塑造一位绝代佳人，下片集中歌咏石榴花，借以写佳人的魅力。

上片以初夏景物为衬托，写一位孤高绝尘的美丽女子。起调“乳燕飞华屋，悄无人、桐阴转午”点出初夏季节，过午环境之幽静，华美的房间里初长成的小燕子翩翩飞出，外屋没有人在，非常安静，这时已经是中午了，太阳将桐树的影子换照了方向。“晚凉新浴”，推出傍晚新凉和出浴的美人。“手弄生绡白团扇，扇手一时似玉。”美人用手把玩着白绡团扇，扇子和美人的手都很洁白，宛若一体的璞玉一般。这两句用工笔描绘美人“晚凉新浴”之后的娴雅风姿和美人白皙的外貌。但苏轼写团扇之白，不只意在衬托美人的肌肤洁白和品质高洁，而且意在象征美人的命运、身世。自从汉代班婕妤作团扇歌后，在古代诗人笔下，白团扇常常是红颜薄命、佳人失时的象征。前一句中已经一再渲染“悄无人”的寂静氛围，这里又写“手弄生绡白团扇”，着一“弄”字，便透露出美人内心一种无可奈何的寂寥，接以“扇手一时似玉”，实是暗示“妾身似秋扇”的命运，同时也影射了词人内心的失意之情。当年被排挤出京，第一站来到的就是杭州，命运仿佛总与词人开玩笑，在他落魄一遭之后，又让他回到了一切开始的原点——杭州，这样词中描写的美人孤寂与词人心中复杂的情绪就自然契合起来了。借着这样的心态，苏轼继续写道："渐困倚、孤眠清熟。"这样的聊赖让美人渐渐生困，倚在床边轻轻地独自睡去。这样的描写使人感受到佳人处境之幽清和内心的寂寞，无人怜惜、无人陪伴，只能以睡梦挨过时日。再向下数句"帘外谁来推绣户？枉教人梦断瑶台曲。又却是、风敲竹"，美人入梦后，朦胧中仿佛有人掀开珠帘，敲打门窗，不由引起她的一阵兴奋和一种期待。可是从梦中惊醒，却只听到那风吹翠竹的萧萧声，等待她的仍旧是一片寂寞。唐代李益《竹窗闻风寄苗发司空曙》诗云："开门复动竹，疑是故人来。"东坡化用了这种幽清的意境，着重写由梦而醒、由希望而失望的怅惘；"枉教人""又却是"，将美人这种感情上的波折突现出来了。这几句，如梦似幻，动而愈静，极其婉曲地表现了女主人公的孤寂。从上片整个构思来看，主要写美人孤眠。写"华屋"，写"晚凉"，写"弄扇"，都是映衬和暗示美人的空虚寂寞和叹惋怅恨之情，同时也反映出词人心中唯一一点希望的燃起和泯灭的过程，让人心生同情。

转入下片，词人以榴花比喻美人。"石榴半吐红巾蹙，待浮花浪蕊都尽，伴君幽独。"石榴花刚刚开放，红色的花瓣和圈起的丝巾一样半开，等待别的花儿都开尽了，它还能陪你度过幽居的日子。这里化用白居易《题孤山寺山石榴花示诸僧众》诗"山榴花似结红巾"，句意形象地写出了榴花的外貌特征，又带有西子含颦的风韵，耐人寻味。这是美人观花引起的感触和情思。此二句既表明榴花开放的季节，又用拟人手法写出了它不与桃李争艳、独立于群芳之外的品格，这也是词人内心清高人格的体现，同时也是女主人公的象征。"秾艳一枝细看取，芳心千重似束。"细看一支开得最艳的石榴花，层层的花瓣似心，层层叠盖在一起，像是被聚成一束花的。这两句刻画出花色的明丽动人，不仅捕捉住了榴花外形的特征，还写出美人那颗坚贞不渝、真情千层的芳心，以及她似若有情、愁心难展的情态。"又恐被、秋风惊绿。"这么美的花，让人不禁为它担心会被秋风吹落只剩绿叶。这里由花及人，暗喻美人迟暮。"若待得君来向此，花前对酒不忍触。共粉泪、两簌簌。"如果能等到你来这里，就是在花前对酒我也不忍心触碰这花朵，那时只能是对着花儿与花一齐簌簌落泪了。这里写怀抱迟暮之感的美人与榴花两相怜惜，将这首词的失意失落之感上升到极致。此时词人已经预设"君来"，并不是美人独处，而内心的空幽让美人无论心上人来否都已经不能自拔的伤心自怜，对花落泪好似有物可以寄托，然而花儿怎么能落泪？这样的聊以自慰更显示出美人的孤寂无疑，让人读罢心中喟叹不止。这首词中，作者无论是直接写美人，还是通过榴花间接写美人，都紧紧扣住娇花美人失时、失宠这一共同点，而又寄托着词人自身的怀才不遇之情，这种含蓄曲折的表达失意之感的手法，在词史上是富有独创性的，细细品来，精华无穷。

临　江　仙

送钱穆父[①]

一别都门三改火[②]，天涯踏尽红尘[③]。
依然一笑作春温[④]。
无波真古井，有节是秋筠[⑤]。

惆怅孤帆连夜发，送行淡月微云。
尊前不用翠眉颦。
人生如逆旅，我亦是行人[⑥]。

注　释

① 钱穆父：钱勰，字穆父，元祐初拜中书舍人，迁给事中，后曾知开封、越州等地。

② 改火：古代钻木取火，四季所用树木种类不同，故后来常用“改火”比喻季节改易。这里表示年度的更替，“三改火”即三年。钱穆父于元祐三年（1088）九月因奏狱空不实出知越州，到元祐六年返回京城，其中有三年时间。

③ 红尘：佛家称人世间为红尘。

④ 作春温：显示出春天般的温和。

⑤ 这两句赞美钱氏，说他内心平静如古井之水，说他节操有如秋天之竹。白居易《赠元稹》诗中说：“无波古井水，有节秋竹竿。”这里是化用。

⑥ 逆旅：客舍。李白《春夜宴桃李园序》有：“夫天地者，万物之逆旅。光阴者，百代之过客。而浮生若梦，为欢几何。”

题　解

宋哲宗元祐六年（1091）春，钱穆父自越州（今浙江绍兴）知州返京，途中路过杭州，当时苏轼在杭州上任，于是少留钱穆父几日便为他饯别，送别钱氏时，词人写下这首词。这首词中，词人将对老友的眷眷惜别之情，写得深沉细腻，婉转回环，一波三折，动人心弦。

赏　析

这首词是苏轼晚期的一首送别词，全词一改以往送别诗词的缠绵感伤、哀怨愁苦或慷慨悲凉的格调，创新意于法度之中，寄妙理于豪放之外，议论风生，直抒性情，写得既有情韵又富理趣，充分体现了作者旷达洒脱的个性风貌。

词的上片称赞友人，起句“一别都门三改火，天涯踏尽红尘”，我与你都门一别如今已经三年没见面了，你走遍了天涯历尽了人间甘苦。宋哲宗元祐元年（1086），苏轼在朝为起居舍人，钱穆父为中书舍人，两人言语投机，相处融洽。元佑三年（1088）穆父出知越州，都门帐饮时，苏轼曾赋诗赠别。岁月如流，现在在杭州重聚，已是别后的第三个年头了。三年来，穆父奔走于京城、吴越之间，此次又远赴瀛州，真可谓“天涯踏尽红尘”。“依然一笑作春温。无波真古井，有节是秋筠。”我们分别虽久，但今日相见欢笑，还是和春日和煦一样灿烂；特别是你今天仍像古井一样心地平静，和秋竹一样有节，实属可贵。这里苏轼借用白居易《赠元稹》诗句，即“无波古井水，有节秋竹竿”。作者认为，穆父出守越州，同自己一样是由于在朝好议论政事，所以遭人排挤，但这不会动摇自己的信念，所以词人用对偶连喻的句式高调赞颂了钱穆父，并通过对友人纯一道心、保持名节的赞颂，表明了自己淡泊的心境和坚贞的操守。词的上片既是对友人辅君治国、坚持操守的安慰和支持，也是词人半生经历、松柏节操的自我写照，是词人的自勉自励，寓有强烈的身世之感。下片转头切入正题，写月夜送别友人：“惆怅孤帆连夜发，送行淡月微云。”描绘出一种凄清幽冷的氛围，渲染了作者与友人分别时抑郁无欢的心情：你将离杭州而去，因为时间紧促，连夜就要乘一条孤舟载着我们彼此的离愁而去，这时候也只有我与暗淡的月亮和渺渺的薄云为你送行。惆怅是载满孤舟的情绪，在“淡月微云”中，愁情更浓。“尊前不用翠眉颦”一句，由哀愁转为旷达、豪迈：离宴中歌舞相伴的歌伎用不着为离愁别恨而哀怨。这一句首先是想宽慰友人，不要过度悲伤，在字面背后，词人还透露出自己人生观的见解，世间离别本也是常事，所以不用哀愁。这二者似乎有矛盾，实则可以统一在强抑悲怀、勉为达观这一点上，这符合苏轼在宦途多故之后锻炼出来的思想性格。词末二句言“人生如逆旅，我亦是行人”，将送别的劝慰上升到了哲学高度。人生就像旅途上的客舍，我和你一样，也是这旅途上的行人。这里词人宽慰友人说，人人都是天地间的过客，何必计较眼前聚散和江南江北呢？词的结尾，以对友人的慰勉和开释胸怀总收全词，也流露出作者超脱而又悲凉的情怀，谁不想一生安稳恬适，然而词人的一生大半在流离中度过，对人生有这样的思考，也很自然。总看全词，词人的一生并没有随波逐流，心中的信念和情志从未改变，这也是他安然面对沉浮的原因之一，所以每当官场失意、处境艰难时，他总能“游于物之外”，“无所往而不乐”，以一种恬淡自安、闲雅自适的态度来应对外界的纷纷扰扰，表现出随遇而安的旷达情怀。

西江月

坐客见和，复次韵①

小院朱栏几曲，
重城画鼓三通②。
更看微月转光风③，归去香云入梦。

翠袖争浮大白④，
皂罗半插斜红⑤。
灯花零落酒花秾⑥，妙语一时飞动。

注　释

① 坐客：指曹子方，名曹辅，海陵（今江苏泰州）人。宋哲宗元祐三年（1088）自太仆丞迁为福建转运判官，与苏轼关系亲密。

② 重城：城有内外城郭，所以这么说。这里指的是杭州。三通：第三遍鼓声。

③ 光风：这里指越过天晴而有风，草木有亮光。《楚辞·招魂》："光风转蕙，氾崇兰些。"

④ 大白：酒杯名。《说苑 · 善说》："饮而不釂者，浮以大白。"

⑤ 皂罗：皂罗发髻，古代妇女的一种发式。斜红：指花。

⑥ 酒花：指酒泛起的泡沫。

题　解

宋哲宗元祐六年（1091）二月，苏轼以翰林学士承接圣旨，受诏还都汴京，三月起程。当时苏轼的朋友曹子方路过杭州拜访苏轼，与苏轼同游西湖、真觉院等名胜。曹子方作有《真觉院瑞香花》等诗，苏轼次其韵答和，作下《西江月》同韵词三首，这是其中之一。

赏　析

苏轼三十六岁的时候，因为在汴京与变法派政见不和，受到排挤主动要求离京任职，那一年他初到杭州，开始了半生辗转的生活。整整二十年过去了，从曾经的豪情少年到今天的垂暮老人，五十五的苏东坡回到了仕途开始的杭州，又在这里接到了回京复命的诏书。回首自己最好的二十载春秋时光，想必此时的苏东坡心中的滋味一定是一言难尽，借着朋友曹子方来访同游的兴致，词人写下这首词应和朋友，通过宴饮时的欢洽气氛表现出心中的喜悦之情。

这首词通篇用逆挽法，这样略显俏皮的写词手法不仅让词人在描述所写事物时起到妙处横出的作用，同时也显示出词人驾驭文字的能力和写词雅俗共赏的包容。上片词人写宴饮归去后的情景。“小院朱栏几曲，重城画鼓三通。”小庭院中的红栏杆蜿蜒不知有几段曲折，被城墙内外包裹的杭州城里的报时鼓已经响了第三遍了。这两句是很直白的叙写，没有华丽的文采和深刻的内容在其中，就是交代了饮酒过后的时间和词人所在的地点。那时已经时至三鼓，词人饮酒过后回到家中，已经走到了门外庭院之中。后面词人逆前两句词的直白挽出幽静曼美的意境，“更看微月转光风，归去香云入梦。”这时月亮把朦胧的光线投射在院中草木的叶片上，闪着迷离的光电，这时回到家中家人也已经安然入睡了。这两句描写将月夜写得非常安详、静谧，“微月”是夜里唯一明亮的事物，微微淡淡的月光铺洒在词人眼前的世界里，更生出一种恬静，而“转光风”的一个“转”字也颇为精巧，这样就让月光的照射显得不那么僵硬，仿佛轻轻柔柔盘桓着盖在草木上一般，让人心生愉悦，读来倍感舒适；而正是这样的环境，也自然过渡到家人熟睡的“香云入梦”。这样的良宵配这样的美梦，真是再好不过。紧承上片内容，词人转头回忆起宴会时的事情，“翠袖争浮大白，皂罗半插斜红。”晚宴上，客人们酒杯交错，袖子都纷纷被浸到大杯酒中去了，艺伎们也表演得很起劲，皂罗发髻上的红花也松动半挂在头上了。这两句通过众人和艺伎的两个侧面写出了宴会上众人举杯劝酒的热闹场面。前句中一个“争”字将当时觥筹交错、人尽其兴的场面生动形象地刻画了出来，人们的袖子都好像争着往酒杯中去一般，这样的场面能不热闹吗？在这样一幅欢宴图中，词人在结句又巧妙逆挽，从具体写到朦胧，从人事写到话语，奇妙纷呈。“灯花零落酒花秾，妙语一时飞动。”到灯火都要摇曳燃尽的时候，人们兴致还是极高，纷纷倒酒入杯，酒在酒杯中翻出团团白沫，借着酒力，在场的客人们也用尽才气，相互之间妙语连珠地对答。这两句将时间和上片开头宴饮归去的时间接合了起来，说明词人此时是尽兴而归，因为宴会时太热闹，和宾客聊天太投缘，所以才会有这样的状态回味宴会时的情景。“灯花”“酒花”的对比，本来就是“妙语”，词人再提席间妙语飞动的话，更显示出会宴嘉宾也都是有层次的人，所以才会与词人交游甚欢。这里词人写宴会的场景，使用逆挽法，而将当时的热闹写得略微夸张了，但是这并不是将情景“写过了”。正因为此时此刻，词人的际遇又变，二十年来，颠沛流离，诗案之后，九死一生，如今终于等来了归京重入翰林的消息，心中的压抑，二十年的愁苦尽去，所以才得以在夜宴之时痛饮一番。苏轼在这首词中展现的欢洽气氛一面是对朋友曹子方同游后快乐心情的应和，另一面也是自己此时内心的真实写照。

八声甘州

寄参寥子[1]

有情风万里卷潮来，无情送潮归[2]。
问钱塘江上，西兴浦口[3]，几度斜晖？
不用思量今古，俯仰昔人非[4]。
谁似东坡老，白首忘机[5]。

记取西湖西畔，正春山好处，空翠烟霏。
算诗人相得[6]，如我与君稀。
约他年、东还海道，
愿谢公雅志莫相违[7]。
西州路，不应回首，为我沾衣[8]。

注 释

① 参寥子简介见第 245 页题解。

② 以上两句写钱塘江潮水仿佛随着风的感情变化而涨落。

③ 西兴：西兴渡，在今浙江萧山市西。

④ 这句意在说转眼之间便会物是人非。王羲之《兰亭集序》云："俯仰之间，已为陈迹。"

⑤ 忘机：道家术语，指恬淡无为，与世不争。李白《下终南山过斛斯山人宿置酒》诗中有"我醉君复乐，陶然共忘机"之句。

⑥ 相得：相投合。

⑦ 以上几句意在与友人相约他年重返浙东，退隐山林，切莫违背这美好的愿望。海道：指浙东一带。浙东滨海，所以这么说。谢公雅志：指东晋谢安归卧故山的高雅志向。《晋书·谢安传》记载，谢安曾隐居会稽山东山，中年出仕后，"东山之志，始末不渝，每形于言色"。

⑧ 这三句意在说不要因自己暂时离去而悲伤。西州路：指西去的路。苏轼应诏入汴京，要经过扬州、镇江等地。这里也暗用晋人羊昙的故事，比拟两人的生死交情，表达日后夙愿，抱憾。《晋书·谢安传》："羊昙者，太山人，知名士也，为安所爱重。安薨后，辍乐弥年，行不由西州路。尝因石头大醉，扶路唱乐，不觉至州门，左右白曰：'此西州门。'昙悲感不已。"

题　解

苏轼友人参寥子，僧名道潜，法号参寥，本姓何，浙江人，能文善诗，以《临平道中》一诗被苏轼所知晓。参寥子曾于宋神宗元丰元年（1078）在徐州拜访苏轼。苏轼贬官黄州，参寥不远千里相从。后来苏轼又远贬海南，参寥要求过海去看苏轼，苏轼曾寄书竭力劝阻，可见两人友情之深。这首词是苏轼得知自己又将离开杭州后，为参寥所作，宽慰其心的。

赏　析

这首词写景紧扣杭州钱塘一带壮丽的景色，抒情从天地古今的变迁到双方友谊，将情、景、理和谐地结合在了一起，具有一定的理趣，因而耐人寻味。上片状江景，横空出世，以钱塘江喻人世的聚散离合，充分表现了词人的豪情。“有情风万里卷潮来，无情送潮归。”万里长风满含感情地卷集着大潮而来，却又无情地将潮水又推送回去。首二句表面上是写钱塘江潮的涨落，但自然之风潮本是无情之物，词人这里“有情”“无情”的并列，却道出了长风无情的伤感，从而以“有情卷潮来”和“无情送潮归”突出了此词抒写离情的特定场景，而忽涨忽落的潮水也代表着词人与好友临别的心情，眼前是波浪起伏，而词人心底应该也是深情涌动了。接下来词人发问：“问钱塘江上，西兴浦口，几度斜晖？”试问这浩荡的钱塘江上的西兴浦口外，有几次斜阳洒晖、晚霞普照呢？西兴，在钱塘江南，今杭州市对岸，萧山市西。“几度斜晖”，即多少次看到残阳落照中的钱塘潮啊！这里指与参寥多次同观潮景，斜阳晚照不知道多少次投射在他们身上。“斜晖”，一则承上“潮归”，因落潮一般在傍晚时分，渡口和斜晖两种意象的融合，也象征着离愁别绪。“不用思量今古，俯仰昔人非。谁似东坡老，白首忘机。”人生不必怀古伤今，太多思量，转头之间就物是人非了！还有谁现在和我一般垂老呢？我已经顶着白发，与世无争了。这四句，意谓面对社会人生的无情，不必替古人伤心，也不必为现实忧虑，必须超凡脱俗，“白首忘机”，泯灭机心，无意功名，达到达观超旷、淡泊宁静的心境。这几句带有作者深沉的人生感喟和强烈的哲理色彩，读来令人感慨。同时，这也是词人内心对朋友的独白，告诫朋友自己现在的心志和状态，让朋友不必为自己担忧。从上片写过钱塘江景，到下片词人转写与朋友同游过的西湖，这里南江北湖，都是记述他与参寥在杭的游赏活动。“记取西湖西畔，正春山好处，空翠烟霏。”还记得我们在西湖西边游赏的情景，那时正值春色满山的好时节，天空一片碧蓝，薄云如烟般缥缈。这是交代游西湖的时间和地点的叙述，但是“空翠烟霏”却将这时间变成了美好的春日，地点变为了景色绝美的山水之间，为后文写两人互赏打下铺垫。“算诗人相得，如我与君稀。”诗人中相互投合的，算来算去如同我们这样的，真是少见啊。这里苏轼写出自己与参寥的相知之深。参寥诗名甚著，苏轼称赞他诗句清绝，可与林逋比肩，而参寥也与苏轼肝胆相照，友谊甚笃。总愿意紧随苏轼左右，所以苏轼算来算去，像自己和参寥那样亲密无间、荣辱不渝的至友，在世上是不多见的了。如此志趣相投，正是归隐佳侣，转接下文。“约他年、东还海道，愿谢公雅志莫相违。”在离别之际，让我们约好有朝一日东归浙江一带，一起秉承谢安退隐山林的高雅志向，不要违约。这两句词表现了词人超然物外、归隐山水的志趣，把这种志向发展成二人之约，进一步称道了二人的友情。结尾几句：“西州路，不应回首，为我沾衣。”请不要为我暂时的离去悲伤，不要像羊昙西州路上回首流泪打湿衣裳。据《晋书·谢安传》载，谢安东山再起后，时时不忘归隐，但终究还是病逝于西州门。羊昙素为谢所重，谢死后，一次醉中无意走过西州门，觉而大哭而去。词人借这一典故安慰友人：自己一定不会像谢安一样雅志相违，这次离去，一定回来，不使老友恸哭于西州门下。写到这里，词人对朋友的“至情”已经流露出来。回看全篇，整首词都是以平抑的语言烘染出雄杰的气象，用真诚的话语诠释满怀的深情，让人读罢觉得豪壮不已又情深意长。

西　江　月

苏州交待，林子中席上作①。

昨夜扁舟京口②，
今朝马首长安③。
旧官何物对新官④？只有湖山公案⑤。

此景百年几变，
个中下语千难⑥。
使君才气卷波澜，与把新诗判断⑦。

注　释

① 林子中：林希，字子中，元祐初为秘书少监，后来改任集贤殿修撰，宋哲宗元祐六年（1091）以天章阁待制知杭州。

② 这一句写林希自润州移知杭州。京口：江苏镇江。见《蝶恋花（雨后春容清更丽）》词注。

③ 这句写自己离杭返京。长安：为汉唐旧都，常用作京城的代称，这里用长安指汴京。

④ 旧官：作者自称。因将卸任，故称旧官。新官：指前来接替苏轼的林希。

⑤ 湖山公案：指描写湖山景物的诗篇。公案：禅家语，指言词。

⑥ 个中：这当中。

⑦ 使君：指林希。判断：赏析、评论。

题 解

宋哲宗元祐六年（1091）三月，苏轼准备奉旨离杭赴京就任翰林学士，当时林希也从润州调往杭州任太守。这一首词应该是苏轼在与林希进行公务交接时所作，描绘了杭州的美好和对接任者由衷的赞美和期盼。

赏 析

这首词语言平易，不用典故，寓诙谐于庄重之中，是一首饶有兴味的词作。

上片开头词人先写自己与林希接任与卸任的双方活动，以下写新旧交接。“昨夜扁舟京口，今朝马首长安。”昨天夜里你从京口乘舟出发来杭州，今天我就要上马前去汴京复命了。这两句通过对词人与林希两人的行迹的描写，从一个侧面表达出了两人杭州交付官位的事件，“昨夜”“今朝”也从另一个侧面表现出两人离散匆匆，虽然两人并不是熟友，但是这样有限的时间也暗示出两人没有办法长时间的交流，自然词人只能捡重点交代给继任者，为后文做了铺垫。紧承上句，词人马上写到两人的谈话“旧官何物对新官？只有湖山公案”，我这个旧官能有什么特别的要交代给你这位新官呢？想来只有那些状写杭州湖山美景的诗篇了。官员的人事更替本来就极为平常，而且前人交代给后人的也照例是官牍文件，然而苏轼在这里却独出机杼，把一件机械的没有什么内容可写的事情写得情趣横生，说自己交给新官的只是描写湖山的诗篇，妙语天成。

下片写自己对杭州湖山的感受，暗暗地带有历史沧桑之感，“此景百年几变，个中下语千难。”这两句词是说杭州的景色百年间就有多次变化，在这样变化的湖光山色里写出好诗非常困难。“钱塘风景今古奇，太守例能诗”，好风景自然容易触动诗性，但因为它“百年几变”，所以想写出好文章来也并非易事。苏轼才学之高，在当世就已经是久负盛名了。这里词人自谦说写文章难，其实目的是在说自己的诗篇不足以将杭州的兴衰变化很好地表现出来，对历史兴衰的喟叹多于恐难成诗的感叹，于是，在总结了自己对杭州的感受和遗憾之后，由此生发出对继任者的寄托：“使君才气卷波澜，与把新诗判断。”先生你的才气极高，足以卷起钱塘江上的波澜，所以杭州的新诗还需要日后你来多做评判。篇末这两句，词人高度赞美了林希的诗才和学问，同时也真挚地抒发了对日后林希在杭州大展才华、大展前途的祝福。字面上虽说是期待继任者写出好诗，指点江山，这只是为了切全词描写的中心。为官一方，不能只致力于写诗状景，更重要的是要造福一方百姓，据史料记载，苏轼两次在杭州做官，治理洪灾，兴修水利，建造苏堤，为杭州百姓做了很多实事好事，杭州风调雨顺，人民安居乐业，苏轼才有闲情去歌颂山水，所以在字面背后，苏轼把对杭州的感情寄予对方才是真正的用意。最后“判断”二字，也是交杭州政事于林希，希望他认真打理的嘱托，足见苏轼的一片冰心。

木兰花令

次欧公西湖韵①

霜余已失长淮阔②，
空听潺潺清颍咽③。
佳人犹唱醉翁词，四十三年如电抹④。

草头秋露流珠滑，
三五盈盈还二八⑤。
与余同是识翁人，惟有西湖波底月。

注　释

① 欧阳修曾于宋仁宗皇祐元年（1049）知颍州，题咏颇多。其《木兰花令》词如下：“西湖南北烟波阔，风里丝簧声韵咽。舞余裙带绿双垂，酒入香腮红一抹。 杯深不觉琉璃滑，贪看六么花十八。明朝车马各西东，惆怅画桥风与月。”西湖：颍州西湖，南北长十里，东西宽二里，林木葱郁，为颍州名胜。

② 这里指秋天的淮水日浅，失去了原来宽阔的河面。

③ 清颍：指颍水，源出河南登封，东南流经安徽太和、阜阳等地，入淮河。

④ 自欧阳修皇祐元年到颍州，至苏轼作这首词的时候，正好是四十三年。如电抹：形容光阴如电光一样流逝极快。

⑤ 三五：指阴历十五日。二八：指阴历十六日。盈盈：仪态美好的样子。《古诗十九首》：“盈盈楼上女，皎皎当窗牖。”这里指的是月亮。

题解

宋哲宗元祐六年（1091）五月，苏轼到达汴京，八月，洛党侍御史贾易等弹劾苏轼，苏轼上札自辩，并再请调外郡，除龙图阁学士知颍州（今安徽阜阳）。这首词就是当年秋天，苏轼在颍州西湖游玩时，听到友人歌唱欧阳修早先所作的《木兰花令》词，于是次韵欧公原文而作。

赏析

苏轼作这首词是由感而发，听到恩师旧词，感慨自身处境，无限的感伤一发不可收拾。全词景中生情，情景合一，情意缱绻，读来令人一咏三叹，催人伤怀。正文上片先写词人泛舟颍河时触景生情。“霜余已失长淮阔，空听潺潺清颍咽。”已经是秋天将要降霜的时候，淮河水位下降，也失去了以往宽阔的模样，此时也只能侧耳倾听颍河潺潺的和呜咽一样的水声了。作者于当年八月下旬到达颍州，称“霜余”是因为此时已经入秋。秋季雨水减少，加上那年江淮久旱，淮河也就失去了水势浩大之时的那种宏阔的气势，所以第一句是实写眼前景色。第二句“空听潺潺清颍咽”的“清颍”写的也是实景。“咽”字写出了河水水浅声低的情景。河水的涨落，清流的叮咚，这些都只是自然现象，但词人却将颍河潺潺的水声说成幽咽悲切，这是由于再受政治打击的他，来到恩师终老的颍州，沉浸在怀念恩师欧阳修的思绪中，于是移情于景，使颍河人格化了。接下来一句：“佳人犹唱醉翁词，四十三年如电抹。”听到颍州的美丽歌姬还在传唱着醉翁欧阳修的西湖词，不禁颇感时间如电光闪过，四十三年一下就度过去了。“醉翁词”是指欧阳修知颍州到晚年退休时所作的词，而数十年之后，歌女们仍传唱，足见“颍人思公”。欧阳修为官颍州，不光留下卓然的文采，更重要的是他为政“宽简而不扰民”。欧阳修因支持范仲淹的政治革新而被贬到滁州、扬州、颍州等地，但他每到一处就兴利除弊，务农节用，曾奏免黄河徭役万人，用以疏浚颍州境内的河道和西湖，将颍州与淮河联通，造福百姓。因此人民一直怀念他，传唱他的词就是最好的说明。苏轼推算，他这次来颍州，上距欧公知颍州已四十三年了，岁月流逝，真如电光一闪而过，因此说“四十三年如电抹”。眼前景象让苏轼怀伤，耳中曲也让苏轼怀伤。下片词人先谈眼前景带来的个人体会，“草头秋露流珠滑，三五盈盈还二八。”草尖上秋天的露水拴不住，只能滑落，八月十五的满月到了十六就开始不完美了。秋天的露水明澈圆润，流转似珠，但在草尖上摇曳也倏忽而逝，这不正像是人生年华不可驻留吗？而下句借用谢灵运《怨晓月赋》“昨三五兮既满，今二八兮将缺”状写月亮的句子，不也是在暗示生命短促，人生无常，正像月亮一样，阴晴圆缺无可把控吗？在这样的喟叹之后，词人面对着眼前空湖，心藏着无限怀思，想念着恩师，自然发出“与余同是识翁人，惟有西湖波底月”的自怜。现在和我一样还能认得老师的人，只有西湖波心荡漾下倒影的月亮了。这两句写自己对恩师的缅怀之情，写得情真意切、深沉哀婉。写自己“识翁”，融合了早年知遇之恩、师生情谊、诗酒相投、官场相合等等事情；而西湖明月之“识翁”，则是由于欧公居颍时常夜游西湖，波底明月对他特别熟悉，如今只有自己隔着时光对月怀思，苍凉之感倍增。值得注意的是，这里写月亮并不直言月亮，而是说水中月影反指月亮，这样就将此时的时空隔阂之感写得更清楚了，虽然月亮“识”翁，但此月亮也非彼月亮，词人依旧是寂寞一人，这为整首词又添了艺术的张力。

纵观全词，虽然这是一首次韵的和词，但是相比于欧公明丽的原词，这首词情调更为凄婉悲慨，这与苏轼刚到颍州时的心境是相合的。

青 玉 案

和贺方回韵，送伯固还吴中①

三年枕上吴中路②，
遣黄犬、随君去③。
若到松江呼小渡④，莫惊鸳鸯。
四桥尽是，老子经行处⑤。

辋川图上看春暮，
常记高人右丞句⑥。
作个归期天已许，春衫犹是，
小蛮针线，曾湿西湖雨⑦。

注　释

① 贺方回：贺铸，字方回，自号庆湖遗老，卫州（今河南卫辉市）人，北宋著名词人。其《青玉案》词原文如下："凌波不过横塘路，但目送、芳尘去。锦瑟华年谁与度？月桥花院，琐窗朱户，只有春知处……"伯固：苏坚，字伯固，苏州人。曾在杭州任监税官等职，博学能诗。吴中：这里指苏州。

② 这句是说友人寤寐思乡已经有三年了。三年，指苏伯固自宋哲宗元祐四年（1089）从苏轼任职之后到现在，已经有三年时间了。

③ 黄犬：《晋书·陆机传》记载，陆机有一条名犬叫黄耳，之后陆机寓居洛阳，很久收不到家中消息，于是就把书信系在黄耳的脖子上，让它送信到松江家中，又从家中将回信带回。这里借这个典故词人表达了希望友人回乡之后能常通信的愿望。

④ 松江：吴淞江（另说苏州河）的古城，源于太湖瓜泾口，东流到上海市区入黄浦江。

⑤ 四桥：苏州有四桥，为名胜。老子：老年人的自称，这里是指作者自已。

⑥ 辋（wǎng）川图：王维隐居辋川（今陕西蓝田县南）别墅，曾在蓝田清凉寺壁上绘辋川图。高人右丞：指王维。王维官至尚书右丞，人称王右丞。中年后，他过着一种半官半隐的生活。杜甫《解闷十二首》其七有"不见高人王右丞，蓝田丘壑漫寒藤"之句。以上两句以辋川图画喻吴中山水之美，并将苏伯固比作王维。

⑦ 据说白居易有妓人名小蛮，善舞，有"杨柳小蛮腰"的赞美诗句，这里指苏轼爱妾朝云。

题　解

宋哲宗元祐四年到元祐六年（1089—1091），苏轼出任杭州太守，当时苏坚是苏轼的下属，两人感情非常好，苏轼治理西湖也得益于苏坚的帮助。三年之后，苏轼送别友人归“吴中”故乡，惜别之情难以自已。怀念着过去和苏坚共度的时光，展望着未来友人美好的前程，苏轼写下这首送别词。

赏　析

在众多的送别词中，苏轼的这首《青玉案》是匠心独运的佳作。一方面作者为送客而作，一方面自己还客居他乡，是为“客”中送客之作。这种将友人和自己穿插对比地加以描写，为这首词增添了别致的艺术效果。上片词人开端借陆机黄犬传信的故事，表达了双方的情谊。“三年枕上吴中路，遣黄犬、随君去。”朋友你在杭州三年都夜夜梦寐踏上回到吴中家中归途的梦，今天你要走了，我就学陆机让我的黄犬随你而去好为我们日后传信。这里交代了苏坚回家的事由，因为三年来日日思乡，今日踏上乡土自然也是好事，但是苏轼与苏坚情谊深厚，不忍朋友归去，所以借陆机黄犬的故事暗示对朋友的依依不舍和经常与朋友通信的希望。下句词人开始写对旧游之地苏州的怀念，“若到松江呼小渡，莫惊鸳鸯。四桥尽是，老子经行处。”等你到了吴淞江需要叫摆渡小舟的时候，不要惊吓到水中的鸳鸯。苏州那里的四桥名胜，都是我这老人家曾经走过的地方。借着上句描述友人将归吴中，词人此刻心绪也回到了自己曾经在苏州时的状态。按照空间的顺序，先写到朋友会走到的吴淞江畔，这里“莫惊鸳鸯”，表达了词人对鸳鸯的爱惜，折射出词人对苏州的感情，随着友人的脚步，词人又联想到自己曾经走过的四桥之上，这几句借送别的怀思，写自己的追思，手法非常巧妙。感情铺垫完毕，下片词人以借喻的手法赞美苏伯固的诗才，想象他回乡后当会写出更美的诗篇。“辋川图上看春暮，常记高人右丞句。”苏州山水就像当年王维的《辋川图》所描绘的春景，这让我想起他意在归隐山水、与世无争的文字，正和您的情况相同。这里词人把苏坚比作王维，这是对苏坚由衷的赞美。“常记高人右丞句”，表现了词人相信苏坚会以王维的生活追求和才华能力作为自己的努力标准，纵情山水，写出好诗章。最后，词人以清幽的语言收尾，写出了自己浓挚的羁旅愁情，“作个归期天已许，春衫犹是，小蛮针线，曾湿西湖雨。”让我们约定一个再回吴中的归期吧，到那时候，我身上的春装还会是我那如同小蛮般美丽的爱妾朝云缝制的，西湖的雨水曾经打湿过它。这里浓郁的思归苏州的心情，几乎已经胜过了送行的别意。这一句委婉曲折，感情百转千回，读来令人爱不忍释，与上三句相连，尤为奇艳。朋友归去，词人思归，但是身世的羁绊让他无法自由行走，只好与天约定，有朝一日回到苏州，这样的约定里既有相思又有归思，两种情致已经融合在了一起，加上后两句用“西湖雨”打湿过的“春衫”作结，将这种切切思归的柔情点化得淋漓尽致，深得人心，不由让人拍案叫绝。而其中西湖雨与苏州景的结合，也传达了词人真挚的思人之意。读罢全词，这样不拘一格的描写以及这首词为读者带来的无限艺术和感情的冲击，让人不禁为苏轼的才华折服。

归　朝　欢

和苏坚伯固[1]

我梦扁舟浮震泽[2]，
雪浪摇空千顷白。
觉来满眼是庐山[3]，倚天无数开青壁。
此生长接淅[4]，与君同是江南客。
梦中游、觉来清赏，同作飞梭掷。

明日西风还挂席，
唱我新词泪沾臆[5]。
灵均去后楚山空，澧阳兰芷无颜色[6]。
君才如梦得，武陵更在西南极[7]。
《竹枝词》、莫徭新唱，谁谓古今隔[8]。

注 释

① 苏坚伯固：见《青玉案（三年枕上吴中路）》注。

② 震泽：又名具区，江苏太湖的古名。

③ 庐山：在今江西省，风景奇秀，为三山之一。

④ 接淅：《孟子·万章下》："孔子之去齐，接淅而行。"这句话意思是说孔子急于离开齐国，带上淘过的米就仓皇出走了。淅（xī）：淘过的米。这里用以比况自己到处奔波的境遇。

⑤ 挂席：指扬帆行船。泪沾臆：泪水浸湿了胸膛。杜甫《哀江头》："人生有情泪沾臆。"

⑥ 灵均：屈原字灵均。澧阳：在现在的湖南省澧县，境内有澧水。兰、芷都是香草，比喻贤人。《离骚》："兰芷变而不芳兮，荃蕙化而为茅。"以上两句在对屈原的凭吊中，表现出深沉的时事感慨。

⑦ 梦得：刘禹锡，字梦得，唐代著名诗人，曾因参加永贞革新被贬朗州、连州等边荒之地。武陵：唐代朗州治所，即湖南省常德市。

⑧ 竹枝词：是巴渝（今四川东部）民歌中的一种，鼓笛伴奏，声调婉转，刘禹锡根据民歌改作新词，盛行于世。莫傜：部分瑶族的古称，宋朝时多分布在长沙、武陵、澧阳等地。

题　解

宋哲宗元祐八年（1093），苏轼在礼部任尚书。三月，御使黄庆基等人弹劾苏轼在任中书舍人草制时“公然指斥先帝时事，略无忌惮”，苏轼上章自辩。八月，苏轼出京任定州（今河北定州市）知州。哲宗绍圣元年（1094）四月，苏轼又被贬至英州（今广东英德），不得签书公事。七月，苏轼抵达九江（今属于江西）。在九江苏轼与苏坚相别而作这首词。

赏　析

这首词是词人再次被迫出京后偶遇老友苏坚时作的，风格以纯真爽朗、气度昂扬著称。词的上片写作者与苏坚同游庐山的所见所感。起首二句将时空展开，从梦游太湖震泽着笔。“我梦扁舟浮震泽，雪浪摇空千顷白。”我梦想能乘一条小舟游弋在太湖震泽之中，去看那滔天白浪直击空中扬起千顷高的浪花。“我梦”二字突显出这首词的浪漫主义色彩，千顷白浪翻空摇舞，东坡却乘一叶之扁舟，徜徉于这云水之间，显得那么从容自若，这强烈而又鲜明的对比，让这首词展现出一种横空出世的雄浑之感。接下去，由梦到醒，词人言“觉来满眼是庐山，倚天无数开青壁”，这里转写庐山实景，只见眼前视线被庐山风景充斥着，青山蔚然深秀，拔地参天，与上句水势对应，构造出一派雪浪震天、青壁倚天的壮美形象，给人一种挺拔壮丽、目不暇接的感觉，令人神往无限。然而词人却在壮心不已的时刻，生出了悲情，“此生长接淅，与君同是江南客。”这一句是他宦海浮沉的生动概括，一生都在像孔子带湿米出齐一样屡屡奔命，我与你现在也都是江南的过客。“接淅”出于《孟子》，言孔子当年的狼狈之状，这里用典，点出了东坡一生屡遭贬黜的命运。越是在喜处，这种悲凉就显得更强烈。于是下句紧承“接淅”，写自己和苏坚同是漂泊之人，惺惺相惜。他乡遇故知本来也算悲中逢喜，但上片收尾词人以“梦中游、觉来清赏，同作飞梭掷”来表现清欢之短暂。无论是梦中游赏风景，醒来静静观看，都如飞梭般一下就过去了，美景难再，人生不也是一样吗？这里充满了词人对生活的慨叹。表达了心情，词人下片起笔写对苏坚的勉励。苏轼这里先写友人的去向，“明月西风还挂席，唱我新词泪沾臆。”夜里明月当空西风吹起船帆的时候，你就要走了，那时你唱着我赠你的新词，泪水会打湿胸襟吧。东坡与伯固交情极好，这里分别，词人前程艰险，后会难期，故语气较前沉痛。苏伯固赴任澧阳，也算愉快的差使，所以苏轼化用杜甫的诗句慰勉伯固。“明月”两句，点出送别的时间。“挂席”是指“挂帆”，指代苏坚要扬帆西去。随着西去的征帆，作者心随帆行，由地及人，回想到曾在那里行吟的屈原。“灵均去后楚山空，澧阳兰芷无颜色。”“灵均”是屈原的字。“澧阳兰芷”即沅芷澧兰，这两句词的意思是：屈原死后楚山便因为没有屈原的歌颂而变成了空山一座，那些象征屈原气节的兰花香草，也因为他的逝去而憔悴无华了。这两句从反面落笔，映衬出屈原的品格，同时又隐约地流露出希望苏坚像前贤屈原一样写出使山川增色的作品来的意念。“君才如梦得，武陵更在西南极。《竹枝词》、莫傜新唱，谁谓古今隔。”这里引刘禹锡的旧事，从正面着笔，写出了对苏坚的期望：你的才华犹如刘禹锡，而他曾写下华章的武陵，也同在你要前去的澧阳的最西南边。他创作的《竹枝词》，现在可以让瑶族人再唱起来，如此一来，谁又能说古今之间有隔阂呢？刘禹锡因参加王叔文革新集团，贬为朗州司马，在武陵一带生活了十年，后来又到夔州任刺史。在夔州，他效屈原居沅湘间依当地迎神舞曲作《九歌》的精神，用巴渝民歌《竹枝》曲调创作了九首《竹枝词》，对词体的发展起到了积极的作用。东坡即以此鼓励老友，期望他在逆境中奋起，像屈原、刘禹锡那样写出光耀古今的作品来。这最后几句词，充满了苏轼对朋友的期望，激励苏坚写出媲美前代诗人的诗篇奉献给当地人民。难以想象如此气韵超迈的词作，是苏轼在连续遭贬、客中送客的逆境中写成的。这样的大气凛然的送别词章，体现出词人开朗的情怀，这样高亢的气概和笔力也是当时词坛上不可多得的。

临　江　仙

惠州改前韵①

九十日春都过了，贪忙何处追游。
三分春色一分愁。
雨翻榆荚阵，风转柳花球②。

我与使君皆白首③，休夸年少风流。
佳人斜倚合江楼。
水光都眼净、山色总眉愁④。

注　释

① 据记载，宋神宗熙宁九年（1076），词人曾与朋友在密州邵家园赏花，写过《临江仙》，这首词是改前词而成的。

② 以上两句形容成熟的榆钱和柳树的美好形态。榆荚：俗称榆钱。榆树还没生叶子的时候，会先生于枝条间，色白成串，形状似铜钱而小。球：即蹴鞠，古时候踢的一种皮球。

③ 使君：指詹范。范字器之，绍圣年间任惠州知州，对苏轼多有照顾。苏轼《与徐得之书》云："詹使君，仁厚君子也。极蒙他照管，仍不辍携具来相就。"

④ 以上三句借佳人倚楼欣赏水光山色，寄托了自己欲消愁而不得不愁的感受。合江楼：指惠州府城东门楼。因东江、西江二水在这里合流，故其楼称为合江楼。苏轼刚到惠州，就寓居于此。

题 解

宋哲宗绍圣元年（1094），苏轼在贬惠州途中，令次子苏迨携家归宜兴，从长子苏迈居住，而自己只和小儿子苏过、爱妾朝云远赴岭表。当年十月，苏轼到达惠州，暂住在合江楼。词中写春景，所以这首词应该是绍圣二年（1095）暮春在惠州所作的。

赏 析

这首词写惠州暮春残艳，词人在此基础上又生发了对心力渐退、人已衰老的无奈，暗含着一种无言的怅惘。上片词人先写残春，表达了惜春的情绪。“九十日春都过了，贪忙何处追游。”九十天的春光都要过完了，还忙着到哪里去追着春天的脚步一赏余春呢？一年四季，一季三个月，这样算来春天也就是九十天了，写这首词的时候已经是暮春时分，于是作者稍用夸张，说明了这首词描写的季候。此时已经是残春，景色都是残景，因为贪恋春色而到处游走的行为固然没有必要了，但是一个“贪”字，推动了词人残春寻春的行动，说明词人对美好的山水的喜爱，同时春象征着年华和青春，这一个“贪”字也反映了词人内心希望能抓住生命的尾巴，不愿人生如此溜走的愿望。“三分春色一分愁”就是在这样的情绪的积攒下词人心中的写照，尚残的三分春色里，平添了心中的一份悲叹老去的愁绪。这一句写得瑰丽清澈，把前两句的含义高度浓缩了起来，还引出了后文愁情中的春色状写。“雨翻榆荚阵，风转柳花球。”成熟的榆钱在空中飘落翻飞，犹如一阵阵春雨；柳絮集结成一个个花球在地上滚动，好似春风把它们踢来踢去。这两句写柳花和榆钱写得极为传神。“雨翻榆荚”让人分不清到底是在写“雨”还是在写“榆钱似雨”，但无论用哪种方式解释，榆钱飘零的凄美景象都能营造出生动的画卷。“风转柳花球”用平常人想象不到的比喻方式，把风吹柳花的样子，以动态的形式展示出来，恰到好处，引人入胜。但同时，也正是因为有如此优美的暮春景，这样的美景易去，更平添了词人与读者的一分惆怅，迎合了上句表意的中心。在写罢惠州暮春山水情致之后，借着上片的感情铺垫，词人转头直抒胸臆，叹伤衰老，借景抒情。“我与使君皆白首，休夸年少风流。”现在的我与先生你都已经是白头老人了，不要再夸耀自己年少时的才情风度了。这里的使君是当年的惠州太守詹范，因为詹范宅心仁厚，对苏轼又照顾有加，这里写词抒情，苏轼便也不拘一格，直言自己与朋友都已经老了，这种真实不但不得罪朋友，反而突显了两人的亲密关系。但词人写这种哀愁，并不直言自己现在的处境，而是长于以他物他人借喻自己，于是在下一句，词人的视角马上又转向了佳人山色，借人与景抒发心中情感。“佳人斜倚合江楼。”爱妾朝云在合江楼上斜靠栏杆，放眼春景。“题解”中已经说明，苏轼在到达惠州之前已经遣散了家眷儿子，只带着爱妾朝云来到惠州，可见朝云仍是苏轼重要的安慰和寄托。心中惆怅衰老，眼看着年轻美丽的朝云，词人心中自然感慨更丰富了。“水光都眼净、山色总眉愁。”身边有佳人陪伴，眼中有明净的水光，再看着山色哀愁就上了眉头。有佳人陪伴，有美好的春水，有无限的山色，这些虽然是乐事，但是毕竟词人身在贬谪中，暮春之时又临垂老之际，不得不让词人更感身世多磨、年华不再的哀愁。这种美景之中蕴藉愁情的表达方法，让这首词的婉约情味更为醇浓。

蝶 恋 花

花褪残红青杏小[1]，
燕子飞时，绿水人家绕。
枝上柳绵吹又少[2]，天涯何处无芳草。

墙里秋千墙外道，
墙外行人，墙里佳人笑。
笑渐不闻声渐悄，多情却被无情恼[3]。

注 释

① 花褪残红：指春花逐渐枯萎脱落。
② 柳绵：就是柳絮。
③ 多情：指行人。无情：指佳人无情。恼：撩拨。

燕子飞时，绿水人家绕

题 解

这首词写作时间不详，但关于它的故事却有记载，《词林纪事》相传苏轼在惠州与朝云闲坐，当时落木萧萧，苏轼心中便生出有悲秋之意，于是他让朝云把酒唱“花褪残红”词。朝云唱着唱着便“泪满衣襟”，苏轼问其原因，朝云说：“奴所不能歌，是‘枝上柳绵吹又少，天涯何处无芳草也。’”听罢苏轼翻然而笑说：“是吾正悲秋，而汝又伤春矣。”这不久之后朝云便抱病而死，从此苏轼再不听这首词曲了。

赏 析

这是一首伤春的小词。上片写晚春景象：花残草盛，燕子低飞，绿水回环。飘飞的残絮和萋萋芳草构成的意象，渲染出诗人对于春天的无限留恋。“花褪残红青杏小”，树上杏花已经凋谢，所余不多的红色也正在一点一点褪去，树枝上开始结出了幼小的青杏。“残红”，是说红花已所剩无几。“褪”字将杏花的形象和凋零的动态活现出来，红艳的色彩被“褪”去，感伤之情更浓。古往今来，文人伤春，都要把凄凉之感表达到极致，而苏轼却是更多了一些旷达。有繁华就有衰落，有凋谢就有新生。他特别注意到初生的“青杏”，语气中透出怜惜和喜爱，有意识地冲淡了先前浓郁的伤感之情。小小的青杏，不正象征着循环往复的生命吗？

于是伤春之情冲淡，词人将眼光转向更加开阔的地方。“燕子飞时，绿水人家绕。”只见燕子掠着水面低飞，绿水环绕着人家的墙院。这两句词勾画出春意未尽的乡村图景。掠水而飞的燕子增添了景色的动感；“绿水人家”则带来了生活的气息，并让情绪在这里变得非常活泼。乐事一起，词人心中豁然开朗，道出“枝上柳绵吹又少，天涯何处无芳草”这最为人称道的词句。枝头上的柳絮随风远去，愈来愈少；走遍天涯，哪里没有青青芳草呢？“柳绵”就是柳絮。柳絮纷飞，春色将尽，固然让人伤感；而芳草青绿，生机一片，看到词人眼里又是别样的境界。苏轼一生漂泊，最后竟被远谪到万里之遥的岭南。此时，他已人到晚年，遥望故乡，几近天涯。这境遇和随风飘飞的柳絮多么相像，但词人依然看到了象征着向上的生命力的青草，哪里都能见到，哪里都能生长，正如词人连续遭贬之后依旧高昂的精神心志。下片词人写伤春之人，“墙里秋千墙外道，墙外行人，墙里佳人笑。”墙里有人荡秋千，墙外有条小道。墙外小道上走着行人，墙里飘来佳人清脆的欢笑。虽然这些只是古代人的生活小景，但是这秋千上传来的佳人柔媚的笑声，正好搅动了墙外行人绵绵的情丝，更增加了这旅途中的惆怅。同时，作者在下片的生活画面的描摹上，只写露出墙头的秋千和佳人的笑声，让“行人”与读者去想象，正是这种想象，为这样的情景增添了无穷的意味。“笑渐不闻声渐悄，多情却被无情恼。”不知是行人静立在墙外直到佳人已经离去，还是佳人玩乐依旧，而行人已经走远，总之，佳人的笑声渐渐听不到了，四周显得静悄悄，但是行人的心却怎么也平静不下来。后世多用这两句词来表达单相思的苦恼之情，其实词人写这首词的目的却是在写照自己的人生，词中“行人”更接近作者自己，其中“情”的内涵也是极其丰富的，绝不仅限于爱情。作者饱经沧桑，有惜春迟暮之情，有感怀身世之情，有思乡之情，有对年轻生命的向往之情，有报国之情，等等，的确可谓是“有情”之人；而佳人年轻单纯、无忧无虑，既没有伤春感时，也没有为人生际遇而烦恼，真可以说是“无情”。作者发出如此深长的感慨，那“无情”之人究竟撩拨起他什么样的思绪呢？作者并未言明，却留下了丰富的空白，让读者去思考。这幅生动而富有情趣的小景，更成为了后世诗人争相效仿的典范，多少凄美动人的故事也发生在这样的墙巷之中，甚至从现代诗中的精品《过客》《雨巷》中我们依然能看到这样清美的东坡痕迹。但将情爱与叹喟交融于一体的，直至现在，无人出苏东坡《蝶恋花》之右。

虞 美 人

持杯遥劝天边月，
愿月圆无缺。
持杯更复劝花枝，
且愿花枝常在莫离披①。

持杯月下花前醉，
休问荣枯事②。
此欢能有几人知，
对酒逢花不饮待何时？

注 释

① 离披：残落。
② 荣枯事：指名位利禄之事。荣：指得志。枯：指失意。

题　解

这首词的写作年月不详，词里苏轼通过对一位天真浪漫的诗人的自我形象的塑造，展现了他不同流俗的性格。

赏　析

这首词的写作方式别具一格，通过围绕着“劝”与“愿”的动作与心理描写，体现了词人对“持杯月下花前醉”这种理想生活状态的追求。然而，这种快乐并非人人都能理解，只有忘情别利的人才能够领受。“持杯”是贯穿这首词的线索，词中把酒持杯的才子，通过不同的“劝”与“愿”，将这首词的意味一层层推开，展现在读者眼前。上片先写词人对万物的期待，“持杯遥劝天边月，愿月圆无缺。”把酒举杯敬天上的明月，希望月亮能常圆无缺。这里交代了这首词描写的环境，在明月之夜，一位心中充满美好愿望的诗人对月独酌，看到天上的月亮，他心中对美满事物的憧憬涌上心头，所以举杯向月表达自己希望看到月亮美满的样子。先抬头向天，再低头看花，“持杯更复劝花枝，且愿花枝常在莫离披。”把酒再对开满花的花枝饮一杯，但愿花枝一直不凋零，花儿不残落。天上有月，地上有花，这样广袤空间中一大一小的对比，显示出词中所述这位诗人对美好事物的怜惜和喜爱。借着杯中酒，词人情绪极好，在上片短短四句之间就将欢快喜乐之感传递给了读者，然而在这美好花月的良辰里，积极景象的背后，仍然有着月有阴晴圆缺，花儿终会凋零的现实，委婉地透露着词人对人生中种种无奈的轻叹，但是，能借着今夜有酒、今夜好兴致的机会，一表心中的追求向往，也是实属难得了。于是转入下片，词人直言心中感受和面对生活处之泰然的态度。“持杯月下花前醉，休问荣枯事。”把酒在花前月下畅饮而醉，不要过问那些名禄沉浮的事情。今朝有酒今朝醉，这并不是没有长远眼光的消极心态，在苏轼这位豪放豁达的文人看来，人生诸多不顺利，难得有好夜好景好酒相陪，这样的醉，是他趁年华及时行乐的积极表现。词人曾写过“人生得意是清欢”的词句，这样的“清欢”，相比便是像这样的景致之下，把酒畅饮的乐事，但在当时，没有太多人能理解词人这样的想法，在那个强调出世的年代，这种看破红尘后的潇洒，当然不入主流，所以在这首词的结尾，词人说道：“此欢能有几人知，对酒逢花不饮待何时？”这种清欢有多少人能够理解呢？面对美酒，恰逢繁花盛开，这个时候不好好喝一杯那要等什么时候呢？这种豁达把这首小词里词人生发的对生活和自然的热爱之情，以及自己超逸开朗的生活态度和品质上升到了极致。他人是不懂这种乐趣的，虽然这种时候醉的人是词人，但是他醉得真实，醉得自然，醉得可爱。这与那些为了功名利禄惶惶不可终日，失掉了人生最本真意义的人形成了鲜明的对比。这种超凡脱俗，只能让读者信服不已。

西　江　月

世事一场大梦，
人生几度新凉①。
夜来风叶已鸣廊，看取眉头鬓上②。

酒贱常愁客少③，
月明多被云妨④。
中秋谁与共孤光，把盏凄然北望⑤。

注　释

① 这里是说人生中不知要经过多少得失荣辱的世态炎凉。
② 看取：看着。
③ 这句的意思是即使有酒，也很少有客人来。
④ 这里借明月为云所阻抑，比喻自己的身世、处境。妨：遮蔽，阻碍。
⑤ 这两句写怀念弟弟苏辙。宋神宗熙宁九年（1076）中秋节，苏轼在密州作《水调歌头》词遥寄弟弟苏辙，其中有“但愿人长久，千里共婵娟”的美好祝愿。

题 解

关于这首词的写作年月，学界争论不一，但从词义可以判断这首词大概作于苏轼晚年南贬之后。在这首词中，苏轼以“中秋”这一深具情感意义的节日为背景，抒写了南贬的孤独悲苦的心情，包括对人生历史的深沉思考，以及对人世真情的深深眷恋。在清寒孤寂的意境氛围的营造中，词人豪放旷达的背后透露着悲情婉约的一面。

赏 析

这首词是苏轼兄弟的唱和之作，通过这首词的语言表达和深刻蕴含，词人苏东坡深沉的悲叹跃然纸上。词的上片直抒世事如梦、人生浮沉的感慨，上片的起句“世事一场大梦，人生几度新凉”，感叹人生的虚幻与短促，人生世事就是一场很长很大的梦，这一辈子不知道要历经多少世态炎凉。“一场大梦”“几度新凉”，这一组语言简明、对仗整齐的对人生的状写将此生的意义写得空虚无味，一生一场梦，得以点缀的只有不断经历的人情冷暖，这种对人生的灰色思考是很有冲击力的。承接前句的“夜来风叶已鸣廊，看取眉头鬓上”，进一步唱出了因时令风物而引起的人生惆怅。中秋夜里，大风摇动着树叶发出沙沙声响，这声音传彻房外的门廊，在这萧索的时候，细看自己衰老的眉头，花白的鬓角吧。这里作者选取秋风萧瑟、落叶纷飞这两个伤秋的意象，推情至人，再通过感叹自己容颜将老的现状，抒发壮志难酬、年华易逝的感伤，这里人与景相对，情与事相合，秋叶飒飒，凄然顾影，更增加了这首词的悲剧气氛。

在上片词人把着眼点从景推至人之后，下片开始写自己茕独的生活，通过状写自己在异乡把盏赏月的孤寂处境和伤时感事的思绪，表达了自己清白其身却屡遭诬陷的怨愤。“酒贱常愁客少，月明多被云妨”，因为家中无好酒，所以登门来访的客人很少，今夜明月虽然亮，但是大部分却被乌云遮住了。这里“酒贱常愁客少”不光描述了自己的生活状态，同时也委婉地点出作者遭贬斥后势利小人避之如水火的情形；而“月明多被云妨”，背后也暗含着奸人当道，排斥善类，而自己衷心一表却遭谗言流放的意思。词人对世态炎凉的感愤，化为无声的抗争，凝入这两句词中。这复杂的情绪最终化成了收尾的悲凉感叹：“中秋谁与共孤光，把盏凄然北望。”让人不禁泪下。在这中秋佳节之际谁能和我共赏这寒月的冷光呢？想到这里我也只能举着酒杯向北方亲友的所在遥遥望去。这首词以悲凉起头，更以悲情结尾，在这结尾两句中，戚戚然的感觉被生发到极致。在这两句词背后，本来有寄予弟弟苏辙“千里共婵娟”的愿望，但是在这里，词人没有了当年的那种豁达，身世未定，前程不明，众叛亲离，思念已是无济于事，但孤独和寂寞是难耐的，他依旧期望弟弟能在这时也思想着他，所以他只是寄情与“共孤光”。最后一句中“凄然”二字的出现，也传达出词人此时一定是悲伤至极了，回顾着一生的沉浮炎凉，思考着人生的意义和真相，面对着自己的孤寂和落寞，怀念着亲人远在北方，这复杂的情感，这糅杂的情绪，都在这一刻交织在一起，词人是不得不言“凄然”，面对北方，是词人最后的寄托，这种无力的挣扎在此而止，但言有尽意无穷，这绵延不绝的悲凉和痛苦，让这首小词成为苏轼表达身世之感的词章中最为沉痛的一首。

木兰花令

元宵似是欢游好，
何况公庭民讼少①。
万家游赏上春台，十里神仙迷海岛②。

平原不似高阳傲③，
促席雍容陪语笑④。
坐中有客最多情，不惜玉山拚醉倒⑤。

注　释

① 民讼：指老百姓到官府告状，打官司。讼：诉讼。
② 以上两句写百姓游观的节日场面。孟元老《东京梦华录》记述汴京元宵节的盛况，说当时“奇术异能，歌舞百戏，鳞鳞相切，乐声嘈杂十余里”。春台：指美好的游观之处。《老子》：“众人熙熙，如享太牢，如春登台。”可见当时的盛景多么热闹。
③ 平原：这里指战国时赵国平原君赵胜。《史记·平原君列传》记载他“喜宾客，宾客盖至者数千人”。用在这里是指这次筵宴的主人。高阳：指秦汉之际的郦食其，陈留高阳县人（现河南杞县）。《史记·郦生列传》记载郦食其好读书，当时他极贫落魄，县中都称呼他为狂生。刘邦至高阳，郦食其自称“高阳酒徒”，折服刘邦，并献计攻克陈留。
④ 促席：古人席地而坐，座位靠近叫促席。雍容：形容仪容温文尔雅，态度大方。
⑤ 玉山：原本指仪容美好，后来常以玉山倒形容人的醉态。《世说新语·容止》说嵇叔夜“其醉也，傀俄若玉山之将崩”。

题 解

这首词写作年月不详，木兰花令，词牌名，词调体格与《玉楼春》和《木兰花》的齐言体都很相近，只是调名多一个“令”字。这首词描写了太平时节的一次元宵宴游，充满了轻松愉快的情调。

赏 析

这首轻快灵动的小词，用朴实无华的语言，配以人们耳熟能详的典故和历史人物，将元宵佳节的热闹景象和节日中词人参加的欢宴状写了出来，也充分展示了好客的主人热情招待宾客，以致宴会上气氛欢洽，众人开怀畅饮，一醉方休的喜乐场面。上片词人先写这首小词的时间和事件，“元宵似是欢游好，何况公庭民讼少。”这两句词朴实无华，但就是这最简单的语言里却将词人所在之处人民安居乐业、喜迎佳节的情景描绘了出来。这两句词有一定的条件因果关系，元宵节本来就是仅次于春节的一大欢乐佳节，游乐是应该的，再加上该地人民生活祥和，没有什么官司需要来断，身为一州之治，这种时候与民同乐，享受佳节，还能有比这样更让人开心的事吗？于是，随着词人赏游的眼睛，我们看到了这样一幅画面：“万家游赏上春台，十里神仙迷海岛。”千万户人家都出来游玩，登上了春台赏灯赏新春，各路艺人耍着奇妙的把戏把海岛的佳节气氛推向高潮。有这一句，我们可以推测这首词大概是词人被贬儋（dān）州（今海南省儋州市）之后的作品，这里的“海岛”很可能指海南岛，古时候元宵灯会会有各处方士和艺人在灯会上进行各类表演，那些神奇的魔术和杂技都如同仙术一般，为节日的气氛更添光彩。从这两句词可以看出“万家”人民都出来游赏，各路艺人都云集于此，如果不是当地治理有方，人民生活安乐，这样的盛景会出现吗？此时词人看到这番景象，快乐的情绪中也有一份对自己治州有方的欣慰。转入下片，词人此时已经到了当地设宴招待名流的席间，“平原不似高阳傲，促席雍容陪语笑。”主持宴会的主人不像当年高阳酒徒一般的那么气傲，他挨着酒客坐着，仪态大方地陪客人喝酒笑谈。这两句其实是对设宴之人的称赞，起笔词人先以战国四君子之一的“平原君”比喻设宴的主人，众所周知，平原君知人善任，从善如流，天下英才尽归其麾下，这种比喻足见词人对主人品性的肯定。同时词人将自己反比为高阳酒徒郦食其，更加映衬了主人爱惜人才的一面。写下来词人具体描写主人的行为举止，主人以“雍容”陪“酒徒”“语笑”，这种不拘一格的性格，一方面形象化了主人的美德，另一方面也显示出酒席上词人豪放不羁、畅饮狂笑的样子，显示出词人的放逸之情，从这两个方面，也更能体现出当时筵宴的热闹场面。最后收尾，词人言“坐中有客最多情，不惜玉山拚醉倒”。在座的宾客中有一位最为多情，他开怀畅饮，全然不顾维持体面的形象，尽兴而醉。这里的这位宾客，应该也是指词人自己，词人苏东坡的老师欧阳修早言享乐要与人同乐，恰逢元宵佳节，人民空巷欢度，与民同乐，与友同乐，这是多么难得的机会。况且词人本性就豪放不羁、超逸旷然，这种喜乐的时刻，除了求尽欢一醉，其他也都无所顾忌了，所以才不惜让“玉山”般的好形象“醉倒”在地。如此满目欢欣的愉快场面，在苏词中还并不多见，这也完全体现了词人奔放直爽的一面。

浣　溪　沙

送梅庭老赴上党学官①

门外东风雪洒裾，山头回首望三吴②，
不应弹铗为无鱼③。

上党从来天下脊④，先生元是古之儒，
时平不用鲁连书⑤。

注　释

① 梅庭老：生平不详。上党：今山西长治市。学官：古代掌管学校教育的教官，也叫校官。宋代有学正、学录、教谕等名目。

② 三吴：这里指浙江一带。按，三吴究竟指什么地方，说法不一。按《水经注》说法，吴郡、吴兴、会稽三地称为三吴。

③ 这里用《战国策·齐策四》冯谖的故事，冯谖过去是孟尝君的食客，左右之人用低等伙食标准招待他，冯谖弹着剑把唱歌："长铗归来乎，出无车！"后来孟尝君给他配了专车，他又唱道："长铗归来乎，无以为家！"孟尝君满足了他的一切要求，真正以礼相待，于是冯谖为孟尝君营三窟，以报答其恩。

④ 天下脊：这里是说地形高险，为天下的脊梁。《史记·张仪列传》："席卷常山之险，必折天下之脊。"

⑤ 鲁连：鲁仲连，战国齐国人。《史记·鲁仲连列传》记载，鲁仲连高蹈不仕，却喜为人排忧解难。燕国军队攻取齐国聊城之后，齐军一年之久没有夺回城池，于是鲁仲连写了一封信送给燕国将军，陈述其不义之举，燕将见信后自杀，聊城又回归了齐国。这里苏轼是将梅庭老比作了鲁仲连。

题　解

这是一首送友人赴任的送别词，写作的时间、地点有待考证，涉及的人物生平不详。虽然这是一首别词，但是词人写别词不仅仅限于与朋友之间的情谊，而是常常体现出某种积极的理想，这首词就是其中一例。

赏　析

《浣溪沙》这首词牌，在苏轼以前的词家手中，大部分是用于写景抒怀，而这首词里词却用来写临别赠言，这非常符合苏轼为宋词题材多样化开辟新道路的尝试，丰富了这种本来只言风花雪月的小词的题材内容。词的上片点出了送别的时间地点，并且以悠扬之情对友人进行劝勉“门外东风雪洒裾，山头回首望三吴”，门外的东风吹送着雪花散在衣裾之上，等你远行到山头上，再回望一眼三吴的江山。这里写出了送别的时间与景象。“东风”象征着春天已经到来了，尽管春已来临，但因为春雪仍萦绕不绝，所以气候还是很寒冷。这时有“雪洒裾”，而不言“泪沾衣”，颇具豪爽气概。“山头回首望三吴”一句由眼前写到别后，想象梅庭老别去途中，对吴地的依依不舍。但这里留恋并非是突出留恋三吴，而是写一种人之常情，是古人安土重迁、重情重义品格的体现，这样的写法真实动人。第三句再进一层，词人道出对友人的寄语：“不应弹铗为无鱼。”新到属地，您大可不必因为新上任时的小问题而想着再回到吴地。这里词人用了战国时冯谖寄身孟尝君门下的典故，意义在于告诉友人在做了学官之后，不必唱离官之词，同时又似乎是说，尽管上党地方艰苦，亦不必计较个人待遇，弹剑柄使气，因为放眼长远，在那里的发展还是大有可为的。下片词人承接上片末尾，赞美上党的重要：“上党从来天下脊，先生元是古之儒，时平不用鲁连书。”上党之地的地形位置一直都非常重要，先生你本来就是有古代儒生品质的大贤人，平日里处理政事不会遇到鲁仲连需要处理的那些棘手之事。下片整体为一句，提醒了友人所去目的地的重要位置，希望梅庭老能以“古之儒”为己任，为发展当地的文章教化做出贡献。虽说上党偏远，地势实险要。在秦朝时就有上党郡的存在，因为地势极高，故有“与天为党”之说。“先生元是古之儒”，此称许梅庭老有如古之大儒，讲修齐治平，要以天下为己任，勿以学官而自卑。对儒生怀大志而赴战略要地的描写，可谓是壮行词眼，而“时平不用鲁连书”更是在肯定了友人才能的同时，又消除了友人的担忧。因为赵地处于宋辽之间，友人一介书生未免有些顾虑，“不用鲁连书”打消了友人的顾虑，现在太平不会有国家纷争之时，希望友人可以随遇而安，致力于当地教化就好。这首词里，作者用自己乐观旷达的人生态度去影响朋友，出语洒脱却发自肺腑，真挚动人。

蝶　恋　花

蝶懒莺慵春过半①，
花落狂风，小院残红满。
午醉未醒红日晚，黄昏帘幕无人卷。

云鬓鬅松眉黛浅②，
总是愁媒③，欲诉谁消遣。
未信此情难系绊，杨花犹有东风管④。

注　释

① 蝶懒莺慵：形容莺、蝶无精打采。慵：懒散。
② 鬅松：头发凌乱的样子。眉黛浅：这里指女子眉间黛墨脱落，颜色变浅。
③ 愁媒：这里指这一派景色成了闺中愁的催化剂。唐代诗人李咸用《途中逢友人》诗中有“烟花随处作愁媒”的句子。
④ 杨花似花非花，有似薄命红颜。这两句是说杨花尚有东风剪拂照管，难道自身连杨花都不如吗？这里是女子闺怨的体现。

题解

这首词是苏轼词中的一首闺情词，以种种柔美的意象，塑造出一个多愁善感的伤春少女形象；以春意阑珊的景象，烘托出少女伤春的复杂心绪，描写女子形象、心情逼真动人。

赏析

这首闺怨词，以蝶、莺、残红、帘幕、云鬟等柔美的意象，塑造出一个感情丰富的春闺少女形象；以春意阑珊的景象，烘托出少女伤春的复杂心绪。上片由写景过渡到写人。“蝶懒莺慵春过半，花落狂风，小院残红满。”春光已消逝大半，蝴蝶懒得飞舞，黄莺也有些倦怠，大风卷花落，残红满院。面对这春光渐去的时节，词中所描绘的少女不免触目伤情，倍添寂寥之感。蝴蝶、黄莺本来不是慵懒之物，但带有这种特质的蝶和莺，在这位心事重重的少女看来，不免有些无精打采了。“午醉未醒红日晚，黄昏帘幕无人卷。”中午因伤情醉酒，到现在还没有醒酒，这时红日已经偏西，黄昏的光线渐暗，帘幕低垂没人卷起来，房子也便更暗了。中午为何“午醉”？一定不是因为心情极好畅饮，怕是因为原本就有无限心事，看到这暮春衰景，让主人公难以克制心中的感情，只能靠酒精来消解她心中的苦闷。黄昏时天色本来就会逐渐转暗，而女子的闺房大多是不见光的深闺，这样的房间窗帘低垂，可想而知房间中一定也是阴阴沉沉，十分压抑。读到这里，读者可以分明看见在上片的词句中，词人无一语言及伤春，而伤春意绪却宛然在目，正是“言其用而不言其名”，深合这位女主人公的身份。这首词的视角由物外自然景色写到黄昏深闺内，转入下片，词人承上片先写闺中女子的形象，“云鬟鬅松眉黛浅，总是愁媒，欲诉谁消遣。”少女的云鬟都因为长睡而蓬松凌乱了，眉头上的黛墨也掉了几分，浅了颜色。这两句以形写神，写因伤春而懒于梳洗，因酒醉而蓬头垢面，把一个原本动人的少女写成如此模样，其实不是言少女形象，而是用此形象衬托她柔软缭乱的心绪。后两句句子承上刻画愁思之重，直接从形象过渡到少女的内心世界，点出伤春的底蕴。“总是愁媒，欲诉谁消遣”，处处景物都让人顿生愁绪，想把这心情道出来，更苦于无人可以倾诉。“总”字将这整个暮春景物概括了起来，一切景物都成为愁的触媒，而又无人可以倾诉，由此产生的烦乱和孤寂，可想而知。词到这里，伤春的愁情已经被推向最高处，但最后一句更是让这种愁苦上升到极致，“未信此情难系绊，杨花犹有东风管。”这种伤情将不会一无依托，杨花尚有东风来吹拂照管，难道自身连杨花也不如吗！杨花似花非花，在花中身价不高，且随风飘荡，有似薄命红颜，一无依托。这里即景取喻，自比杨花，悲凉之情更为动人，虽然女主角宣称不相信这样的无人怜惜的命运，显得不同凡响，别具一格；但正是这最后的抗争与无情现实的对比，烘托出更为凄婉的情景。这种消极伤感与天真大胆交织的矛盾心理，非常耐人寻味。

这首词虽然是春闺怨词，但处处不言伤春不言春怨，实际上却处处都能让人感到主人公怨艾之深，这种“处处无情皆是情”的写法，让这首词有了含蓄不露、词绮情婉的妙处。

阮 郎 归

绿槐高柳咽新蝉，薰风初入弦①。
碧纱窗下水沉烟②，棋声惊昼眠。

微雨过，小荷翻，榴花开欲然③。
玉盆纤手弄清泉④，琼珠碎却圆⑤。

注 释

① 薰风：南风，和风。《史记·乐书》："昔者舜作五弦之琴，以歌《南风》。"相传其首句为："南风之薰兮。"
② 水沉：木质香料，又名沉水香。
③ 然：形容花红如火。
④ 纤手：女性娇小柔嫩的手。玉盆：一说指荷叶。
⑤ 琼珠：形容水的泡沫。

微雨过，小荷翻

题　解

这首词写作年月不详，描写的是一位少女的闺阁生活。天真的可爱少女、初夏的美好景物，一起谱出了一支和谐美妙的协奏曲，使这首词充满青春的律动，淡雅清新而又饱含生活乐趣。

赏　析

这首词的主要表现方法是描写。词人在这首词中将景物的描写、环境描写与人物描写交叉运用，在艺术效果的表达上显示出极高的感染力。“绿槐高柳咽新蝉，薰风初入弦。”词一开头苏轼就先描绘出初夏景色：在绿意浓浓的槐树和高大的柳树枝头，初夏的新蝉在忽起忽落地鸣叫，带着夏天风物香气的微风吹来，吹进屋子仿佛拨动了琴弦。“咽”，表示阻塞，这里是形容蝉鸣声断断续续的样子。“薰风”，本来指南风，这里应该引申为夏日里带着自然界的香气的清风。而这样的风吹入闺中“入弦”，美妙的拟人手法将欢乐轻快的气息传递了出来。这两句词作者抓住富有特征的景物，分别诉诸视觉、听觉和触觉，使初夏的到来鲜明而真切。“碧纱窗下水沉烟，棋声惊昼眠。”“水沉”，即沉香，又叫“沉水香”。这一句是说，碧纱窗下，香炉中的沉香木升腾着袅袅的轻烟。闺中少女正在午睡，却被棋子落盘的声音惊醒了。棋声本小，怎么能“惊昼眠”呢？这里其实是突出夏日午后的静谧。“微雨过，小荷翻，榴花开欲然。”女主人公午睡乍醒后，走到窗前，看到了另一番园池夏景：小雨淋过，池中娇嫩的荷花已经初开，正在水中随着流水清风摇晃呢；庭院里，石榴花开得正茂，它的颜色本就鲜红，此时经过雨水一洗，更是红得像火一般。转入下片，作者的描写重心从以景物为主、人物为辅转化为以女主人公为中心，写她小睡起身后，尽情地领略和享受初夏时节的状态。作者将自己隐藏在纸外，完全通过少女的眼睛去看世界。“微雨过”，用一场恰到好处的小雨，消去了夏日午后可能会有的燥热，平添了几分清新，也祛除了少女午睡的倦意。这时，她所看到的荷叶正俏皮地翻动着，这种情景，一半是出自于事物的本身的实写，另一半应该是由这位少女的性格中本有顽皮乐观的因素带动着情绪所致，一种欣欣向荣而清欢不已的气氛在这里显现出来；而火红的石榴花，更象征着她年轻的生命力！在夏天这样火热的季节里，这样的描写是在应景不过了。“玉盆纤手弄清泉，琼珠碎却圆。”少女沉醉在这样的美景之中，她端起精美的玉盆，走到清泉池边，盛水玩了起来，溅开的水花，一颗颗就像珍珠那样圆润晶亮，而它们聚集在一起的时候，就又是圆润饱满的一盆水了。这一细节描写表现出女主人公天真、顽皮、无忧无虑的青春特征。写到这里，上片的夏季中闺里闺外的美好景物与下片少女清欢喜乐的美好场面交相呼应，让人倍感初夏气息的跃动和少女生机勃勃的生命力与纯真情怀。与很多写女性的闺情词不同，作者没有写相思、孤闷、慵倦等等的忧愁心情。在这首词中，传达的全都是一种单纯的、健康的愉悦之情，青春的张力透纸而出。俞陛云《唐五代两宋词选释》评论说：“写闺情而不着妍辞，不作情语，自有一种闲雅之趣。”全词将景物描写和人物描写结合运用，景中含情。作者采用反面落笔的手法，上片写静美，而从听觉入手，以声响状环境之寂；下片写动美，却从视觉落笔，用一幅幅无声的画面来展示自然的生机以及女主人公的青春活力。作者跳跃性地铺叙景物，将众多的景物以情系之，故散而不乱，浑然一体，收到了很好的艺术效果。

西　江　月

顷在黄州，春夜行蕲水中①，过酒家，饮酒醉，乘月至一溪桥上，解鞍，曲肱②醉卧少休。及觉，已晓，乱山攒拥，流水锵然，疑非尘世也。书此语桥柱上。

照野弥弥浅浪③，横空隐隐层霄。
障泥未解玉骢骄④，
我欲醉眠芳草。

可惜一溪风月，莫教踏碎琼瑶⑤。
解鞍欹枕绿杨桥，
杜宇一声春晓⑥。

注　释

① 蕲水：今湖北浠水。

② 曲肱：弯曲手臂作为枕头休息。《论语·述而》说："饭疏食，饮水，曲肱而枕之，乐亦在其中矣。不义而富且贵，于我如浮云。"

③ 弥弥：河水盈盈，流动不停的样子。

④ 玉骢：毛色青白的骏马，代指拉车的马儿。

⑤ 琼瑶：美玉美石的统称，出自《诗经·卫风·木瓜》："投我以木桃，报之以琼瑶。"

⑥ 杜宇：古蜀国国王，称"望帝"，死后化作鹃鸟，每年春耕时节，子鹃鸟鸣，蜀人闻之曰"我望帝魂也"，因呼鹃鸟为杜鹃，文人也多直引"杜宇"之名来指代杜鹃。

题 解

这首《西江月》作于宋神宗元丰五年（1082），苏轼贬谪黄州期间。小序部分就非常出彩，充满诗情画意的描写为这首词本身平添了不少风光。小序大意为：最近在黄州，一个春天的夜晚，沿着蕲水走。经过酒家，喝了几杯酒。带着醉意，趁着月色走到一个溪桥上，解下马鞍，弯着胳膊，头枕在上面，准备稍事休息。谁知一觉醒来，天已亮了。环顾四围，青山环绕，绿水淙淙，真让人怀疑这不是尘世。感慨之余，挥笔在桥柱上题下此词。作者描述了自己春夜醉眠山水间的一次美妙经历，表达了对自然山水的钟爱之情和物我两忘、超然自适的人生态度。

赏 析

这首词采用情景交融的艺术手法。所写之景，无论是作者夜间醉眠之地，还是醒来所见的景象，都是“疑非尘世”之景，充分体现了词人醒来以后的愉悦而超然的心情。“照野弥弥浅浪，横空隐隐层霄。”小词起韵，笔调恬静清雅，描绘出词人醉酒而睡的良宵美景：月光铺洒在空旷的田野上，清澈的小溪微波荡漾；浩渺的夜空中，云层淡柔，若隐若现。春来水涨、溪水长流的景象通过“弥弥浅浪”传达出来。“层霄”指的是层云。“隐隐”又将云层的轻淡柔和描写得淋漓尽致，正因为云淡，所以好似若隐若现，这样写极为传神。这两句词通过写天上月下的景物，表达了苏轼因为对美好夜色的喜爱而生发出的赞美。“障泥未解玉骢骄，我欲醉眠芳草。”拉马车的好马还没有被解下障泥，此时我醉意朦胧，真想索性就在这芳草丛中睡去。“障泥”，顾名思义，是用锦或布制作的马鞯，垫在马鞍之下，用来遮挡尘土。《晋书·王济传》：“济善解马性，尝乘一马，著连乾鄣泥，前有水，终不肯渡。济云：‘此必是惜鄣泥。’使人解去，便渡。”作者借用典故，通过马儿的神态，来叙述停车小憩的事由。“我欲醉眠”，出自萧统的《陶渊明传》。陶渊明醉时曾对客说：“我醉欲眠，卿可去。”这里的豪放之情被苏轼用来，诠释当时在这人间春色中迷醉的情状。这两句词将词人忘乎所以的沉醉潇洒，形神毕肖地表现了出来。再看上片四句，词人以灵动清新的笔触，将自己醉眠溪边的事情叙述出来，其中包含着自己对黄州山水的喜爱，读来非常动人。转入下片，词人描写其心理感受和入梦的过程："可惜一溪风月，莫教踏碎琼瑶。"月光倒映水面，阵阵微风拂过，溪水波光粼粼的，真像是一溪晶莹剔透的珠玉。赶紧把马拴好吧，免得它走入溪中，踏碎了这如玉的水月。微风徐来，水月相溶，"可惜"传达出词人因为喜爱而怜惜这般景色的情感。再看那皎洁的水上月色，简直和"琼瑶"一般的美玉一样美丽，让词人担心这样的美景被破坏。这两句词是在前两句基础上的补充。景色如此的美好，顾着欣赏都来不及，更容不得破坏了。"解鞍欹枕绿杨桥，杜宇一声春晓。"这样的美景容得一睡便是最好，于是我解下马鞍，当作枕头，斜卧在绿杨桥上。没想到，这一觉睡得十分香甜，直到黎明时杜鹃的一声啼叫才将我惊醒。"一声春晓"，如空谷传声，清澈绮丽，生动地表现了野外清新空灵的春晨之景。在这首《西江月》中，澄澈的自然景色与作者空灵的心境交相融合，作者将自己的身心融入大自然，忘却了尘世的荣辱与悲欢。他的忧中取乐，苦中求欢，正是由于他有随缘自适的旷达胸怀。这首词完成之后，相传由于这首词清淡优美，空灵蕴藉，当时便有敬慕苏轼的人，在离桥不远的地方，建了一个亭子，起名春晓亭。虽然真伪难考，但这却成为词家一段佳话。苏轼之前的词，大都是顺应曲牌而作的歌词，所以绝大多数并无词序。而苏轼填词常常是因为抒情言志所需，所以他通过对自己的词标题加序的形式，交代创作背景，补充意境内容，大大丰富和深化了词的审美内涵。

图书在版编目（CIP）数据

苏轼词赏析 / 马玮主编.— 北京：商务印书馆国际有限公司, 2017.6（2025.3重印）
（中国古典诗词名家菁华赏析丛书）
ISBN 978-7-5176-0406-8

Ⅰ. ①苏…　Ⅱ. ①马…　Ⅲ. ①苏轼（1036-1101）-宋词-诗歌欣赏　Ⅳ. ①I207.23

中国版本图书馆CIP数据核字(2017)第109128号

SUSHI CI SHANGXI

苏轼词赏析

主　　编	马　玮
出版发行	商务印书馆国际有限公司
地　　址	北京市朝阳区吉庆里14号楼 佳汇国际中心A座12层
邮　　编	100020
电　　话	010-65592876（编校部） 010-65598498（市场营销部）
网　　址	www.cpi1993.com
印　　刷	北京中科印刷有限公司
开　　本	710mm × 1000mm　1/16
字　　数	311千字
印　　张	19
版　　次	2025年3月第1版第13次印刷
书　　号	ISBN 978-7-5176-0406-8
定　　价	38.00元